Fate strange Fake

奇异赝品

[日] 成田良悟 / 著
[日] Morii Siduki / 绘
陈玮 / 译

原作名:《Fate/strange Fake 6》;著者:成田良悟,绘者:森井しづき,日版设计:WINFANWORKS
Fate/strange Fake Vol.6
©RYOHGO NARITA / TYPE-MOON 2020
Edited by 电击文库
First published in Japan in 2020 by KADOKAWA CORPORATION, Tokyo.
Simplified Chinese translation rights arranged with KADOKAWA CORPORATION, Tokyo.
Translation copyright ©2025 by Guangzhou Tianwen Kadokawa Animation & Comics Co., Ltd.

著作版权合同登记号:01-2024-5163

图书在版编目(CIP)数据

Fate/strange Fake 奇异赝品. 6 / (日) 成田良悟著;(日) Morii Siduki绘;陈玮译. -- 北京:新星出版社, 2025.7. -- ISBN 978-7-5133-6099-9

Ⅰ. I313.45

中国国家版本馆CIP数据核字第2025WA9713号

Fate/strange Fake 奇异赝品6

[日] 成田良悟 著;[日] Morii Siduki 绘;陈玮 译

责任编辑	李界芳	**特约编辑**	苏绮泳
装帧设计	何旋璇	**责任印制**	李珊珊

出 版 人 马汝军
出版发行 新星出版社
(北京市西城区车公庄大街丙3号楼8001　100044)
网　　址 www.newstarpress.com
法律顾问 北京市岳成律师事务所
印　　刷 中华商务联合印刷(广东)有限公司
开　　本 787mm×1092mm　1/32
印　　张 9.5
字　　数 220千字
版　　次 2025年7月第1版　2025年7月第1次印刷
书　　号 ISBN 978-7-5133-6099-9
定　　价 38.00元

版权专有,侵权必究。如有印装错误,请与发行公司联系:020-38031253
本书为引进版图书,为最大限度保留原作特色,尊重作者写作习惯,酌情保留了部分外来词汇。特此说明。

Fate strange Fake

奇异赝品

6

[日] 成田良悟 / 著
[日] Morii Siduki / 绘
陈玮 / 译

NEWSTAR PRESS
新星出版社

Fate strange Fake
奇异赝品

CONTENTS
目 录

	"他"的故事	*001*
接续章	半神们的追逐曲 act2	*005*
十七章	第三天　黎明与不醒的梦Ⅱ	*027*
幕　间	雇佣兵、暗杀者、苍白骑士	*055*
十八章	若梦境与现实皆为虚幻Ⅰ	*067*
幕　间	雇佣兵为自由之身Ⅰ	*127*
十九章	若梦境与现实皆为虚幻Ⅱ	*135*
幕　间	丽人与海，少女与雇佣兵	*171*
二十章	梦幻化作现实	*183*
幕　间	雇佣兵为自由之身Ⅱ	*249*
接续章	叮叮当当	*271*
	后记	*288*

"他"的故事

Fate strange Fake
奇异赝品

咔啦、咔啦、咔啦。

当察觉到那是随着一切的终结而奏响的声音时——

"他"想：啊……原来已经开始了。

"他"等待太久，太久了。

"时间"这种东西，原本对"他"来说只是系统的一部分，构建"他"的要素之一。但现在却不一样了。

名为"等待"的目的，让"他"体内运行的程序出现了轻微的异常。

"他"明白，那是从外界临摹而来的系统，名字叫作"感情"。

"他"还明白另一件事。以"存在"为目的而诞生的"他"，终于迎来了实现自己意义的时刻。

那么，现在就必须进入下一个阶段。

"他"一直明白。

明白自己接下来应该完成的事。

明白造物主赋予自己的最大也是最后的目的。

明白自己降临到这个世界的意义。

——啊……啊……

            ——已经告终了。

——已经到头了。

            ——已经毁灭了。

——已经抵达了。

            ——已经完结了。

——因为从一开始,"丧失"才是拼图的最后一块碎片。

遵从自己诞生的原理,"他"重新启动自己。
目的只有一个,那就是履行造物主赋予自己的目的。

"他"对自己被赋予的使命再次进行运算。
这是一条困难的路,还是一条容易的路?
推测没有任何意义。
无论是难是易,都只能走下去。
因为这是"他"存在的唯一意义。
一直存在,永远存在。
只要成为真实的人类,在群星中存在下去就可以了。

纵使——
要将这颗星球上被定义为"人类"的物种,灭绝了也一样。

接续章
半神们的追逐曲 act2

古时代的黑海沿岸

那里曾经是一片美丽的大地,不仅被深邃蔚蓝的大海环绕着,灿烂的暖阳更是将平原与森林照得熠熠生辉。

它叫作特弥斯库拉(Themiscyra)。

这个名字源于神圣的大海——或者说,就是源于神。

城邦特弥斯库拉位于黑海的南岸,有着广袤肥沃的田野,还是一个以海上交易为主的都市。

有人说这是一个四面环海的岛屿,有人说它只是一个半岛,也有人说它会根据众神之力自由地变换模样。虽然这个都市流传着各种各样的说法——但最令人在意的却不是它成立的由来或是它的地形,而是它被一个部落统治的这一事实。

部落名叫亚马逊,也被称作阿玛宗。

这个部落最大的特点是只有女人。部落里的狩猎、农耕、畜牧以及生活的各个方面,都由女人来完成。当她们希望留下子孙后代时,才会与周边城邦的男人们来往。

有些男人——比如周边城邦的王和占据山头的山贼——对此感到十分不满,经常会对她们发起攻击,却一次不落地被她们击退。

不过,需要女人肩负起的可不只是普通的日常生活。

在当时,要想保卫城邦,最重要的就是提升军备,而这一切也自然落在女人的肩上。她们在马术与弓箭上的造诣尤其高,名气大得甚至传到了遥远的希腊文化圈。

在特弥斯库拉有一名女王。

女王的母亲是侍奉阿耳忒弥斯的虔诚巫女——俄特瑞拉。

俄特瑞拉与众神之中司掌"战斗"的阿瑞斯交融，以人类的肉身孕育了神之子，是一位了不起的英豪。

但是——俄特瑞拉的女儿更为优秀。

她不仅是军神的巫女，还是一族之王。

同时也是无畏的战士长，一旦开战便会身先士卒，掀起腥风血雨。

年轻的女王运用她的力量与智慧、从战神那里继承的神气与神器，以及率领坚强女战士们的领袖魅力，牢牢地掌控着特弥斯库拉这一片土地。

据说她勇猛善战，骑在马上挥枪可劈裂大海，射出的箭可撼动森林。这样的传言足以让部落里的人产生信仰，让周边城邦的人畏而远之，也让她的名声传遍整个希腊。

可是有一天，这名女王——或者说亚马逊这个部落，迎来了一个巨大的转折点。

改变命运的风将一艘船送到了特弥斯库拉。

坐在船上的是，在当时的希腊——不，是到了后世也依然会被人讴歌为希腊大英雄的男人。

年轻的女王一下子就被对方吸引住了。

理由很简单。正因如此，也成了某种意义上的复杂。

不是因为留下强大子孙的使命。

不是因为追求肉体享受的情欲。

是向往。

在见到他之前，女王从来不知道除了众神之外还有真正的强者存在。于是，女王第一次正视这个与自己的来源——战神相当的男人。

根据幸存的部落人所言，女王当时眼睛闪闪发亮，就像听到奥林波斯神话的小孩子一样。

这名大英雄是奉某位王的命令，前来请求女王转让战神军带的，而女王毫不犹豫地允许了大英雄的暂居与交涉。

当然，女王并没有被自己的情感冲昏头脑，在没有任何对策的前提下，就把军带转让出去。

女王提出了一系列条件，比如允许随大英雄乘船而来的男人与部落中想要后代的女人进行交流、与大英雄所属的城邦进行物资上的交易往来，等等。待交换条件落实到一定程度后，军带将以和平的形式完成转让。

其实军带转让一事之所以能够顺利谈妥，还有一个原因——想要军带的人并非城邦的王，而是王的女儿。

"但愿这条军带能为居住在偏远之地的女人带去力量。"

这份祈愿说服了女王和部落的人们。

她们认为，对亚马逊这个部落而言，与大英雄缔结和平协议是比军带更有价值的事情。

不过，这并不代表她们选择躲在男性大军的背后。如此耻辱之举，是女王和所有部落人民都坚决不会做的。

假设要与那位大英雄开战，虽然她们亚马逊人不会畏缩，但女王也并非敌我不分的战斗狂。

既然那名大英雄是男子之身，那就不可能将他接纳为部落中人。但她可以与大英雄建立平等的关系，通过切磋激发部落女人们的竞争心理，让整个部落变得更加坚固、更加强大——这才是女王真正的目的。

虽然女王在战场上经常会感情用事，但在政治事务上一直都能做出理性的判断。因此在部落的人看来，女王是一个双面女王——无论是哪一面她们都满含敬意地接受。

面对大英雄，女王做出的选择是基于当时的社会形势而采取的现实手段，还是单纯的纸上谈兵呢？没有人能得出答案。

因为这个选择，永远都不会有结果。

女王想象的部落未来、她们与大英雄的关系，全部在转让军带的仲裁场上化为了泡影。

由于某位"女神"的设计而导致了——

女王自身的惨死。

× ×

斯诺菲尔德　大道

数匹高头大马冲破漆黑的烟雾，在柏油马路上疾驰。

起初有四匹马，可是一匹又一匹的马被逼近而来的黑雾吞噬。到最后，马路上就只剩一匹马飞奔的身姿。

即使同伴的身影从这个世界消失，最后的一匹马也毫不畏惧。它载着身上的异质英灵——阿尔喀得斯，一门心思地穿梭

Fate strange Fake 奇异赝品

在夜色之中。

如今的情况，让这位大英灵也不得不选择暂时退避。

黑雾逼近。

黑雾继续逼近。

它乘着与绿化树枝叶一同摇晃的空气，乘着大楼之间呼啸而去的狂风，甚至还乘着早已被吞噬之人的绝望叹息，追在阿尔喀得斯的身后。

尽管阿尔喀得斯的体内也有扭曲成毁灭之色的黑泥魔力，但追逐他的黑雾却是另一种"黑暗"。

这黑雾究竟是什么，阿尔喀得斯并不知道真正的答案。

他只能通过积累的经验和刚才死斗中磨炼出来的敏锐感，明白这黑雾绝对不是什么普通的东西。

阿尔喀得斯不清楚被黑雾吞噬的人会有什么下场。

可他发现自己的一部分宝具——在战斗中受伤的"刻耳柏洛斯"，它的灵基不知何时从这片土地上消失了。

虽然魔力的连接没有完全中断，但阿尔喀得斯既不能将其召回，也无法让其退去。

就好像有一个巨大的结界在蠕动，它可以任意改变边界，只为把阿尔喀得斯与外部隔绝开来。

生前，他曾在地中海沿岸的干旱地带见过沙尘暴（坎辛风）。现在，这股黑雾如同被染黑的坎辛风一般涌向阿尔喀得斯。就在黑雾即将吞下阿尔喀得斯之际，马的速度终于超越了黑雾。

前方已经没有任何可以阻碍马的事物，想必照这个状态逃下去就万无一失了。

突然，阿尔喀得斯的耳朵捕捉到了轻微的疾跑声。

"要在这里吗……"

已化身为复仇者的弓兵虽然不耐烦,但他的声音中带着一丝别的情感。

"偏偏在这种时候攻过来……真是一位勇敢的女王啊。"

阿尔喀得斯骑着马,挽弓搭箭,拧身射击。

顿时一声巨响,箭矢在夜晚的马路上激出火花。

下一刻,另一种马蹄声突然在"黑雾"与大楼之间回响,与阿尔喀得斯驾驭的巨马奏出夸张的二重奏。

一匹行动非比寻常的骏马和一名骑在它背上的英灵显出了身形。

"阿尔喀得斯!"

在看到彼此身影的瞬间,马上的女子——骑兵职阶的英灵,希波吕忒大喝一声。

"混蛋……你那是什么模样!你想用诅咒遏制死毒,玷污那些勇者们的伟业吗!"

阿尔喀得斯用从巴兹迪洛特那里流入的"黑泥"之力,遏制住在体内不断翻涌的"许德拉之毒"。听见希波吕忒的怒骂,他也只是在布料之下露出一抹无畏的笑容。

——原来如此,我明白了。

阿尔喀得斯脑中浮现出的是不久前与自己对峙的警察们。

——先不说那个叫约翰的男人……不管普通人拥有多么强的宝具,面对我的力量,也不可能一直站得住。

光凭魔力的洪流,那些废物警察应该被击溃了才对。

可结果却是,他们在战场上活到了最后。

虽然警察们现在被黑雾吞噬生死不明,但他们的确顽强到了不正常的地步——说得更准确一些,肯定是有什么外在的因素提高了他们的力量。

尽管阿尔喀得斯正全力驱使着马，但还是在脑中理清了思路，并将得到的答案轻描淡写地说了出来。

"女王啊……是你为那群人施与了加护吧？"

"……"

希波吕忒一言不发地催马前进，朝着阿尔喀得斯射出一箭。

箭却被阿尔喀得斯用弓拨开，落向前方的柏油马路上，掀起大量具有黏性的石块。但阿尔喀得斯驱使的巨马却熟视无睹，一举踏碎障碍物，拼尽全力地向前方跑去。

阿尔喀得斯没有收回横扫的弓，而是自然而然地转守为攻。

他将三支箭同时搭在弓上，配合马的加速将其射出。

三支箭分别描绘出不同的轨道划过夜空，冲向希波吕忒，在她的前方、后方、上方围出一座立体的牢笼。

然而，希波吕忒灵活地操纵骏马，让它奔跑在大楼的墙壁之上。

显而易见，这不是一般的马能有的跑法。

只见希波吕忒的骏马动作轻盈，犹如行走在水库石墙上的山鹿；其势又如游隼，行云流水般地飞驰在"市区"之中。

希波吕忒与骏马就像合二为一，她不断开弓射箭，丝毫没有受到骏马动作的影响。那肉眼捕捉不到的速度与她的攻击相辅相成，几乎让人误以为看到了传说中的半人马。

亚马逊一族被誉为"原初的骑马民族"，那身为女王的希波吕忒自然也身手不凡。那年轻的外表让人无法想象她的马术是如此完美——不，应该说不同于现代意义的"完美"，而是"抵达尽头"。希波吕忒一边将这门技术从灵基深处调动出来，一边伴随着马嘶声撕裂夜色。

阿尔喀得斯骑在马上，向女王发出追问："那群官吏之中也有男人。"

"……"

"你也被圣杯的光辉和所谓的战斗原则毒害，舍弃矜持了吗，女战士一族（亚马逊）的王？"

"闭嘴！"

尽管二人你言我语，可他们在攻防之战上却完全没有松懈。

"我不知道你的愿望是什么……但是，你为了得到名为圣杯的许愿机，不惜背叛自己的信仰吗？"

"我让你闭嘴！"

即使希波吕忒不耐烦地加强了语气，阿尔喀得斯却依然平静而有力地说道：

"就像当初背叛我们那样。"

阿尔喀得斯的这句话像是在试探什么。

对此，女王的回答不再是怒吼，而是沉默。

刚刚仍激动不已的希波吕忒此刻却目光无神。骏马用风驰电掣的速度将深夜的景色甩到背后，唯独心中的时间仿佛凝固了一般，停止了流逝。

纵使是夜晚的黑暗，也无法掩盖希波吕忒的脸。只见她脸上所有的表情都消失了。或者恰恰相反，有太多太多情感在瞬间涌上心头，又在刹那像煤炭一样被压成了粉末。

然而，这神情转瞬即逝。

就只是马蹄离地、继而落地的须臾片刻。

在那仿佛让人误以为世界冻结的虚无刹那过去后，她的脸上——露出了无畏的笑容。

"可笑！"

希波吕忒驱使自己的马，一口气追上阿尔喀得斯的巨马，挥舞起从自己的灵基深处显现的巨大长枪。

"你是想试探我吗？那你得在话语之中用上更多的嘲讽才行啊，复仇者。"

那把枪比它的主人——希波吕忒的身高还要长。她却利索地在马上挥起长枪，刺向阿尔喀得斯，企图剥夺他的性命。

希波吕忒不知何时让宝具——军神的战带缠在持枪的手上。如今，她那带有神之气息的一击向着阿尔喀得斯手里的弓冲去。

阿尔喀得斯也瞬间发动相同的宝具——军神的战带，利用带着神之气息的弓将这一击化解了。

弓臂将枪尖打了回去，刺耳的撞击声在夜晚的街道上回响。

四散的神之气息扯破周围的黑暗，令穷追不舍的黑雾迟滞了一下。

在交锋了第二次、第三次之后，希波吕忒暂且拉开骏马，与对方保持一定的距离，大叫道："你根本就知道我不会上这种廉价激将法的当！"

在马蹄声与箭矢交错的破风声中，二人的声音却似乎更有穿透力，强烈地振动着对方的鼓膜。

黑雾重新恢复活力，又从后方追了上来。

二人骑着骏马交织出立体的轨迹，同时依然没有停止交战。

"你的动作不够从容了，阿尔喀得斯！"

"哦？"

希波吕忒时而趁其用"涅墨亚巨狮的皮毛"防身的间隙，

使用弓箭狙击对方；时而将武器切换成长枪，直接发动攻击。

无休止的连击配合着不断奔跑的骏马，形成了完美的联动。

包含灵基在内，两人的魔力差距并不小。希波吕忒靠着自身高超的本领，才能紧紧纠缠住阿尔喀得斯。但后者也在连战之中消耗了大量体力，已经无法单用蛮力就能摆脱希波吕忒了。

再加上——

阿尔喀得斯一边抵御女王的长枪，一边意识到，她的力量变强了。

与在溪谷对峙那时相比，她魔力的质与量都有明显的提升。

——是使用令咒暂时强化了能力吗？不，这不是转瞬即逝的强化，她的灵基确实加强了。

"女王啊，我收回侮辱的言语。"

"……"

"我原以为你是想藏在暗处为他人提供加护，再趁我不备之时采取偷袭的战略……但你终究是想从正面将我击败吧。"

"那还用说。"希波吕忒在马上淡然回应完，又立即大喝道，"阿尔喀得斯……你一直以来都误会了！"

"哦？"

"无论我的妹妹们和族人是怎么想的，我都不打算予以否定。"她用缠在右臂上的布——"战神的军带"积蓄力量，并朗声叫道，"但是，你不知道！不知道我们部落降生于世的意义！"

希波吕忒的右臂发出光芒，充斥她全身的神之气息爆发性地膨胀开来。

大部分的光芒聚拢到她右手的长枪上，剩下的则流向她操纵的骏马。

不仅是马，就连武器都与希波吕忒合成一体。只见女王与爱马化作一支利箭，向阿尔喀得斯释放出猛烈的一击。

"你不知道——我在那片魑魅魍魉肆虐的土地尽头，真正想做的事是什么！"

刹那之间，黑雾将二人的身影完全遮蔽起来——

突然，伴随着一个格外刺耳的冲击声，黑雾再次消散。

"女王啊……干得漂亮。"

黑雾散去后——阿尔喀得斯的左臂被长枪贯穿。

"看来，你遇到了相当出色的御主啊。"

"……"

"我能看得出，在这短短的时间之内，你要么已经习惯战斗了，要么进行了非常优秀的调整。在这个距离神代如此遥远的世界，你居然能将神之气息发挥到这般地步，了不起。"

尽管阿尔喀得斯这样说，但他受的伤远远谈不上致命。枪尖才只是刺穿了骨头缝，黑红色的"泥"就开始蠕动起来，试图将绽裂的伤口填补上。

"阿尔喀得斯，你……体内究竟有什么？那'黑泥'到底是……"希波吕忒右手握枪，神色严厉地问道。

由于她的枪尖还扎在阿尔喀得斯身上，所以两人不得不保持着并辔而行的状态。希波吕忒因看到对方伤口中渗出的"黑泥"而犹豫了一下，没来得及将长枪拔出来——就在这时，阿尔喀得斯一挥右臂，将弓身刺向她的腹部。

"呜……"

情急之下，希波吕忒发挥军带的神之气息挡住了这一击，并顺势将长枪拔出。于是，两匹马之间的距离再次拉开。

阿尔喀得斯看了看被黑泥堵上的伤口，若无其事地述说道："谁知道呢？不过，从它与我如今的身体融为一体来看——它应该是'人'的一部分吧。"

下一刻——从伤口中滴落的黑泥骤然暴增，化作洪流袭向希波吕忒。

"既然如此，那女王……你就要注意了。"

"这是……"

"不要以为区区神之力，就能贯穿人类的极限。"

与黑雾不同，宛如干涸血液般又红又黑的"泥"像巨大的黏性生物一样腾空而起，想将希波吕忒包裹起来。

她和马几乎避无可避。

仿佛拥有独立意志的"泥"进一步向希波吕忒逼近，如猛兽那般张开下颚，意欲一口将她吞下。

"雕虫小技……"

希波吕忒再次向手臂上的军带注入魔力，想调动它的神之气息——

黑泥像对她的动作产生了反应一样，以爆炸之势扩散开来。

它以十字路口为中心，如蜘蛛网一般向外扩散，然后变成从四面八方袭来的泥烟，试图将希波吕忒和她的爱马一同吞噬。

眼前的一幕就像一片黑色的巨木林从四面八方笼罩而来。

希波吕忒心知自己要有危险了，开始将自己的灵基与布料进行融合，可是——

"我以令咒命令你。"

"御主！"

希波吕忒的脑中响起一个声音。声音通过心灵感应，直接唤起她灵基的本质。

"从地脉中引出龙，与神之力一同释放！"

下一刻，魔力从希波吕忒的周围——名为斯诺菲尔德的灵地之中不断涌出，全部汇聚到她的"战神的军带"之中。

刹那之间，彩虹般的光芒照亮了黑夜。

除了宝具，英灵自身蕴含的魔力也爆炸性地膨胀。
以希波吕忒为中心的庞大光流，将逼近而来的大部分"黑泥"轰得一干二净。
待耀眼的光芒散去，希波吕忒环视四周——周围已经没有了"黑泥"，没有了"黑雾"，甚至没有阿尔喀得斯的身影。
想到他是趁刚才的机会逃走的，希波吕忒不禁狠狠地咬了咬牙。
"你是觉得，我根本就没有资格与你做个了断吗！"

希波吕忒平息了心中的怒火之后，望着虚空问道："御主，这么贵重的令咒……"
她在通过心灵感应与御主通话，但抗议的话只吐出了半句，希波吕忒便打住了。
"不……谢谢您，御主。还有，很抱歉，我现在的实力似乎还不够。"
令咒使她的灵基瞬间得到了提升，而在魔力释放出去的那一瞬间，她通过自己感受到的反作用力和"黑泥"倒流的扭曲魔力，明白了一点——以她自身的能力，大概是无法防住的。

如果没有令咒的力量，她根本不能将那"黑泥"完全驱散，毕竟它混有阿尔喀得斯的血和庞大的魔力。

并且——若那"黑泥"被动了什么手脚，那局面肯定会对她非常不利。

又或者是一直在观察战况的御主认为事态严峻，所以才不惜使用珍贵的令咒也要把希波吕忒救回来。

——不过就算御主把令咒全部用光了，我也不会萌生反叛之心……

希波吕忒不讨厌自己的御主。

虽然她和御主多少会有些意见不合的情况，但她认为，对方是一个值得自己与之并肩作战的人。

可正因为如此——与宿敌之间的私斗让御主动用了令咒这件事，让希波吕忒产生一丝类似内疚的情感。

阿尔喀得斯离开了，黑雾也从街上散去。

希波吕忒抚摸骏马的脖子，环视四周。

她已经离主干道很远，离黑雾涌出的医院也有相当的距离。

医院之前一直铺着驱人的结界，但随着天空渐渐泛白，附近也有了市民们活动的迹象。

"不管怎么说，我们也不能继续战斗了。御主，我们找机会再来吧。"

希波吕忒通过心灵感应对御主说完，翻身上马。

"辛苦你跑了这么久，卡利昂，我们回御主身边休息吧。"

希波吕忒面色沉稳地呼唤马的名字。一人一马慢慢走向无人的小巷，悄悄变成灵体回到御主所在的据点。

在变成灵体之前，有几个人看到了少女与骏马离开的身影。

因为有些赌场会用马来做宣传，所以他们以为这匹马也是这么回事，并没有太在意。而希波吕忒的服装也被他们当成是活动的戏服，因此他们只是看了一眼，便又将视线转回到自己的前方。

毕竟，斯诺菲尔德的人们现在已经没有余力去关心这种微不足道的事情了。

那些离开城市的人们不知为何都回到了城里，嘴里还嚷嚷着"不想出城"。

动物之间蔓延着神秘的怪病。

警署遇到了恐怖分子的袭击。

还有，燃气公司的输油管道在沙漠爆炸，街上突然刮起暴风引发灾害，工厂出现火灾。

各种各样的风波接二连三地发生。

一直关注新闻和气象信息的人们不约而同地产生一个预感。有一个巨大的飓风正在侵袭美国西部，而这突然出现的飓风正在笔直地向着这片区域前进——

恐怕会正面袭击这个城市。

这不能算是巧合了——这个城市绝对正在发生什么事。

可是没有证据可以证明。

即使发到网上去，其他地方的人们也只会说"你们可真倒霉""是不是被诅咒了啊"之类的话。

尽管一连串的意外并没有造成什么伤亡，惹人瞩目的灾害情况也被一部分机关瞒了下来，但不安的情绪还是在居民们之间蔓延开来。

可就算是这样，人们也没有陷入恐慌或是暴动的状态。

因为这个城市在建设的时候就布下了无数暗示与结界，在这些东西的作用下，人们的情绪会被控制在一定的范围内。

然而——
这种控制也快到极限了。

察觉到情况不妙的人们虽然没有反抗，但脸上开始浮现出绝望的神色。

他们不知道发生了什么。

有的只是困在直觉深处翻涌的不安。

他们想，恐怕斯诺菲尔德这个城市，再过不久就要灭亡了。

同时灭亡的还有自己、他人，以及一切。

× ×

空中

一艘巨大的飞船在魔力的驱动下，飞在比正常飞行高度要高得多的空中。

在斯诺菲尔德发生的"虚假的圣杯战争"中，有一名幕后主使，她就是魔术师弗兰切斯卡。这艘飞船可以说是她的工房。如今，这名少女魔术师正与自己召唤出的术士——弗朗索瓦·普勒拉蒂一同观察着地面的情况。

弗朗索瓦的"幻术"可以"欺骗"空间的距离，不必通过使魔就可以身临其境地观察想看到的场景。弗兰切斯卡就是这样观看了医院前的战斗始末，可是——

"好奇怪啊……"

正在享用南瓜派的术士鼓着一张脸问："怎么了？"

他的御主弗兰切斯卡微微歪着头，答道："很多事情都很奇怪啊——我倒是很欢迎出乎意料的事情发生啦。但是不知道答案的话，心里就会有种疙疙瘩瘩的感觉。"

"真是任性啊，不愧是我。"

术士普勒拉蒂哈哈大笑。

弗兰切斯卡没有理会他，而是继续沉吟道："那个亚马逊的女王大人，灵基的质量比在溪谷看到她的时候提升了。先不说运气，我感觉至少身体能力和魔力都高了一个档次。"

"哦？从者还能在战争期间成长的吗？"

"如果她被灌注的魔力得到提升就可以。要是这样，那就表示她的御主朵丽丝终于把强化魔术钻研到禁忌领域了吧？朵丽丝不光豁出了寿命，还做好了废掉魔术刻印的心理准备，强行将自己的魔术回路强化了……"

"哦？我记得那位女王大人的御主是'这边'的魔术师，那她应该早就知道圣杯是变了形的假货吧？可还是这么拼命，真够疯狂的。"

或许是来了兴致，普勒拉蒂用手帕擦掉沾在嘴边的南瓜奶油，转身面向弗兰切斯卡。

"能不能接近那个所谓的第三魔法，确实要等到结果出来之后才知道……但从魔力的量来看，这个圣杯作为许愿机，也可以实现质量相当不错的愿望啦。"

"都无所谓啦！比起简简单单就被干掉，我当然更希望她们能把局面搅得更加、更加乱啊！难得最有力的优胜候选人吉尔伽美什输了，爆了天大的冷门呢！"

弗兰切斯卡自己说服了自己，正狂笑不已。

普勒拉蒂突然转而问道："对了，我倒是挺在意医院出来的那股黑雾，那是什么？"

"谁知道呢？"

"你居然也不知道……那个好像不简单哦，不用管吗？"

看到普勒拉蒂缩了一下肩膀，弗兰切斯卡露出无忧无虑的笑容说道："如果你站在我的位置上，会怎么做？会急得一边哭，一边叫'我不知道啦''好可怕啊'吗？"

"好吧，不知道的话就是会说不知道吧。不过，看到另一个性别的自己哭叫的样子可能还挺让人兴奋的，你能不能稍微哭两下？"

"我同意你的说法，但这种事太麻烦了，等我有心情再说吧。现在我最想做的，就是好好享受眼下不知道会发生什么的局势！"

弗兰切斯卡随便应付了普勒拉蒂几句，又思考起来。

"话说回来……没想到那两个人的女儿小椿才是御主，这件事算得上是一个有趣的失策。但是我很好奇她的英灵是什么，那个英灵好像把很多人都弄没了啊？"

"之前那个叫哈莉的女孩呢？她把怪物召唤出来的时候，你高兴得内脏都在隐隐作痛，今天情绪怎么这么低落？"

"谁叫有人在我看不见的地方胡作非为，一点也不好玩！"

弗兰切斯卡说到这里，眯起眼睛，笑容中染上了一抹狠色。

"吸血种随便乱跑……总让人觉得有点讨厌，对吧？"

×　　　　　×

梦中

"好了，已经把很多人都带到'这个世界'来了……接下来该怎么办呢？"

吸血种——在立场上算是潜行者御主的魔术师——捷斯塔·卡尔托雷利用自己的能力将肉体切换成少年的模样，站在楼顶俯视街道，窃笑起来。

"如果潜行者姐姐做这个世界的同伴，那警察们就成敌人了。不过，一开始双方就是敌对的啦。"

捷斯塔嘻嘻笑着，继续自言自语。

"若潜行者姐姐要与这个世界为敌，那就必须杀掉她想保护的小椿了。啊……不管她选择哪一方，对我来说都没有损失。"

带着与小孩子的外表格格不入的邪恶笑容，捷斯塔开口道："这就是圣杯战争，围在你身边的人全是敌人，全是敌人哦。"

不久之后，那笑容带上了恍惚的神色。

捷斯塔陶醉着张开双臂，就好像要用整个身体去迎接日色正盛的蓝天一样，他向全世界展示着自己的喜悦之情。

"只有我……只有身为御主的我，才能成为你的同伴哦……潜行者姐姐。"

捷斯塔沉醉于自己的快乐当中。

但他却遗漏了一点。

遗漏了在这个世界里发生的一个"异变"。

Fate strange Fake
奇异赝品

  一个连椿的从者——苍白骑士也没有察觉到的"异变"。
  那就是，在缲丘夫妇的宅邸里，另一个事物正在悄悄出现。

  在宅邸的地下，有一个比地上的建筑还要大的"魔术工房"。
  某个"触媒"被严密地保管在工房的中心。而"异变"，就在它的周围显现了。

  怪异——或许应该这样形容。
  至少，"那个"不是任何人的从者。

  "为什么？"

  "那个"本来可能就是这样存在的，但没和任何人有魔力连接。
  可能只是在某些因素的影响下才出现的，很快就会消失。
  "那个"穿着一身红衣，周围飘浮着晃晃荡荡的水球。

  "为什么我会出现在这里呢？"

  "那个"有一张端正的脸庞，雌雄莫辨，颇为奇异。看上去并不像是要采取什么特别的行动，单纯在这个地方飘荡着。

  "……政啊。"

  至少，目前是这样。

十七章

第三天 黎明与不醒的梦 II

第三天　早上　斯诺菲尔德　警署　署长室

自医院门前发生的战斗已经过去整整一天了。

继管道爆炸事故在沙漠造成陨石坑之后，这次主干道损毁也被当作事故处理，是道路地下的燃气管道和水管道出现故障导致的。

可是一直用这样的解释，恐怕燃气公司撑不到圣杯战争结束的那一天。于是有关部门便发表了一番托词，说是之前袭击警署的恐怖分子事先布下的破坏工作晚了发动，正好影响到了因沙漠爆炸而损坏的那部分管道，最终酿成如此严重的后果。

市民愤怒的矛头都指向了莫须有的恐怖分子。但与此同时，"恐怖分子至今仍没有落网"的言论被传播开来。一些市民对此感到恐慌，不敢再随随便便地前往市区。

在这样的状况下，署长室里的男子最先开口提及的是——

"英雄王吉尔伽美什被干掉了吗……"

宽敞的室内响起了斯诺菲尔德警署的署长——奥兰多·里维的低语声。奥兰多一直派手下监视着吉尔伽美什及其御主蒂妮·切尔克。看过手下发来的报告后，他眉头紧锁，独自低喃。

他昨晚在这个房间里亲自进行魔力观测，也推算出了一样的结果。

最初是因为缲丘夫妇的女儿——缲丘椿。根据推测，令咒出于某种原因自行发动，缲丘椿在昏睡状态下成了御主。为了保护缲丘椿和确认其从者的想法，奥兰多派了一队警察前往医院。没想到警察们遭遇数名英灵，展开了一场混战——

后来，奥兰多观测到某股非比寻常的魔力洪流，紧接着疑似是英雄王吉尔伽美什的灵基反应出现了巨大的震荡，而现在又观测不到了。

"正常来说，目前的情况是……最为棘手的敌人消失了。"

奥兰多的表情谈不上绝望，却十分严肃。

因为就算强敌真的消失了，也改变不了他们这边同样遭受了沉重打击的事实。

在英雄王的灵基变得微弱之后，除了一直在防备第三者会趁乱偷袭的几名警察，剩下的二十多人全部消失了。

倘若他们遇害，那奥兰多会干脆死心，立即开启新的计划。

虽然奥兰多不像魔术师那样不在乎人命，但他早就做好了失去一切的思想准备，包括他自己的生命。

如今的情况却是不清楚消失的警察是死是活。尽管奥兰多不至于抱怨，但也需要思考下一步该怎么走。

毕竟现场连尸体的影子都没有见着，唯独留下了破坏的痕迹。附近的摄像头大部分都因此前的战斗被毁，而幸存的几个摄像头拍到了一股黑雾从医院方向涌出的画面。

那黑雾看上去只是薄薄的一层烟雾。但如果它是受某种魔力影响而产生的雾，那在亲眼看到它的魔术师和英灵眼中，它应该会更浓厚。

奥兰多的副官——维拉·莱薇特也消失不见了。

作为署长而言，奥兰多已经失去了大部分的棋子。可他认为，现在应该放在首位的，是确认警察们的生死。

——假设他们真的被那股黑雾剥夺了性命，那为什么没有留下尸体？这个行为应该有什么意义才对。

——想想敌人的动机。先不要想是谁、用什么方法做的。敌人是想利用尸体吗？想把尸体当作僵尸那样操纵，还是打算直接从脑子里抽出情报……不过，如果他们还活着，那敌人要么对他们进行洗脑，要么对他们严刑拷打、逼问情报……

无论是哪种情况，警察们投敌或是情报被夺的可能性都非常大。尽管脑子里已经想到了这种不容乐观的事实，但奥兰多依然继续往下推测。

——要说其他原因……那就是缱丘椿的从者需要把大量的人类藏到某个地方。

——总而言之，最后都绕不开"动机（Whydunit）"。要我踏踏实实地做侦查工作，那还行；要我推理，我可不擅长啊。

——是御主的命令……不，应该不对。缱丘椿处于昏睡状态，不可能与从者进行沟通。慢着，真的不可能吗？我是有意断开了与从者的联系。可是据法尔迪乌斯所说，在圣杯战争中，御主与从者通过魔力连接到一起之后，从者的记忆就会流入御主的脑中……

——那反过来，成不成立呢？从者从缱丘椿的深层意识里读取到了什么……

就在奥兰多正要加快思考速度的时候，房间中突然响起一个声音，打断了他。

"嗨。"

奥兰多闻声望去，看见自己的从者——术士，亚历山大·仲马出现在署长室内。

"术士，你怎么在这里？"

"哦，不久前，我还去帮了个小忙。"

"帮忙？"

见奥兰多一脸讶异，大仲马说道："不好意思啊，兄弟，心灵感应被你拒绝了。不过，我觉得我肯定能阻止，也就没用电话联系你了。"

"等一下，你在说什么？"

奥兰多心中生出不祥的预感。

大仲马一屁股坐在署长室的会客沙发上，用让人捉摸不透的语气继续说道："幸好我在远一点的地方观战，如果是待在最前排，那如今我也在那团黑雾之中了。或许我应该跟他们一起进入雾里，这样就能把支援那群警察的工作做到底了。"

"你当时在现场吗？我不记得自己下过这样的命令！"

"嗯，我也不记得自己接过这样的命令。太好了，这说明咱俩的记忆力都没出问题。若这是在戏剧或者小说里，我们可以给对方提供不在场证明了。"

"你知道自己现在的立场吗？那一队的警察和我，都可以找人替代。但身为英灵的你要是被干掉了，那我们阵营就完蛋了啊！"

奥兰多只是语气里包含着怒火，并未发泄出来。

大仲马耸耸肩，完全没把对方的情绪当回事，语气轻浮得就像是在说早饭要吃什么一样。

"不会完蛋的。现在这个时候，差不多也该有英灵失去御主，变成无家可归的可怜人了。想和这种英灵缔结契约的方法，那有的是。"

"你就打算用这种假设来糊弄我吗？"

"我是想说，既然你是自己主动涉足战争的，就不要随随便便把'完蛋'挂在嘴边。"

听到大仲马的话，奥兰多开始冷静下来，调整呼吸。在短暂的沉默过后,他的脸上已经抹去了一切的愤怒与焦躁。

奥兰多带着自省的念头开口道:"你说的对,抱歉。就算包括你我在内,整个势力都死了,也不该断定一切就此完蛋。"

"哈哈!你这种瞬间就能冷静下来的心理素质,我还挺喜欢的。"

"我就当你是在夸我了……不过,即使我冷静下来,情况也不会好转。"

"那么,我就送你一个好消息吧。那些消失了的警察们,暂时还平安无事。"

奥兰多微微睁大了眼睛。

大仲马高兴地扬着嘴角,继续道:"我现在依旧感觉得到,我处理过的武具并未消失。虽然我在圣杯战争里算不上是什么了不起的术士,但好歹能知道与自己有关的东西还在不在这世上。从感觉来看,我给他们的武具肯定还在这个世界上的某个地方……但说实话……似乎又不像是走路就能到达的地方。"

"只是宝具还在,未必就能证明使用者还安然无恙吧?"

对于奥兰多的疑问,大仲马回答道:"至少,约翰还活着。"

"你怎么知道?"

"我稍后再给你解释。其实是我没有把所有的宝具都告诉你而已啦。"

"好吧,既然你说会解释,那我就等你解释。现在最重要的是确认我那些下属们的安全。"奥兰多将想说的话咽了回去,重新正视眼前的问题。

"可是……我不知道那地方在哪里,好像是在什么魔术结界里……难不成是固有结界?"

固有结界——奥兰多想象着,在心中微微沉吟了一下。

"固有结界啊。就是那个用心象风景塑造一个小小的世界，然后将它强行塞到这个世界里的大魔术吧？"

"虽然你的认知有些潦草，但并不算完全错误。嗯……如果是固有结界或者与之相似的魔术，那确实可以将一定数量的人从这世界上隔离开来。若是英灵，会使用一两个这样的招数也不奇怪……但这种魔术基本上都需要庞大的魔力。短时间内还好，要把消失的那么多人长时间隔离出去是不可能的。"

即使在魔术世界，固有结界也算得上是接近魔法的大魔术。

这种魔术有时甚至可以违背物理法则，在现实中将"世界"覆盖重写。考虑到魔术师们的魔力水平，无论是多厉害的英灵使用这种魔术，最多也只能保持几分钟吧。

如果有足够的魔力供施术者维持更长时间，倒是另当别论。倘若真有这么夸张的魔力流动，那么奥兰多他们的观测系统应该会有所察觉才对。

——还有一种可能，那就是法尔迪乌斯已经察觉到了，却故意没告诉我……

——不对……事实上，昨晚确实突然出现了强大的魔力反应。观测系统一直在运行，但如果连那么巨大的魔力流动都能隐藏，那或许还需要从其他方向进行研究。

大仲马没有理会陷入沉思的奥兰多，而是拿起放在会客桌上的报纸，一边看一边说："哦哦，我们这里是不是也挺危险的啊？上面说飓风冲着这边笔直地过来了。有没有可能这也是哪个英灵搞的鬼啊？"

"飓风发生在西面的海洋上，离这里很远。我倒是希望与圣杯战争无关……"

"看你眉头打结的样子就知道，你想得应该没这么乐观吧。

这样就好。管它有没有关系，所谓的风雨就是不管怎样都会把我们的期待打湿、冲走、吹飞的。而且听说这个国家一天之内死了好几个大人物，这也算是风雨的一种啦。"

"关于这件事，我也有些在意的地方……即使去问法尔迪乌斯和弗兰切斯卡（那个老东西），我想也得不到满意的答复。"

因为时机太过巧合了，奥兰多怀疑国内发生的多个事件都与这个城市举行的"虚假的圣杯战争"有关。可惜就算真的有关，他也没办法立即验证，这让他很是愤恨。

身处局势越发恶劣的斯诺菲尔德中心部，奥兰多清晰地认识到了自己的无能为力。

——不，其实我早就知道。从一开始我就清楚自己的能力低别人一等，并且为此做好了心理准备。即便如此，我们也……

想到这里，奥兰多捏紧了拳头。

大仲马用轻浮的语气问道："那么，你要怎么做，兄弟？"

"什么怎么做？"

"什么时候去救人啊？虽然要看他们消失的地方在哪里，但如果是我这个英灵能潜入的地方，我可以去哦。"

听到这番话，奥兰多皱起了眉。他对于自己召唤出来的英灵并不完全了解，但大致的能力还是清楚的。

奥兰多严厉地说："刚才差点被你连蒙带骗地糊弄过去了，我怎么可能派你上前线啊。我之前没有下过这样的命令，今后也不会下。如果你下次再擅自行动，我就算用令咒也要把你控制起来。"

大仲马收起了平时的笑容，认真地回答道："不，你下过，而且还是在最开始的时候。"

"什么……"

"兄弟,你委托我做的事是制作警察队伍的武器。换句话说,你在让我给公园里那些躺在婴儿推车里的小孩,赋予'能够与英灵战斗的力量'。"

大仲马将报纸翻到短篇小说的页面,上面刊登着由住在拉斯维加斯的作家创作的作品。他一边用手指敲着报纸,一边继续道:"我可是个作家啊,兄弟,我能给你们的'力量'是什么?'武器'又是什么?是成为英灵的那一刻,不知道从哪里冒出来、粘在自己身上的'宝具'之力吗?是像配菜一样获得的'道具作成'这个技能吗?行吧,这也算是一种回答,但不是最根本的答案。"

大仲马说到这里,停下了手指的动作,将报纸拈了起来。

"我能给别人的东西只有一样!没错!就是'故事'!"

紧接着,他将那份报纸扬到空中。

在漫天的文字雨之下,亚历山大·仲马慷慨激昂地大声道:"管它是虚构(Fiction)还是现实(Non-fiction)!管它是改编的戏剧还是我的自传!管它是不是从我脑中想出来的、彻头彻尾的妄想!管它是不是把崇高的人类和历史的车轮改写成了小说!管它是不是由世上流传的美食及其历史汇总而成的文章!这一切都是我说的'故事'。"

大仲马慷慨激昂,仿佛是在演戏。他没有扯着嗓子喊,而是像在身边响起的巨鲸嘶吼一般,由丹田发出响亮的声音。

即使是错觉,那也说明他的话拥有足以让人产生错觉的力量。奥兰多这样想着,不再像平时听玩笑那样将大仲马的话当作耳旁风。

见状,大仲马心情愉快地继续道:"加里波第说要掀起革命的时候,我确实给他提供了很多支援,什么船啊、钱啊、武器啊。但是，那也是一个'故事'。钱也好、枪也好、名声也好，当它们到了人的手中时，就会被动产生很多含义。《三个火枪手》的作者——亚历山大·仲马为乱世英雄提供了支援！那个年代的我可能没什么太大的效果，但这个片段已经足够影响一个人的人生了。我在网上稍微查了一下自己，发现这件事被完完整整地流传了下来。至少说明，这一百来年没有被人们遗忘。"

看大仲马像演戏一样地述说完，奥兰多沉默了片刻。然后，他一边整理自己复杂的思绪，一边说出了自己的想法。

"我明白你想说的了。但是，这和要你去冒险没有关——"

可是，他的话又一次被大仲马打断了。

"约翰·温加德。"

听到大仲马突然念出一个名字，奥兰多瞬间僵住了。

"维拉·莱薇特、安妮·卡隆、东·霍金斯、查德维克·李、友希·卡波特、阿德琳娜·爱森斯坦……"

大仲马将刚才飞到空中的报纸，一张一张仔细地从地上捡起来，同时嘴里念叨这些名字。

奥兰多立即便明白了，这是被命名为"二十八怪物（Clan Calatin）"的执行部队——当中所有警察的名字。

尽管只是罗列名字，背后却让人察觉到一种不容分说的力量。奥兰多没有阻止大仲马，而是继续听了下去。

"索菲娅·瓦伦丁、埃迪·布兰德……最后，就是你了，兄弟——奥兰多·里维警署署长阁下。"

"我知道你调查得很详细，但没想到还能一一背出来。"

"不只是名字，长相、声音、经历，甚至喜欢的香草种类，我都知道。你不也记得自己所有下属的名字吗，兄弟？"

大仲马的语气完全谈不上是炫耀，只是在就事论事。说完之后，他将收拾整齐的报纸放在桌子上，走向奥兰多的办公桌。

大仲马用双手撑着桌面，高大的身体向前探去，将"自己的话语"告诉御主。

"我刚才说的那些名字，就是'主要人物一览'。他们已经是我的作品里的主要人物了。"

大仲马嘿嘿一笑，张开双臂，做出最后总结。

"我没打算把自己比作上帝，也不想控制别人。但是兄弟，对你们来说，'圣杯战争'恐怕是第一次也是最后一次，而且是这辈子只有一次的演出节目。我则是以武器和力量等形式，为这台剧目提供了一部分的剧本。

"这可是我改编（捏造）的演员设定，是连我都不知道会怎么发展到最后的顶级剧本（人生）。你就不想坐在最前排好好欣赏吗？"

× ×

结界内

"这就是……所谓的'虚假的世界'吗？"

绫香·沙条穿过教会的大门，看到蓝天之下一望无际的世界，发出了难以置信的低语。

眼前的街景十分美丽，简直可以直接将其印在观光指南的封面上。

Fate strange Fake 奇异赝品

虽然没有历史的厚重感，但在周密的计算下搭建起来的一栋栋高楼大厦，营造出了一种和谐美。其中，市中心的赌场酒店和市政厅被衬托得格外庄严。

街上的风景与平时没有任何分别。但即使是绫香，也在瞬间明白了现在的情况"并不普通"。

一个原因是街上除了自己和警察们，没有别人。

另一个原因是几个小时前，教会和医院前的大道被破坏成那般惨状，已经复原成了仿佛无事发生的地步。

"全修好了……怎么办到的？"

"不……与其说是修好了，倒不如说，好像从一开始就没遭到破坏。"听到绫香的疑惑，通过魔力与她连接在一起的剑士——狮心王理查德如此答道。

正如剑士所说，街道没有修葺过的迹象。几天之前就沾在地上的轮胎印和污迹等，都原封不动地留在上面。

尽管如此，绫香仍然无法完全相信，又对剑士问道："如果这里真的是虚假的世界……那是不是说明，所谓的魔术……连这种事情都做得到吗？"

"做到这种程度已经接近魔法的领域了。不过，如果不管不顾地投入时间、技术和资产，那也勉强能重现出来。所以这不是魔法，还是算魔术吧。"

听到剑士的话语中透露出几分悠闲，绫香有些无奈地叹了一口气，说道："我们现在这情况……应该不容乐观吧……"

"嗯，是啊。不过，我的好奇心也同样被刺激到了。一想到不知道是什么人使用了这样的大魔术，你不觉得很兴奋吗？比方说大魔术师梅林突然跑出来，那可怎么办？按照这个时代的价值观，我得跟他要个签名吧。"

"谁管你要干什么，我又不认识那个叫梅林的人。"

绫香随便应付了一句。

"啊，万一他是敌人，那就是劲敌了。怎么办，要把他扔到月球上去吗……不，那应该是母后编的……但那可是传说中的魔术师啊……若我能侥幸把他逮住，那就抓着他的腿，把他当作'永恒遥远的胜利之剑（我的宝具）'来回挥舞，怎么样？搞不好会变成威力超级强的魔法剑呢……如果我真能见到他，有必要求他让我试一下！"

看着剑士在一旁小声又激动地笑着说怪话，绫香心想"他的联想力的确是遗传自他的母亲啊"，然后继续向前走去。

"我更关心的是，不打败那个魔术师，我们真的就出不去了吗？就没有什么……能安全地悄悄溜出去的办法吗……"

因为剑士刚受过重伤，绫香希望他们可以尽量避免战斗。就在这时，绫香从与剑士相反的方向听到了否定的回答。

"应该很难。虽然不是完全没有可能，但想在没有线索的状态下找到办法，不知道要花多长时间。"

说话的人是一名女警察，脸上的表情仿佛没有设定感情的仿生人一般，语气也十分冷静。

"你是……维拉小姐吧？谢谢你详细的回答。"

这是一个人烟稀少的世界。

然而现在，绫香与剑士的周围却成了例外。在教会遇到的警察队伍之中，有十来个人走在二人身边，将二人包围了起来。

绫香从警察那里得知，这个世界是一个被封闭起来的空间。为了讨伐生成空间的元凶，绫香二人暂时与他们结成了联盟。

对于绫香来说，与警察联手总比被警察逮捕要好，而剑士也没有反对暂时结盟的理由。因此，他们没怎么犹豫就决定与对方一起行动了。

维拉·莱薇特——看上去像是这支警察队伍的领队，刚才是这样自我介绍的。

绫香看着她，依旧保持着十足的警惕，询问道："你也是，圣杯战争的御主……吗？"

"不，我不是御主。我不能告诉你具体的情况，你可以把我当作是……站在御主一方的人。"

"也就是说，警方与举办圣杯战争的魔术师们联手了啊。但审讯我的人看上去并不知情，看来不是所有警察都参与了。"

剑士用一如既往的语气，光明正大地说出自己的推测。

"可是，从医院前面的重头戏来看，你们应该把大部分的人手都派出来了吧。既然连援军都没有，就表示只有极少部分的人负责保护你们的上司，也就是御主。我猜……参与圣杯战争的警察大概有三十个？"

"我认为，这些情报无助于我们离开这里。"

"你可真老实啊。"

"什么……"维拉面无表情地发出诧异的声音。

剑士说道："确实，你们也有可能将一百来号人派去其他更重要的地方……但你刚才略微的沉默和游移的视线已经很好地说明——我说中了。"

维拉沉默了。

绫香无奈地插嘴道："你还特意说出来去指责别人，你性格是不是太恶劣了啊？"

剑士连忙否认道："啊，不是不是！我没嘲笑她，也没得意！

她之所以在交流时露出直率的反应，是因为她本性正直。身为魔术师却有着正直的本性，这其实是一种美德，我想说的是这个啊。以前有个一直跟在我身边的魔术师，名叫圣日耳曼，他嘴里就没一句老实话。你根本不知道他说的话里哪些是真，哪些是假。"

话音刚落，周围就响起了警察们的窃窃私语。

"圣日耳曼？""那个炼金术师？"

"啊……那家伙果然很有名啊。他也说过自己在很多人面前露过脸……我真同情那些被他缠上的人。不，如果是足以名留青史的伟人，说不定自然就接受他那种古里古怪的地方。"

见剑士耸了耸肩，一名警察随之问道："我倒是想问你，你真的是英灵吗？感觉你好像很散漫啊……"

年轻的警察因为一直专心对付阿尔喀得斯，所以并没有仔细地观察过剑士和英雄王之间的战斗。

此前，年轻警察见识过的两名英灵——袭击警署的潜行者与阿尔喀得斯。与他们相比，年轻警察觉得剑士实在太没有紧张感了，于是发出了这样的疑问。

周围的其他警察纷纷出声，又是"胡说什么呢"，又是"要是他把这当作挑衅了怎么办"，极力劝阻年轻警察，然而——

年轻警察的话却成了导火索，让剑士的脑海中响起了某个人的声音。

"皇兄总是这样。明明在战争上像个恶魔一样到处破坏，平时却总是懒懒散散的！你有身为国王的自觉吗，皇兄！"

剑士对生前亲人的叫嚷感到很怀念，同时向年轻警察问道：

Fate strange Fake 奇异赝品

"你是……"

"约翰·温加德。叫我约翰就行了。"

闻言,剑士惊讶地睁大了眼睛。

看到剑士神色大变,警察们和绫香都感到很吃惊,但当事人却完全没当回事,而是面露喜色地说道:"是吗……你叫约翰啊!我们也算有缘,好好相处吧,约翰。你把这当作是我散漫的性格带来的副产品就好。"

剑士友好地走向警察,把人家的后背拍得"啪啪"作响。

约翰感到莫名其妙,露出了警惕的表情问道:"你干吗突然这样?我的名字有什么问题吗?"

"啊,不,嗯。"

约翰这么一问,剑士不知所措地移开了目光。

"你们……察觉到我的真名了吗?我要看你们知不知道,再决定能不能说……不对,等一下。我这种说法就等于暴露了'约翰'这个名字与我的真名有关了啊。好,我先想想要怎么糊弄过去,等我一下。"

"已经糊弄不过去了,你放弃吧。"

绫香叹着气说,但看上去并没有生气。真名的重要性就连绫香都十分清楚。但面前这个英灵,有"就算对方不想听也要自报家门"的前科。所以绫香知道,他基本没打算隐瞒到底。

假如绫香是剑士正式的御主,那她可能会不惜使用令咒,也要阻止剑士透露自己真名相关的情报。可绫香连自己是御主的这种意识都没有,因此对于剑士暴露真名的行为,只有无可奈何。

剑士没有理会无奈的绫香,自顾自地将想到的话通通说了出来:"对……我昨天听到了很优美的现代音乐,创作者分别有……艾尔顿、列侬、威廉姆斯、特拉沃尔塔（**注：这四个人的全名里都有约翰**）……所以就想，和他们同名的你会不会也有音乐的才华。"

"艾尔顿·约翰是假名吧，而且'约翰'是姓不是名……"一名警察吐槽道。

剑士却像打岔一样，熟练地吹起了现代音乐的口哨。

见状，维拉罕见地露出了困惑的表情，自语道："需要隐藏真名的英灵应该是说不出这种话的……"

虽然在冬木的第四次圣杯战争中，也曾有过对第一次见面的人高声自报家门的英灵，但维拉并不知道。她觉得这名剑士要么是十分与众不同的家伙，要么就是一切尽在掌握之中，却故意装傻的狡猾从者。

不过，从剑士当着电视机的镜头宣布会赔偿歌剧院损失、在不是魔术师的警察面前变成灵体消失之类的奇特行为来看，他是前者的可能性更大一些。

于是，维拉故意拿出了一点他们警察这边的情报。

"署长好像猜到了你的真名。"

维拉一直和奥兰多署长分享情报，但这个消息并没有告诉其他警察。

奥兰多目前还在根据"混着红发的金发"、在歌剧院前的言行举止等情报进行推测。如果没有得出准确结论就将情报扩散出去，那么等到发现错误时，很有可能会陷入致命的困境里。

因此，维拉没有在这里指出对方就是狮心王，而是将牵制的程度停留在"我们可是很清楚你的身份"。

听到上司的这句话，约翰重新向剑士问道："就算是这样，你……你作为英雄会不会太大意了？随随便便就相信我们，还用后背对着我们。要是我们袭击你的御主,就是这个小姑娘的话,你要怎么办啊?"

"这可真是有意思的问题。你觉得我该怎么办呢,绫香?"

"咦,问我吗?"

"按他所说,被盯上的人是你,那就趁现在说说你的想法。毕竟,要是我一不留神反击结果错手把人杀了,你到时候再难过地跟我说'你没必要杀人吧',那我可就头疼了。"

剑士的话仿佛是在说,他一个人对付这群人易如反掌。

其中一个被轻视的警察带着不太愉快的表情,出声道:"你还真是游刃有余啊,听你这话的意思,好像就算手下留情都能轻松把我们——"

话没说完,约翰就抬手制止了他。

"约翰,你干什么?"

"你没发现吗?我们被监视了。"

警察看向约翰的脸,不禁大吃一惊。约翰在这几秒钟之间已经露出认真的表情,冒着冷汗观察四周的情况。

剑士佩服地看着约翰,说道:"真让人吃惊,你在这一瞬间就发现了吗?我之前就觉得,你怎么都不像是会从背后刺杀绫香的卑鄙小人……啊,你不仅能成为一名好警察,还能成为一名优秀的骑士啊。"

绫香没听懂剑士在说什么,露出不解的神情。

警察们则纷纷看向四周——与约翰一样,他们的脸上都冒出了因警惕和惊讶而产生的冷汗。

只有维拉还保持着冷静。她将注意力投向挂在自己腰间的手枪,问道:"两个人……不,三个人。我可以认为,他们是……你的手下吗?"

"咦？什么？"

绫香又仔细地环视了一下四周——才终于发现，一名前几天见过的、缠满绷带的男人正站在大厦的楼顶；一名手持骑兵长矛的男人正骑着马，在小巷里窥视着这边。

"那个人是……"

"啊，弓兵是我之前给绫香介绍过的。连隐身的洛克……潜行者的气息都能察觉到，你可真了不起啊，维拉小姐。"

"我没有察觉到他的气息。我只是认为，要想保护绫香·沙条的安全，那就还需要一个人，这样才可以把死角完全封死。"

"那就更厉害了。原来如此，如果由你来领军，那你身边的人在战场中也可以绽放出更耀眼的光芒吧。"

剑士轻描淡写地说完，弓兵等人的身影便像烟雾般散去了。

约翰没有放松警惕，开口问道："怎么回事……那些人，是什么？"

"是我的同伴啦。等我确信你们不会对绫香下手之后，我会连带我的真名一起把他们介绍给你们的。"

"同伴……你是从结界外面把他们叫过来的吗？"

听到维拉的疑惑，剑士摇摇头。

"他们算是和我的灵基半融合了，只是自动跟过来的啦。"

"就牵制的手段而言，你会不会太大意了？我们正在推测你的真名，你不觉得刚才的情报会让我们离核心更近一步吗？"

"你是在替我担心吗？比起魔术师，你们果然更像是骑士。"

维拉面无表情地眯起了眼睛。

见状，剑士用爽朗的语气答道："啊，要是我让你觉得不舒服了，那我道歉。我并不是在侮辱你们。虽然我很重视骑士道，但我绝对没有轻视魔术师。我甚至很赞赏你的人性。你很沉着冷静，但又并非冷酷无情。"

"这根本不算是在回答我的问题。你从刚才起就对我们太不警惕了。正常来说，你现在的首要目的是全力保护绫香·沙条的安全。等到合作结束后，再亲手杀掉我们……但你的态度却让人感觉不到这一点。作为与你合作的人，我反倒觉得这是一个让人担心的事。"

"也就是说……你觉得我有什么企图，反而不敢放心地把后背交给我，是吧？"

"什么……剑士不是这种……"

绫香正要抗议，就被剑士的"不要紧"阻止了。

"谢谢你，绫香。嗯，作为一个管理组织的人，她会这么谨慎也很正常。不过，为了能让我们顺利回到原本的世界，我觉得我们在合作的时候，还是不要有隔阂比较好。"

接着，剑士在没有车辆行驶的大马路中央停了下来，向警察们讲出自己的心声。

"也是啊……我对于隐藏真名这件事……不，是对于这场'圣杯战争'本身，确实还没有认真起来。我真正认真对待的，是与那名金色英雄之间的个人'战斗'。"

"没有认真对待？"

"啊，我既没有放水，也没有轻视你们。其实我之前对绫香说过了……我只是还没有找到想对圣杯许的愿望而已。"

"没有……愿望？"

维拉很诧异。被召唤到圣杯战争中的英灵除了一部分例外，都是以让圣杯这个许愿机实现自己愿望为目的，才与生活在现世的魔术师们缔结契约的。

如果没有任何愿望，那这名剑士为什么会显现呢？

——是因为圣杯是假的吗？可是……

尽管做出了推测，但维拉认为后面的事情应该交给奥兰多署长和术士大仲马来判断。于是她保持着沉默，继续听剑士说下去。

"我活着的时候，倒是有向神许下的愿望。虽然现在很难得知它到底有没有实现……但那个愿望不能向圣杯许下。不，应该说是，就算对圣杯许下也没有意义。可是，既然我已经被召唤到这里了，就表示我还有连我自己都不知道的愿望吧。"

剑士轻轻耸了耸肩，对警察们露出直爽的笑容。

"总之，在找到那个愿望之前，我不会主动杀掉你们以求胜出。我现在的第一要务，是让绫香平安无事地回到故乡。"

"故乡？"

不知为何，发出疑惑声音的却是绫香。

"你是从日本来的吧？不是吗？"

"不……是倒是……啊啊，抱歉，打断你了，你继续吧。"

绫香支支吾吾地说完，陷入了沉思。

剑士一边留意着她，一边对警察们总结自己的话。

"所以，只要你们不伤害绫香，我就不会打破合作关系。毕竟昨天的敌人是今天的朋友这种事情，在我那个时代简直就是家常便饭。"

剑士脸上不怀好意的笑容仿佛是在说"不知道现在这个时代是不是呢"。

维拉想了想，看了看自己的同伴们，点头道："我明白了。尽管我无法完全相信你的话，但我答应你，我们也会遵守约定。"

听到这句话之后，约翰对绫香开口道："啊……刚才对不起了。虽说是为了试探你的搭档，但我终究是说出那种好像要从背后偷袭你一样的话。作为一名警察,实在太不应该了。抱歉。"

"咦?啊,没事……本来原因就出在剑士身上。"

听见绫香拘谨地这么回道,约翰松了一口气。

"谢谢你。你作为一名魔术师,心胸未免有些宽大啊。"

"因为我不是魔术师。"

"咦?"以约翰为首的警察们纷纷露出不解的神色。

或许是觉得解释起来很麻烦,绫香耸了耸肩膀,便跟着剑士一同向前走去。

——绫香·沙条(Ayaka Sajo),她到底是什么人?

虽然维拉不露声色,但内心重新审视起绫香这名人物。

从审讯的记录来看,她只是一名前来这个城市旅游的普通游客——但调查之后发现,她的入境记录是伪造的。她肯定是通过某种门路偷渡来的,但她本人似乎并没有这个自觉,这一点让人觉得有些不可思议。

奥兰多署长还告诉了维拉一件事。但为了避免引发混乱,他没有将消息分享给其他"二十八怪物(Clan Calatin)"的队员。

——有一名魔术师,与她同名同姓……但是那个"沙条绫香"现在正在罗马尼亚活动,这一点已经得到了证实。

——我看过面部照片,除了头发和眼睛的颜色,她们两人确实长得很像。

——如果我们这里的"绫香·沙条"是冒牌货,那她的目的是什么?如果她是想顶替对方,那为什么要改变头发的颜色呢?相反,如果她不是为了顶替对方,那为什么她的脸和对方的那么像?

——"沙条绫香"似乎有个姐姐,但没有任何情报证明她有双胞胎姐妹。

——不管怎么说……都只能继续保持戒备。

由于现在无法与奥兰多署长取得联络，所以维拉事实上就是队伍的领队。她决定将最低程度的防备心隐藏在心里，与剑士等人一同行动。

维拉认为——虽然他们警察也有着众多"宝具"，但考虑到每一个人的战斗力，与剑士为敌并不是上策。

就在这时，当事人剑士一边走着，一边提出疑问："对了，你们说过，要铲除罪魁祸首的魔术师或是从者，对吧？"

"没错。我猜，这是最有可能破坏这个结界世界的方法。"

剑士想了想，先是像自言自语似的微微动了动嘴唇，然后对维拉说道："嗯，也是啊。我的同伴'术士'也说了，这是最行之有效的办法。"

"同伴……"

"你就当成是和那个绷带弓兵一样的人就行了。"

维拉想起刚才看到的那些神秘人物，虽然灵基比不上正式的从者，但比一般的魔术师要强大得多，恐怕都是剑士灵基的一部分。维拉不由得在心里念叨"他居然还有担任魔术师职责的手下吗"，更是进一步提高了警惕。

然而，剑士接下来的话却好像给维拉的警惕心，和下定决心为了离开这里不惜牺牲生命的警察们泼了一盆冷水。

"只是啊，我的大多数'同伴'对采取这种方法的态度还挺消极的。"

"这是为什么？"

"你问我为什么……你是不是忘了某个重要的可能性？"

剑士给人的感觉不再像之前那样松懈，而是露出了一名英灵应有的认真模样。他又一次停下脚步，问道："你们想要保护的那个女孩子……是叫小椿吧？"

"你是怎么……"

"我也从昨天认识的雇佣兵那里听说了原委。听是听了……但从眼前的情况来看，你们不觉得……把我们关在这个世界的人，也有可能是那个小椿的从者吗？"

之前就已经想到有这个可能性的维拉和一部分警察，微微垂下了眼帘。而以约翰为首的几个人直到此刻才意识到这一点，他们愣了一下，之后各自露出了不一样的神色。

"也有可能是和那名金色弓兵战斗的危险家伙，或者是我也还没有见过的从者干的。但是……"

剑士顿了一顿，用平淡的语气道出残酷的事实。

"如果罪魁祸首真的是那名年幼的女孩子，你们能下得了手杀她吗？"

×　　　　　　×

同一时间　封锁世界　水晶之丘　赌场内

在剑士和警察们走在大道上的时候——

有一群人在离他们不远的地方，采取了与他们不同的行动。

这群人并不是兵分两路的警察队伍，而是从一开始就没有与剑士和警察队伍汇合的一部分人。

其中一个人用手转着轮盘的圆盘，双眼发光地开口道："哇，好厉害！我只在斐姆先生的赌场里见过轮盘。如今自己转过了之后才发现，原来是这么轻！"

听到青年——弗拉特·艾斯卡尔德斯说出这番孩子气的发言，戴在他手上的手表发出了声音。

"在这种情况下还会注意这种事的，就只有你一个人吧。"

说完，变成手表的英灵——狂战士开膛手杰克打量着周围的情况，表达了自己的感想。

"唔……没有一点嘈杂声，安静得掉根针都能听到，这样的赌场真的感觉好怪啊。"

"咦？杰克先生，你对赌场很了解吗？"

"仅限知识层面。可能是圣杯提供的，也可能是因为一种说法——我的真实身份是活在永恒时光中的赌徒。无论哪种都一样，从这些华美的装饰就能推测出，这里平时有多么吵闹了。"

看着一人一表进行交流，同行者耸了耸肩，加入了对话。

"嗯，确实很不对劲。电是通的，就算没人投币，这些机器应该也会有动静才对啊。"

说话的男人打扮得很有特点。他穿着神父的服装，戴着眼罩，看上去有三十五岁以上。他的身后跟着四名身穿奇装异服的年轻女子，每个人都神色严肃地环视着四周。

神父名叫汉萨·塞万提斯，是教会派来的监督者。他与手下的修女一起在医院门前被黑雾包裹，送入了这个封闭的世界。

"那群警察应该也在这里，不找他们汇合吗？"弗拉特态度随意地向监督者问道。

"我是为大家提供了教会这么一个庇护所。可假如这也是经从者之手拉开的'圣杯战争'的一环，那我帮助他们离开这里就成了过度的援助。当然,你们也一样。虽然我可以像现在这样与你们分享情报,但我并不打算……协助你们一同破坏这个结界世界。"

当汉萨意识到自己被关进一个模拟城市的结界后,便独自去外面进行调查,途中遇到了弗拉特二人。于是一群人汇合后,一起对城市进行调查。

"这样啊……那就没办法了。如果裁判偏向我们,那就算赢了也完全开心不起来嘛。而且要是这么做的话,圣杯最后大概会被圣堂教会的人拿走。"

弗拉特遗憾地讲述自己对圣堂教会的负面印象。

汉萨苦笑着点头同意道:"嗯,是啊。要是上头下了这种命令,可能我会照做吧。本来许愿机这种东西就不应该落到魔术师的手里,肯定不会发生什么好事。"

"说起来,圣杯战争的监督者是日本那个叫冬木的城市才有的吧?"

"但如今他们以此为借口干预这里的圣杯战争也是不争的事实。一旦知道这边的圣杯与冬木那里的相差甚远,说不定事情就会因为上面的方针发生改变。"

汉萨故意没有说事情会转向好的方向还是坏的方向,而是将目光投向修女们。

"怎么样?"

闻言,一名修女摇了摇头,用郑重的语气答道:"不行。这周边观测不到构成结界的魔术核,可能是被巧妙地隐藏起来了。若是这样,我们的礼装难以进行查探。"

"是吗……我本来是想,既然对方将整个城市完全复制了,那么,说不定他直接使用了圣杯的力量……现在却不知道最关键的核在哪里啊。"

不管是圣杯的力量还是结界世界的"核",汉萨本以为城市中央最高的大楼很可疑,现在看来似乎是猜错了。

"现在有电是吧?"

听到弗拉特的问题,汉萨抬头看着天花板上的吊灯答道:"嗯。但是供电来源不明,不知道什么时候会停电。"

"我想……趁着电梯还能用,去最顶层看看。"

"你觉得那里有'核'?确实,这栋大楼上下的空间都挺大的,有必要调查一下……"

闻言,弗拉特摆摆手否定道:"啊,不是,不是为了调查……啊,如果真在那里也算是走运吧。"

"那你是想……"

"因为从那里……可以将整个城市尽收眼底。"

"你有什么计策吗?"

听到杰克的话,弗拉特微微点了点头。然后他像是给自己鼓劲一样,狠狠地拍了一下脸颊,开口道:"如果用我的眼睛去看……说不定会发现什么……

"要是能找到防御薄弱的地方,没准就能联系'外界'了!"

× ×

同一时间 美国 洛杉矶

"……报……现在播……特别警报……

"在……发生的飓风呈现……不同……常的动……

Fate strange Fake 奇异赝品

"气象局……不使用……普通命名表……

"……另取了……特别的……名称……

"……丽……贝尔……"

防灾广播的声音进一步变得浑浊，只剩下杂音充斥了狭小的空间。

一辆卡车侧翻在路旁。在狂风暴雨的侵袭下，水开始从破碎的车窗浸入驾驶席。广播丝毫不受影响，依然在恣意地响着杂音，但它完全被水淹没也只是时间的问题。

司机似乎早就去避难了。周围能零星看到倒下的招牌和断裂的树木，唯独看不到人影。

巨大的飓风以违背预报的形式突然出现，足以记入史册。

事后报告显示，在洛杉矶的市中心仅有几辆车和部分建筑物受损。

但有人在风暴之中，忍受着砸在脸上的雨点，仰望天空。

他们说——

有四条龙卷风从天而降。

它们身缠雷电，在大地之上阔步，就好像是——

高耸入云的巨兽伸出四肢，准备踩碎整个世界。

幕间

雇佣兵、暗杀者、苍白骑士

Fate strange Fake 奇异赝品

"大哥哥，大姐姐，你们没事真是太好啦！"

院子里响起少女天真无邪的声音。

温暖的阳光笼罩着庭院。松鼠和小猫在修剪得整整齐齐的草坪上跑来跑去，无数小鸟站在庭院里的树木枝头，用悦耳的叫声开起了小型音乐会。

如果要把"温馨"这个词变成实体，那大概就是眼前这幅景色了吧。

只能在图画书中看到的画面，如今就真实地展现在眼前。

然而——少女的说话对象却与这样的气氛格格不入。

一人是黑衣青年。虽然他的年纪迈入了青年的行列，但外表还尚有几分稚气，说是少年也不为过。与外表相反，他身上带着手枪、匕首，是非同一般的危险人物。

另一人是同样穿着黑衣的女子。黑色的外套几乎将全身遮得严严实实，只剩有些困惑的双眼观察四周。如果只是这样，那她看上去倒像是一个穿着黑纱的普通女子。事实上，她的黑衣之下藏着无数武器。与服装、打扮无关，她本身就散发着危险的味道。

青年名叫西格玛。

女子则是这场"虚假的圣杯战争"中，作为潜行者被召唤出来的从者。

二人出于种种原因处于共同行动的状态，现在却一起被关进了这个异样的空间里。

"是啊，谢谢你了。"

"多谢。"

西格玛和女潜行者分别表示了感谢。

小孩子——缫丘椿听到二人的道谢，露出了开心又腼腆的表情，啪嗒啪嗒地跑到屋里去了。

"那孩子，就是缫丘椿。"

"就是她，在无意识的情况下就征服了英灵啊。"

二人已经明白了。住在同一栋房子里的父母明显遭到了某种精神控制，只有那名少女不一样。她没有受到任何心灵上的束缚，是完全自由的状态。

"也就是说，刚才的黑影……就是她的从者了。"

缫丘椿用"黑先生"这一称呼，向他们介绍了一个高大的身影。

那影子几乎与庭院里的树木等高，整体黑得像是能吸收下周围所有的光芒，却斑驳地浮现出苍白的光辉。

黑影现在躲在屋里，看上去不像是有实体的样子，所以就算什么时候突然从土里冒出来也不奇怪。

西格玛这样想着，提高警惕观察四面八方，而女潜行者陷入了思考。

"那个……真的是英灵吗？"

"也有可能是魔物或者怨灵吧……"

听到西格玛嘟囔着说出来的话，女潜行者摇了摇头，否定道："不……恐怕不是。我从那个影子身上，感受不到类似恶意或憎恨……不，连魔力波动都……"

二人想到，在这个庭院醒来的时候，他们一个魔术使，一个从者，都把后背暴露给了那个"影子"。

如果对方有敌意，他们应该早就被干掉了，但他们却平平安安地醒了过来。也就是说，对方没有向他们发起攻击，他们很可能根本就没被对方认作是敌人。

"我从他身上感觉不到个人意识。但可以肯定的是，他一直跟在那个孩子身边。"

潜行者的话让西格玛开始思考了起来。

"有没有可能，从者在别的地方，'黑影'只是使魔？"

"不排除这个可能……但现在的我们情报太少了。那个魔物……吸血种倒是有可能知道些什么……"

潜行者在布料下狠狠地咬了一下牙。然而，她连那个吸血种的气息都感觉不到。虽然清楚那个吸血种肯定有什么企图，但若他不来接触自己，那自己想找到他就很难。

西格玛和潜行者之前佯称散步，偷偷观察过周边，发现没有多少人类的气息。

偶尔能看到人影，可是能感得到他们也和缲丘椿的父母一样，遭到了某种精神控制。对话倒是也能成立，但也就那样了。

这些人对西格玛全副武装的打扮毫无防备，看上去也不像知道这个世界的事情。

二人试探了好几次，发现他们只是反应比较微弱的普通人，除此之外什么收获都没有。

唯一的一点——他们大多数人都表示自己居住在工业园区附近，是因为火灾之类的事故逃过来的。

"工厂的火灾……是昨天打听到的英灵战斗一事吗？"

在联络中断之前，西格玛从"看守者"那里听说，工业园区受损区域的相关被害情况被第三方英灵用幻术遮蔽了，但发生火灾一事似乎并没有一起被抹消。

然而，居住在那里的人们却表现得很奇怪，似乎也和缲丘椿的父母一样被洗脑了。

他们二人其实还可以采取一种调查方式，那就是对这样的"人"和"街道"做出破坏性的行为。但在不清楚世界的构成也不清楚敌人能力的情况下，采取这种方式无异于自杀。

西格玛冷静地想了想，决定根据"可以沟通"这一点来进行调查。

"如果是普通人，不管他们有没有遭到精神控制，都不可能清楚状况吧。

"但是……如果是知道圣杯战争内幕的魔术师，又会怎么样呢？"

×　　　　　　　×

"你有事想问我？"

缲丘椿的父亲带着有些空洞的目光，如此问道。

"对，我希望能在令千金不在的地方谈谈。"

听到西格玛的建议，已经来到门口的魔术师转头看向家里，说道："这不太方便吧，我跟女儿说好要讲故事给她听，不好走太远……"

"不，在外面附近就可以了。"

"这样啊，那没问题。"

椿的父亲爽快地应了下来，随后便离开了自家的院子，跟着西格玛来到了住宅区里的小公园。

"我们会出现在你家真的只是巧合，但我认识你，缲丘夕鹤先生。"

"哎呀……我们在哪里见过吗?"

"我的上司叫弗兰切斯卡。还有一名生意伙伴,他叫法尔迪乌斯。"

闻言,缲丘夕鹤的脸色微微阴了下来。

"啊啊,看你的装备,我就猜到你是魔术使,果然没错。可是……我之前也跟法尔迪乌斯先生说过了,我现在顾不上圣杯战争,没办法帮……"

"不,都到了现在这一步,我也没想过要请求你的帮助……只是你能告诉我,发生了什么事吗?"

西格玛淡淡地询问道。他的语气礼貌,却不含任何情感。

他摆出一副面对"魔术师"时的"魔术使雇佣兵"模样,同时也做好了对方突然发动袭击的准备,绷紧了全身的神经。

潜行者正藏在公园一隅,防备着四周。

二人觉得既然遭到精神控制的人能够沟通,那从他们身上能套出多少情报呢——反过来,也可以从哪些情报不能说这一点,打探出实施精神控制的人有什么意图。

然而——

"嗯,可以啊。根据我的判断,这里应该是椿的从者有意创造出来的结界,他一直在保护可爱的椿。尽管我在这方面是外行,但我认为是一种固有结界。

"椿的从者恐怕是某种概念的具象化。我认为,是死亡、虚无或者疾病的概念,被有目的地赋予了人格。比如在我的故乡日本,就有人为'家中无故发出声响'这一现象做出解释,从而创造了名叫'家鸣'的妖怪。这是一种民间魔术,将无形的东西视为有自我意志的事物,赋予其形态,以精神上的应对

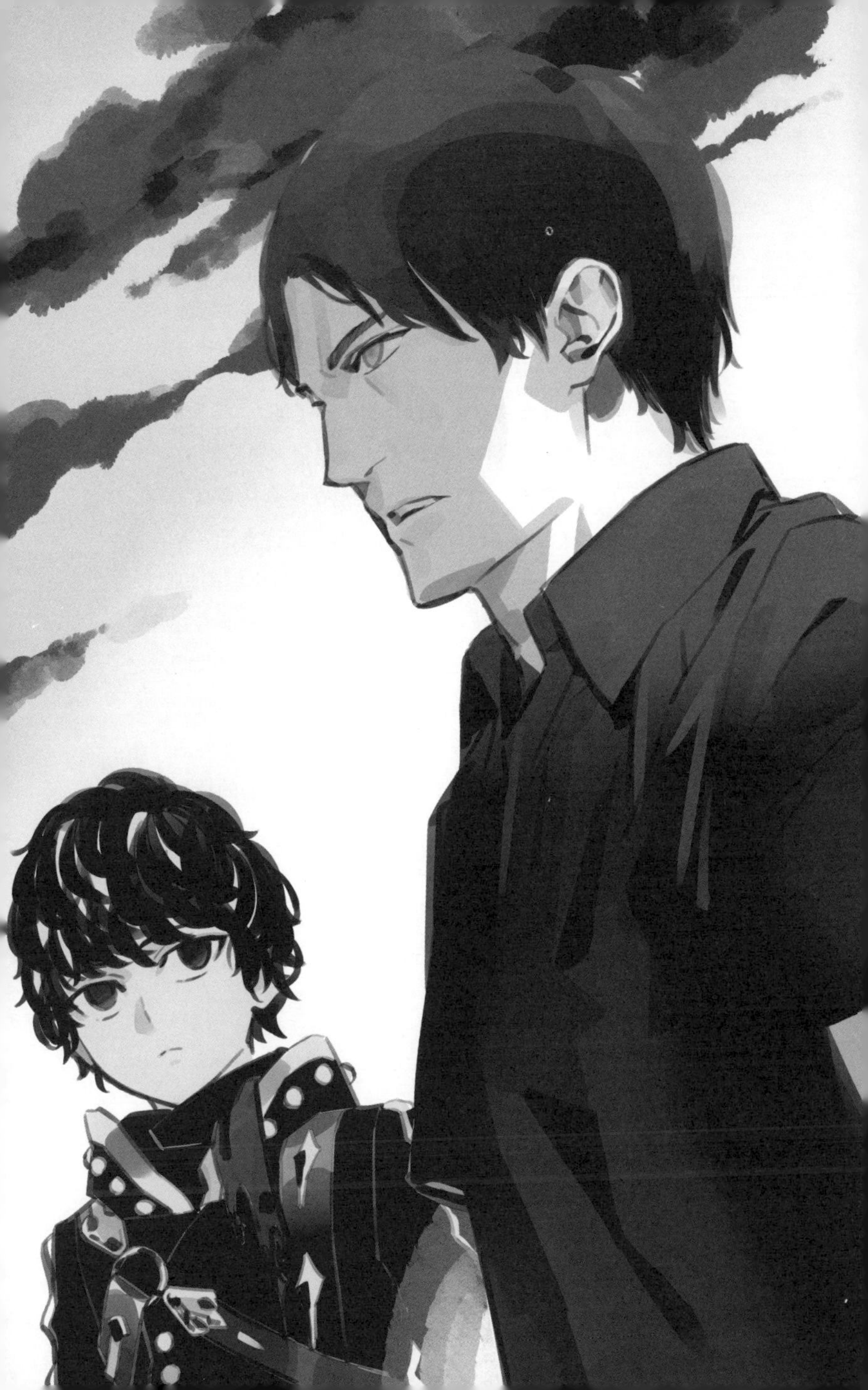

方式进行对抗……考虑到那个从者的力量，我觉得他是被全世界广泛认知的某种事物。只要彻底地进行调查，应该可以分析得出准确的结果。但我现在已经退出圣杯战争，和女儿享受宁静的生活，所以没有时间去做这些事了。"

繰丘夕鹤用十分平稳、十分轻快的语气，讲述起自己身为魔术师的见解，就好像这事根本没什么大不了的。

可他的这番说辞让人一听就明白，他的精神被控制了。

——他在……魔术上的事情……甚至在推测从者真实身份的事情上，都没有收到"封口令"吗？不，或许支配者是在控制他放出假情报。可若是这样，那情报内容应该更模糊些吧？

出于魔术使的经验与技术，西格玛相信自己能够看穿普通人的谎言。然而，如果对方是魔术师——尤其是受自我暗示之类的影响，坚信"谎言就是真相"的，那就需要更丰富的经验、才能和专用的魔术才能看穿了。

——假如能联系上看守者，就可以配合影子们的情报加以判断……

西格玛的从者自称收集了市内所有视觉与听觉情报，可惜现在正处于失联的状态。

想尽早离开这里，就得先找到方法，为此必须要掌握更多的情报。

"你不想到结界外面去吗？"

"为什么要出去？我的女儿在这里活蹦乱跳的。"

"有没有可能，你遭到了从者的精神控制，因而产生这种想法呢？"

"嗯，恐怕是吧……但是，这有什么问题吗？"

这个回答让西格玛找到了方向。

如果这个局是缫丘椿的从者布置的，那么，这名英灵的行动初衷很可能不是为了在圣杯战争中获胜，他真的是以"椿"为中心来行动的。

——可是，再怎么说，缫丘夕鹤也是打算参加圣杯战争的魔术师。按理说，他在一定程度上有防备精神控制的对策……

虽然西格玛这样想，但他也清楚这不是万无一失的。

之前曾经发生过一起案子。一群优秀的魔术师参与拍卖会，竞拍十分有魔术价值的历史遗物。可他们遭到同盟者的背叛，变成了对方的棋子。

时钟塔的某个君主出手救下了这群魔术师。魔术师们为自己的大意感到羞愧，还将家族内值得信任的人交给了那名君主，让他们在君主的教室中学习。

西格玛之所以会记得这件事，是因为那位君主在这件事发生后，结识有权有势的魔术师们，从而实力大增。而这件事也在魔术使雇佣兵之间成了一时的热门话题——不过这件事的具体细节和现在的情况无关吧。西格玛合上了记忆之匣的盖子。

重点在于，只要有什么契机，就可以轻而易举地打破防备精神控制的对策。

——催他逃出去，或是把他从精神控制中解放出来……应该是不行的吧。

——回头应该问问潜行者有没有解除洗脑的宝具……但我见过的都像是专门屠戮敌人的类型，大概没什么指望。

想到这里，西格玛决定另辟蹊径。

"请问……你知道在结界外面，有人想要令千金的命吗？"

"哦？是这样吗？那可就糟糕了。"

Fate strange Fake
奇异赝品

虽然没有太多焦急的神色，但从缲丘夕鹤阴沉下来的表情可以得知，至少他真的慌了。说完，他就准备从公园往家走。

"谢谢你告诉我这件事。但是，椿的从者现在正在加强防御，他一定可以保护好椿的。"

"正在……加强防御？"

"对。在你们醒过来不久之前，他给我们派来了非常出色的看门犬。"

"看门犬？"

就在西格玛反问的同时，潜行者向他这边走了过来。

夕鹤视而不见那般，径直往家的方向走去。西格玛本想拦住夕鹤，可是看到潜行者认真的目光后，察觉到有事发生了，便让夕鹤离开了。

"怎么了？"

"你刚才说的话……好像被听到了。在你说有人想要椿的命的时候……他动了起来。"

说着，潜行者的视线投向椿的家里。

西格玛顺着她的目光看过去——然后僵住了。他的大脑对眼前的事物没有反应过来，出现了零点几秒的空白。

让西格玛这名经验丰富的魔术使雇佣兵如此失态的是一头巨犬。

该不该用"一头"来称呼它，或许还有待商榷。

缲丘夕鹤若无其事地向前走去。

而那个位于夕鹤前方的东西，西格玛曾经见过一次。

只是，西格玛并没有即刻反应过来，它们是同一个生物。

因为"它"在主干道被干掉的时候，最多只有成年大象那么大。

然而，此时此刻，西格玛和潜行者微微冒出冷汗，一同抬头仰望——

那是成长到身躯比房屋还大，晃动着三个脑袋的地狱看门犬（刻耳柏洛斯）。

× ×

斯诺菲尔德　工业园区

"说起来，你的宝具……现在还能驱使鸟和狗吗？"

在斯克拉迪奥家族的成员们忙于修复工房的时候，巴兹迪洛特·科蒂利奥一边保养手枪型的礼装，一边出声问道。

阿尔喀得斯解除灵体状态，看着自己的手，答道："鸟没问题。但是，想驱动刻耳柏洛斯有点难。"

"是个体的再生有条件限制吗？"

"不，正常来说，只要有你的魔力，一天的时间就可以重新驱动。可现在不行。我的灵基似乎被那团'黑雾'削去了一部分，包括那三匹马。"

"你的宝具是掠夺他人的宝具，居然会反过来被人掠夺。不过是狗和马而已，就算落到敌人手里也不成问题。"

巴兹迪洛特一边继续工作，一边淡淡地说——

阿尔喀得斯却静静地摇了摇头。

"不一定。"

"有什么值得你担忧的吗？"

"虽然被掠夺走了,但吾接下王命后的末路,是这灵基的基础。就算被夺走,一旦发生什么变化还是会知道。"

复仇的弓兵在布下皱着眉头,谨慎地探寻起自己灵基在"连接"上的变化。

"不过……这是……"

阿尔喀得斯短暂地思考片刻,紧紧握住了拳头。

令人怀念的彼岸之暗,正从那微弱的魔力连接中一点点地靠近着。

混着血与泥的魔力从阿尔喀得斯的指间滴落,含着怒气的声音低低地响起。

"操纵那黑雾的人……该不会是冥界那边的人吧?"

不久后,他松开拳头,带着一丝怜悯的语气,用巴兹迪洛特也听不到的音量,低声道:"如果是这样……那就算我不出手……那位御主,也逃不过被捕杀的命运吧。

"真正的英雄……为了保护百姓,会亲手解决掉她。"

十八章
若梦境与现实皆为虚幻 I

被封锁的城市　主干道

"咦……"

听到剑士的话,第一个出声的不是警察们,而是身旁像在听别人讲故事一样的——绫香。

"如果罪魁祸首真的是那名年幼的女孩子,你们能下得了手杀她吗?"

绫香明白剑士这句话的意思。
如果那个女孩子就是把他们拖入这个无人世界的根源,那只要把她"处理"掉,他们就很有可能可以回到原本的世界。
当绫香在心中得出这个结论的那一刻——

她听到什么东西发出了"扑通"一声。

绫香一边调整呼吸,一边慢慢地眨眼。她先紧紧地闭上眼睛,再静静地张开——看见了"她"。
透过警察之间的缝隙,绫香看见"她"站在大道上遥远的另一端。
虽然这个距离根本无法看清对方的脸,但绫香瞬间便明白了那是谁。
年幼的少女用鲜红的兜帽挡着脸,看上去既像三岁左右,又像六岁左右,也像更大些的样子。

绫香分辨不出少女的身高和年龄。只有"红色"这个颜色穿透眼睛，在绫香的脑髓中来回肆虐。

——为什么，会在这里……

下一刻——绫香发现小红帽在向这边靠近。

小红帽不是跑过来的。当绫香意识到的时候，小红帽已经来到警察们的身后了。

刚才只是远远能看到人影，现在则是看得一清二楚。

那就是绫香一直恐惧的东西，也是绫香来到这个国家的原因之一——"小红帽"。

——明明没有电梯，没有电梯……

原本小红帽只是一个存在于电梯之中的东西，不知是幻觉还是现实存在的人物。

然而，自从来到这个城市，这一规则就维持不住了。

每当绫香在这里回想起什么时，就感觉到小红帽近在咫尺。

尽管绫香全身在冒冷汗，却无法移开视线。

只见小红帽的兜帽动了一下，头慢慢地抬起，似乎要看向绫香。

——啊，不可以。我要完了。虽然不知道为什么，但是如果看到兜帽下的那张脸，我一定会完蛋的。

绫香很想尖叫，可是她的肺部像在抽搐，连呼吸都不顺畅。她现在整个人都僵成了一块石头，不能背过脸去，也不能闭上眼睛。

绫香就这么看着小红帽继续将兜帽向上抬，扯起嘴角，露出可怕的笑容——就在这时，小红帽的身影突然从眼前消失了。

取而代之的是弯着身子、把头凑到了面前的剑士。

"绫香，你怎么了？脸色惨白惨白的。"

一直紧绷身子的绫香随着这话放松下来。她连忙向旁边迈出一步，朝剑士的身后看去，却发现那里已经什么都没有了。

"啊，没什么，只是看到可怕的幻觉了。"

"绫香时不时就会这样。你是不是被人诅咒了？如果是，我说不定有办法解咒。"

"谢谢你。但是，这应该……不是诅咒。"

谢绝之后，绫香重新看向剑士的脸——

她决定了，要问清楚自己觉得不对劲的地方，恐怕那就是让她看到"小红帽"的原因。

异样感与不安从刚才起突然自心中涌现，让绫香下意识地发出了声。

"对了……剑士，你刚才说的女孩子……就是那个昏睡状态中的女孩子吧？"

"嗯。不过，她确实在某种形式下成了御主……"

"不是……我想说的不是这个……"绫香一边摸索异样感的真面目，一边有些不安地问，"为什么……你说的不是'要不要杀她'……而是'能不能下得了手杀她'？"

"……"

"嗯……我不知道该怎么说……就是，因为你说的不是杀不杀她，就让我有一种感觉……假如我说错了，那我先跟你道歉……只是我总觉得你说的那句话好像是'如果你们下不了手，那就由我来杀她'的意思……"

见绫香小心翼翼地挑选措辞、提出问题，剑士沉默了片刻——然后露出了尴尬的笑容。

"唉，绫香有时候真的很敏锐啊。"

"剑士？"

"啊，慢着慢着。你放心吧，我可没说'你答对了，就是要杀那个女孩子'。我也不是什么杀人狂魔，我跟大家一样，都想救她。"

"这、这样啊……"绫香像是松了口气，慢慢把心放回原处，又问，"那么，为什么你要……"

虽然绫香没有把问题完整地问出来，但剑士明白她的想法，并开始组织语言。

"我当然想救那个女孩子，也不打算放弃。但是，即使有我出手阻止，他们都要为了救其他人而杀掉那个女孩子……若是这样，那最后我也未必能拦得住。除非，我拼尽全力，打倒他们。"

绫香觉得，剑士在说这番话时的表情，不一样了。剑士在平时，是一副连他自己的生死都可以不当回事的态度。但此刻的他，既不是骑士也不是剑士，而是绫香所不认识的"某种事物"的化身。

剑士继续说道："所以……假如事态的发展真的到了必须有人去做这件事的时候——那就由我来做。"

"为什么！"

绫香下意识叫了出来。

她理智上是明白的。倘若无论如何都需要"牺牲"，那就必须有人去完成。

换作是她自己，听到有人说"女孩子会得救，但你永远都要留在这个无人的城市里"——这时候该怎么办，她也不知道。

——不，如果是我，如果是我的话……大概会让那个未曾谋面的女孩子……牺牲。

——不，是一定会这么做。

　　　　　　　　　　　　　　　　　　　染成红色。

——因为，我……

　　　　　　　　　　　　　　　　　　　染成红色。

——连相识的人……

　　　　　　　　　　　　　　　　　　　染成红色。

——都见死不救……

　　　　　　　　　　　　　　　　染成红色、红色、红色。

"小红帽"的颜色深深地、深深地烙印在绫香的眼里。

绫香想大叫，却发不出声音。

可如果在这里倒下，就没办法和剑士对话了，也阻止不了他了。想到这里，绫香强忍着头晕目眩的痛苦，硬是从喉咙深处挤出了想说的话。

"为什么……你明明可以不这样做的……明明可以……为什么要……"

她的话断断续续，几乎不成问句。

"是啊……"剑士依旧领会到绫香的意思，答道，"大概是因为，我到最后都没能成为自己一直向往的骑士吧。"

说完，剑士转向了警察们。后者虽然不像绫香那样不知所措，但显然也是一头雾水。

剑士昂首挺胸地对他们说道："不过，你们不一样。你们是优秀的骑士。"

"你在……"

维拉的话只开了个头就被剑士打断了。

生前是"国王"的他像在称赞自己的臣子一般，对警察们表示了祝贺。

"面对那名可怕的弓兵,你们赌上自己的骄傲去战斗,并且活了下来!只为了拯救一名与自己素昧平生的少女!既然如此,那你们就应该成为永远去保护无辜百姓的人!不,你们必须永远当这样的人!哪怕是为了保护其他的百姓,甚至整个社会,都不该让你们的手沾上无罪之人的鲜血!"

剑士微微垂下眼帘,像在注视着不存在于此处的某个地方似的。

他沉默片刻后继续说道:"一旦那样做,就会再也无法回头。因此,这次的重担……由我来背负就好。"

"剑士!"绫香再次大叫道,"不行,这么做是不行的!你根本不是这样的人啊……无论何时你都面带笑容,不会抛弃任何人!"

绫香不明白自己为什么会如此感情用事。

与"道理"无关。她只是觉得,如果现在不把自己的话喊出来,剑士——这名刚才还和自己谈笑风生的英灵,就会直接消失。

因此,绫香才顺应自己的心,一句接一句地大叫出来。

尽管她也明白,自己对圣杯战争一无所知,说这些就相当于一个有"和平痴呆症"的人在无理取闹——可就算是这样,她仍然选择将涌上心头的话努力说出来。

"说实话,我对历史什么的完全不了解,得知你真名的时候也不是很清楚你的身份!虽然我不了解历史,但我知道现在的你!我们才认识了没几天,我却被你救过好多次……"

"你太抬举我了,绫香。我……"

"你之所以救我,并不是因为我能顶替御主这个空缺。即便是路上遇到的小孩子,你也一定会自然而然地出手救他。这些我是知道的!你和我不一样!完全不一样!我不想说什么'千万不要杀害任何人'这种任性的话,我也没有资格这么说!可是……"

说到这里,绫香顿住了。她咬紧牙关,将堵在喉咙里的疙瘩、自己的呐喊和情感直接地倾吐出来。

"就算你最后弄脏自己的双手也不要紧。你救过我的事实是不会消失的!可是……不要说什么'脏活由自己来做就好'……不要说这种话啊……"

最后,她用一句越过底线的话,结束了自己激动的表述。

"所以……如果需要有人来做脏活……那就由我来做。"

绫香仿佛不是在责备他,而是在责备自己。

听到绫香这番话,看到她那悲伤的表情,剑士不知不觉地将她与生前的下属重合到了一起。

"为什么啊,国王!理查德!"
"你根本没有必要背负罪名!为什么不交给我们!"
"你是应该成为英雄的人!为什么不让我们去做,然后假装自己不知情呢!"
"啊啊,啊啊,国王啊……你那颗狮子般的心成长得过分强大了,你对恐惧了解得太少了!"

就在此时,某个男人所说的话闯入了剑士的回忆。
那是以宫廷魔术师的身份一直跟在剑士左右的男人。

"哎呀呀，我早就知道事情会变成这样。

"我还阻止过你呢，可最后还是变成了这样啊。

"不过，如果没变成这样，或许就要被剪定了吧。

"那种事，我圣日耳曼可有点敬谢不敏。伟大灵魂（Mahatma）也会大吃一惊。"

"啊啊，没错！就是这样！你是多么出色，多么勇猛！狮心王（Lionheart）！

"正因为如此，你才不会害怕。无论面对任何事，你都不会害怕！

"无论是成千上万的敌人、实力高于自己的将军、神秘的报复，还是超越人类的怪物——

"甚至是无数无辜百姓的鲜血染红了你的双手，你都不会害怕。"

最后，剑士想起了血脉相连的弟弟——他的话有如很久以前施下的诅咒。

"啊啊，您这是在担心什么呢，王兄？

"无论王兄把自己的手弄得多脏，这个国家的百姓也全是您的俘虏。

"我的职责似乎就是承担王兄的肮脏，莫名其妙被百姓扔石头。

"怎么样？我那滑稽的表演是不是很精彩？请尽情嘲笑我吧，王兄！

"您倒是笑啊，因为自己的幸运而笑啊。你不是国家的英雄吗？

"既然是英雄……那就笑啊。"

"这样啊……"

剑士合上眼帘，陷入了沉默。

当他缓缓睁开眼睛的时候，他眼中的光辉不再夹杂着绝望的暗焰，而是又恢复成了往常的样子。

"绫香还是那么在意微不足道的小事……我原本想这样说的，看来并非如此啊。"

"当然了。对我来说，与你相遇这件事已经不算是什么小事了。"

"我知道了，这次我就先让步吧。但是，下次我可不会输了哦？"

"咦？这是输赢的问题吗？"绫香睁大眼睛，困惑地问道。

剑士故意地回避了她的话，像平时那样高声说道："我不可能让绫香去做脏活，而绫香又不肯把这件事让给我……既然如此，那就只能豁出性命去救那个女孩子了！救出她，然后所有人平安离开这里！"

"剑士？"

绫香一脸茫然地看着瞬间恢复回平时那样的剑士。

见状，剑士报以灿烂的笑容。

"没问题的。在这个结界世界里，教会才是我们的起点。我们就代替神父，保护掉队的女孩，抢走监督者的威风吧。"

"好，我也会帮忙的。"

绫香松了一口气，刚露出笑容——却突然感到了一股莫名的忐忑不安，不解地低喃起来。

"教会……保护……"

之前一直沉默的维拉见二人的对话已经告一段落,便开口向面露奇怪神色的绫香提出了疑问。

"怎么了?"

绫香一边思考,一边慢慢地组织语言,答道:"我好像,见过那个……穿金色铠甲的人……"

"什么?"

"但是……在哪里见过呢……"

绫香拼命回忆。

那个打算从教会屋顶上击杀剑士的金色英灵,她肯定在哪里见到过。

听到"教会"和"保护"这两个关键词,她那被古老的钥匙锁上的大脑便受到了剧烈的冲击。

然而,每到这个时候,"小红帽"的气息都会变得格外明显,"不可以再继续回忆"的恐惧又将她的记忆之门紧紧封闭起来。

——我必须要想起来才行……为什么……

绫香拼命地找寻自己的记忆。

她感觉"小红帽"就在她的身后。

她感觉"小红帽"想要控诉什么。

她感觉自己听到了"小红帽"的声音。

她忍受着这种恐惧,依旧在不断思考——

可是看到剑士和警察们开始东张西望、环视四周的样子,绫香才意识到,感受到冲击的并不只有自己的大脑。

"怎么……回事?"

就在绫香诧异地低语时,她的脚下也清楚地感知到了大地的震动。

"咦、咦……地震?"

——不,不对。是有东西在向这边靠近……

在震感越来越明显的时候,"那个东西"从大楼的阴影处现出了身形。

那是一只身高至少有十五米的,巨大的黑犬。

它全身散发出瘴气一般的黑烟,口中不断喷出与自身毛发颜色相同的黑焰——

它便是受哈迪斯加护,有着三个头的怪物。

×　　　　　×

几年前　欧洲某处

"你要答应下来吗?老身劝你最好不要。"

魔术师的语气中透着一股老奸巨猾的味道。

可是,魔术师却有着一副年幼少女的模样。她穿着十分优雅的服装,打扮得很像大家闺秀。肩膀上站着一只乌鸦,与她形成奇妙的和谐感,营造出了绝非等闲之辈的氛围。

虽然她是时钟塔的魔术师,但因厌恶权力斗争而与时钟塔保持距离。

她有一副可爱的嗓音,说话的语气却像一名老人。有人说是因为她的实际年龄已经超过八十岁,有人说是因为她将魔术回路连带知识都传给了后人,但真正的原因却不得而知。

现在，这名散发着老练气息的魔术师，正跟一名魔术使少女对话——后者有着与年龄相符的年轻气息。

"是因为……你想守护魔术世界吗？"

"哈哈！要是一个仪式就能毁掉，那魔术世界早就不存在了——虽然老身想这样说……但最近老身听到风声，远东的仪式似乎涉及相当不妙的东西。十年前的时候都死过一名君主了，那什么'圣杯战争'却还是备受关注。老身之前就觉得很奇怪，但现在想想，似乎是有什么人精心地操纵着情报的走向吧。"

圣杯战争——之前一直都被看作是远东的小小仪式，但在"第五次的仪式"举行前几个月，它突然受到了相关人士的重视。

仪式上发生什么，结果怎样等细节倒是没有传到这边来。

只有一则听上去非常真实的流言传开了：一旦有个万一，就会出现阿特拉斯院的隐士们所讲述的"终末"。

"要在美国重现那场圣杯战争，而且还没有魔术协会的支持，正常的魔术师怎么可能会答应这种荒谬绝伦的事。他们之所以找到你，只是因为你明明有着正统的出身，却与魔术协会有仇吧。虽然老身认同你的才能，但那只魔物——弗兰切斯卡可不会把每个人的才能看得有多重要。"

"我……无所谓。"

少女站在有乌鸦伴在身旁的魔术师面前，如此回道。

她看上去还不满十五岁。尽管年纪不大，却有一双看透世事的眼睛——其深处微微闪耀的光辉，想必就是仇恨所带来的阴沉火光吧。

至少，操纵乌鸦的魔术师是这么认为的。

"有一件事，老身还没和别人说过。以前参加魔眼列车的拍卖会时，老身见到了境界记录带（Ghost Liner）——所谓的英灵。不是使魔那种级别的东西，而是真真正正刻在地球上的人理之影。如果你想用私人恩怨去操控它，那最后连你自己也不会有好下场的。"

闻言，少女轻轻握紧了拳头，垂下了眼帘。

带着乌鸦的魔术师继续道："想破坏巨物，就一定要付出代价。而毁掉魔术协会，就等于与整个魔术世界为敌。有许多人都做好了自己最后也会被毁灭的心理准备，你可要牢牢记住哦？你那位放弃了人类身份的祖父也是这样……但先后顺序是相反的。想要毁掉的东西越大，自己就越会先走向毁灭，这就是所谓的'预支'。"

当初，这名有着年幼外表的狡猾女魔术师亲自要求成为少女的监护人。如今，女魔术师对眼前的魔术使提醒道："你看看那些想破坏世间法则、抵达根源的魔术师们，一个个都是残缺不全的人吧？"

魔术师自嘲地笑了笑，然后敛起笑容问少女。

"哈莉·波尔扎克，你要以什么身份被毁灭呢？人类？还是魔术使？"

"都不是，老师。"名为"哈莉"的少女向实力远在自己之上的魔术师，干脆地答道，"我早就被毁掉了，被时钟塔的那些家伙……"

"……"

"我的父母都只是普通的魔术师……却从舍弃了人类身份的祖父那里继承了他的研究成果。而那些家伙就为了抢夺祖父的研究成果，硬是给我的父母安上了'异端'的帽子，抢走了他们两人的一切！"

"你的性命不是没被抢走吗？当初让你继承了一部分刻印，

你才得以逃出生天，不得不说波尔扎克家很有先见之明。不过，若你要协助那个东西……协助弗兰切斯卡，他们的努力就会全部白费了。"

女魔术师的声音有些沉重，但哈莉的表情却没有丝毫变化。

见状，哈莉的监护人——女魔术师轻轻地叹了口气，摇了摇头。

"如果你是魔术师，那或许就会将时钟塔的掠夺行为当作是'常有的事'，从而放弃复仇了吧……从你不想以魔术师的身份重整旗鼓，而是要为父母复仇的那一刻起，你就不是魔术师了。你还没有坏掉，一切都能重新开始。你完全可以悄悄使用魔术，过上比普通人更轻松的人生。"

女魔术师嘴上这样说，却并没有露出更多想要阻止对方的意思。大概是因为她觉得她们两人并非师徒，而只是监护人与被监护人的关系。既然两人之间的关系不存在魔术性的制约，那再继续劝下去就有违自己的原则了。

女魔术师与波尔扎克家相熟，从情理而言，她是应该照顾波尔扎克家的后代。但这种情理却不会轻易地变成感情。

尽管女魔术师与时钟塔保持了一定的距离，但她毕竟也是魔术师。

"老身在魔眼列车上见到的那个……叫埃尔梅罗二世什么的君主，他有一间自己的教室，那里或许可以接纳与魔术世界合不来的你。老身就不继续挽留你了，否则显得老身太不识趣。"

乌鸦的眼中散发出诡异的光芒，女魔术师向深夜的黑暗中走去。单看她的脚步，旁人或许会觉得是一名少女走在夜路之上。可是落在她肩上的乌鸦却露出令人害怕的锋利目光，一直盯着名叫"哈莉"的少女。

"哈莉，你可千万不要忘了。"

在一人一鸟的身影完全融入黑暗之前，响起的这道声音究竟是从少女的口中发出的，还是从乌鸦的翅膀中发出的呢？

哈莉只能感受到耳膜和后背在颤抖，她早已没有余力去分辨了。

"无论你对自己会坏掉一事做好了多少心理准备——"

唯独最后的一句话化作一道余音，不停地回荡在名叫"哈莉"的魔术使的心中。

"一旦遇到从一开始就已经坏掉的敌人，你就会发现，你所做的心理准备毫无意义。"

×　　　　　×

现在　斯诺菲尔德　高级住宅区

"哼……"

在现实中的斯诺菲尔德，一个听上去超凡脱俗的女性声音响了起来。

"我还以为，他会立刻飞过来到处找我呢……结果太阳（乌图）都升这么高了也没动静。明明自己的朋友被捅得渣都不剩了，没想到他还挺谨慎的。"

这里是位于斯诺威尔克的高级住宅区。其中占地面积最大的一栋豪宅，是赌场大楼老板的所有物。

至少对外是这样宣称的。

事实上，"斯诺菲尔德中心街赌场的老板"是建立这个城市时加上的身份，目的就是让一名英年早逝的企业家在外界看来仍然在世。

实际运营赌场的人是"那边"的一名魔术师。每当遇到不可避免的需要与外人打交道的时候，他就会用魔术乔装成那名企业家，欺骗大众的目光。

因此，这栋仿佛由好莱坞明星建起来的优雅豪宅，也不过是一个空壳。只有进行最基本维护的工作人员进出，并不存在房主。

然而——现在有一群人心安理得地使用豪宅，就仿佛是在自己家里一样。

宅子里摆放着一组纯白色的沙发，看着就很昂贵，估计价格赶得上一栋小房子了。

此时，一名女子正坐在沙发上。虽然女子坐得很随意，可无论是谁、从哪个角度来看，她都宛如一幅图，简直就像是"美"的化身。

"算了。反正无论怎样，只要能让古伽兰那灭掉那个破烂玩意就行。"

直观地感受美景冲击的是一名大概还不到二十岁的少女。

少女——哈莉·波尔扎克在宽敞的房间一角，带着隐约有些暗淡的目光，紧紧盯着坐在沙发上的女人——菲莉娅。

"怎么了？你看上去很没精神啊。"

听到菲莉娅的话，哈莉出声了。从她的声音中，能听出警惕与害怕。

"能告诉我，你的名字吗？"

"哎呀，都现在了你还问这个？我不是说了吗？只要你发觉了我的魅力，就没有必要知道其他的了。"

"我现在……不光发觉你的魅力,还感到了恐惧。虽然我之前说,除了知道你是我的恩人,其他都不重要……但是,我们毕竟是要一起战斗的人,好歹让我知道你的名字。"

尽管害怕,哈莉却还是盯着对方的眼睛,清楚地表达了自己的想法。

见状,菲莉娅露出透着妖艳的微笑,回道:"哦?你现在嘴皮子利索多了嘛。"

"你之前对巴兹迪洛特他们自报家门的时候,说你是'女神'。作为一名魔术师,我无法相信……但我知道,至少你和区区魔术师是不一样的,你应该是比魔术师要'高级'很多很多的什么人……对吧?"

"这样明显的事情你还要问,我都不知道该怎么回答。只能干巴巴地回一句'你说的没错'。"

菲莉娅坐在沙发上,一边喝着高脚杯里的饮料,一边耸了耸肩。连这一系列动作都散发出一种美感,让人不由得产生错觉——那就是最完美的放松方式。

"啊,不过也是。吉尔伽美什现在基本上等同于死人,那我也没什么必要再隐瞒名字了……吧。毕竟当初不想你被连累而死,让你远离医院门前的人是我嘛。"

菲莉娅想了想,从沙发上慢悠悠地站了起来,继续对哈莉说道:"我对那些复仇者说的话不是什么比喻。我也不是被当作女神的人类……而是货真价实的女神。"

"咦?"

"我是美之女神,掌管大地的丰收,拥有金星的光芒,为战士们带来武运、奖章与毁灭,也保护人类……说这么多,身为魔术师的你应该有点头绪了吧?"

得知对面的人是一个名副其实的"女神"后，哈莉下意识地倒吸一口凉气。不过，她早就有过这样的猜想，所以并没有感到怀疑或是震惊。

尽管哈莉非常不希望自己的这个预感成真，但既然她已经将性命交托给了对方，那事到如今，拒绝承认事实也没有任何意义。

最后，她从菲莉娅的只言片语中得到了一个答案。

"金星女神……阿佛洛狄忒……维纳斯……阿斯塔蒂。不对……应该要更接近于原初……伊南娜？"

"你说的这个也是'我'。其实我更喜欢别人用苏美尔语言来称呼我的名字。不过，最终也要看我显现时的心情就是了。"

"女神……伊什塔尔。"

"答对了。还好你没有给出错误的答案。"

菲莉娅将还剩下一些液体的高脚杯放在大理石桌上，踩着轻快的步伐用遥控器打开电视机。

她连续按了几下频道键，最终将目光停在购物频道推销宝石的节目上，饶有兴致地说道："切割得很漂亮嘛。尽管魔术衰退了，但技术方面却得到了特别强化，这样的结果似乎也不坏。虽说从品味上来讲，乌鲁克工匠的风格要更符合我的审美……不过倒也无所谓，又不是什么大不了的事，就尊重一下这个时代的价值观吧。"

她把玩着从豪宅里找到的宝石，愉快地笑了起来。

"而且，不管是什么技术、什么品味，关键问题都在于能不能配得上我。"

那些宝石或许是为了应付有客人登门拜访时而准备的障眼法，也可能是真正的房主准备的魔术触媒。即便如此，它们在普通宝石店里的价格估计也不下五万美元。

然而，在哈莉看来，它们的价格根本不重要。就算是便宜的宝石，甚至是玻璃制品或者弹珠也一样，只要被她拿在手中，就会变成美的标准，其存在价值也会跟着水涨船高。

"美神……"

她的确美得让人不敢直视，同时也让哈莉感到害怕。

真正意义上的无瑕之"美"，仅仅存在，就可以成为近乎魔法的大魔术。

哈莉曾经听说过"黄金姬"与"白银姬"的故事，她们来自时钟塔创造科（Valuay）的著名魔术师一族——伊泽路玛家。

据说伊泽路玛家经历了数代的魔术钻研，终于如愿以偿地诞生了那对拥有顶级美貌的双胞胎。她们只是存在，就能散发出刷新旁人认知的无瑕之"美"。

哈莉没见过那对双胞胎，但她推测，面前的这位美神恐怕与双胞胎并不是同类。

如果说，伊泽路玛家两位公主们的美是魔术师们从"美"的角度出发，为了接近根源而不断进行魔术钻研，最终将其发展到了仿佛映出整个宇宙般的高度——那这位女神的美就只是用了"美"这个字来形容，实际上应该归类为截然不同的范畴。

伊泽路玛家的"美"充其量只是抵达根源的一种手段——假如真的抵达了，那这种美就是一种异次元的美。

讽刺的是，女神之美却正好与其相反。可以说，她如今的美是将本该存在于天界的异次元之"美"降格成了人界的标准，是在接近人的领域上被人们谈论的"美"的终点。

从无人能及的高处降临于世，将周围的一切都涂抹成自己颜色的"完成品"。

面前这位的"女神"不受任何条条框框的界定,她本身就是黄金比例,定义了流行的标准,并将这种认知根植在周围人的思想深处。

若对人类而言的美感,是一种为了生存而培育出来的规避危机、产生快乐的装置,那么她的美就是相反的事物。因为她所拥有的美,是"给予"人类的东西。

这位女神深知自己拥有无瑕之美,自己正是美的基准。因此,对她来说,美必然应该属于自己,并且与"自我钻研"这种行为是完全绝缘的。

她仅仅是站在面前,就能让人不由得产生以上的推测——正因如此,哈莉才会向往她那种纯粹的自由。同时,哈莉也感到恐惧——只要稍稍偏离她那超越人类智慧的"审美意识",那自己就有可能会被抹杀。

一股堪称"敬畏"的情绪油然而生。哈莉一边抵抗着想立即下跪的冲动,一边将涌到嘴边的疑问说了出来。

"在圣杯战争中,不是无法召唤拥有神格的英灵吗……"

"嗯,是啊。正常来说,圣杯是办不到的。虽然有一些歪门邪道的方法,但在这种乡下小地方举办的仪式,而且还是失去了原本功能的假圣杯,想召唤出我这个级别的神格是不可能的。啊,不过……如果在仪式的最后,将圣杯当作许愿机来使用,说不定我会赏脸听听?"

"那现在为什么……"

见哈莉还想追问下去,寄宿在菲莉娅体内的女神便满不在乎地答道:"我会在这里显现,只是因为我发动了一开始就残留在这个世界的力量啦。"

"力量?"

"对。就是我给予这个世界的祝福呀。"

女神存在于此,是她给予世界祝福的结果。

看到哈莉一头雾水的样子,菲莉娅耸耸肩继续道:"对于那冒犯的家伙而言,大概更像是诅咒吧。"

"也就是说……在那个'容器'里,一直蕴藏着伊什塔尔神的力量?"

"不只是力量,还有人格。不过,对我们这样的存在来说都差不多啦……毕竟之前在这具身体里的就是个程序嘛,要覆盖它可太容易了。我猜这可能是准备充当活祭品的巫女吧,反正就是用于接收圣杯之力的最终设备啦。"

大概是对容器的身份不感兴趣,女神一边愉快地欣赏着宝石装饰品,一边将话题转回到了自己的存在方式上。

"其实在某个时代,我们可以以原本的姿态显现。不过若是在那个时代,这个城市里的人早就破裂而亡了吧。"

"因为现代人的身体承受不了神代的魔力……"

哈莉曾听说过这事。在神与人共存的时代结束后,魔力渐渐从世界上消失。到了现代,人类的身体适应了如今这个没有魔力的环境,因此反而变得无法承受过去的环境了。

虽然不知道这算是进化还是退化,但是,就如同人类无法在氧气浓度过高的空气中生存一样,这个世界的人类已经渐渐告别了魔术世界。

不是从文化的角度而言——而是从事实上而言,仍在使用魔力的就只剩魔术师与魔术使。

"不过,环境的变化与我能否显现没什么关系啦。假设现在能重现和过去相同的环境,然后将原本的我直接召唤了出来……嗯……虽然如果人类把我当作活祭品,也会尊敬我,但要是没有人类为了换取加护而赞美我，那还有什么意义嘛。"

"那你为什么要特意来到这个时代……"

"我不是说了，因为我给予了世界祝福，然后它顺利启动了，就这么简单。"女神弯起眼睛，露出一抹妖艳的微笑，"没想到……真的发生了这样的事。我都想好好夸一夸当时的我了。"

"那是……"

"我呀，曾经被一名不敬的王侮辱过。在那个破烂玩意冲我扔神兽内脏的时候，我对世界烙下了祝福。这祝福将会永远持续下去，直到我溶入人理之中、烟消云散为止。"

恐怖就是美，美就是根源性的恐怖。

哈莉望着菲莉娅的眼睛，产生了这样的错觉。

那张脸更是美得仿佛生来就只是为了冻结他人的心。哈莉想，如果自己是被她憎恨的对象，那自己别说是反抗了，甚至会由衷地产生感激之情。

就是如此完美无瑕、如此美丽的女神，心中却充满了愤怒与憎恨。准确地说，是过去曾支配这颗星球的众神——他们那强烈的情感"残渣"，在菲莉娅这个容器中再次点燃了远古的怒火。

"如果'那两个人'再次降临到这颗星球上并重逢……"

自称女神之人仿佛在无限的可能性中看到了她所渴望的奇迹，脸上勾勒出美丽得能够冻结所有观众心脏的微笑。

"那我一定会全'神'全力地——保护好人类……"

话音刚落，豪宅的庭院便传来了碾压东西的声音，如同在对她这句话发出回响。

哈莉没有转头。因为她知道，就算转头去看，她也不会看到任何事物。

Fate strange Fake 奇异赝品

在宽敞的庭院里,哈莉的英灵因魔术而呈透明状。

由于巴兹蒂洛特的工房已经变成一片废墟,瓦砾和碎片等物也被哈莉的英灵吸收了。在这种状态下变成灵体反而会增添负担,因此哈莉才将其透明化并隐蔽魔力来掩盖这一事实。

自称伊什塔尔的女子或许是在这种情况下,也能清楚地感知到英灵的存在。只见她隔着玻璃墙仰望庭院,开口道:"你也是这样想的吧?"

和刚才一样,她一说完,庭院中就传来了巨大的船舶螺旋桨发出的嘎吱声响。

"那孩子可真是的,它好像是把那些又细又长的大楼(石塔)当作雪松林了。"

女神耸了耸肩,像是看到自家的宠物狗在调皮那样,露出了一抹苦笑。

"可以呀,一会儿我带你去真正的森林。虽然那个破烂玩意可能也在……

"不过现在吉尔伽美什都陨落了,获得了理性的破烂玩意根本构不成任何威胁。"

×　　　　　　　×

远古时代　巨木森林

——你有必要知道。

——什么是人类。

——在恩利尔的森林里,乌图创造了"完全的人类"。

——去看，去说，然后去模仿那样的外表吧。
——然后，尼努尔塔就会将力量分配给你。
——在被投放到乌鲁克的森林里之前，你必须与乌图养育的"人类"共存。
——去完成自己，成为人偶吧。

——因为你就是用来模仿所有生命的土块。

此乃众神的意志。
那"使命"仿佛舒适的小睡一般让人无法反抗。当土块的灵魂被烙下这样的使命，当它自这个世界中醒来的时候——

世界被劈天盖地的呐喊声包围。
那声呐喊并不包含任何语意——
只有无思想的感情在其中翻腾。

"道具"的名字叫恩奇都。他在这个世界上第一次观测到的事物，就是无穷无尽的一连串呐喊。
仅仅声音就逐一破坏掉周围的物体，最终将一切化作焦土。
在这由众神诞下的"过程"中，他（她）被丢弃在了尖叫的旋涡中心。
只不过，"被丢弃"充其量只是客观的形容。
事实上，众神可以说是为了将这把兵器打造成至高无上之物，投入了全部的心力。
为了让堕落为人类的王再次与神建立连接，美索不达米亚的众神打造了一个生命体——他既是道具，也是兵器，还是拥有自律功能的演算机器。

正因为如此，作为一种必要的措施，恩奇都被放置在灾祸之声的正中央。就如同第一次给刚出生的婴儿洗澡那样，怀着类似爱意的某种情感，将他投放到那样的地方以策万全。

当恩奇都认识到那一连串的轰鸣原来是"人声"的时候，他已经在声音之中度过了八十天。

以纯洁无瑕的状态降临于世的演算器，只被众神输入了职责与最基本的情报——而为此他需要什么、应该具备怎样的知识，都必须要从选取的地方一一积累起来。

那不断发出叫声的"东西"究竟是什么——由众神定义好的答案早就作为知识，灌输给了恩奇都。

那是"人类"。

神说，恩奇都今后必须要面对的名为"人"的物种，那则是"人"的终极体、完成形。

处于初期状态的恩奇都还没有学会语言。对他来说，众神有力的语言是以"感觉"的形式印在自己体内的。

即便如此，恩奇都还是直面"完全的人类"，一直置身于叫声之中。

最后，为了回应那声音，恩奇都改变了自己的外表，变成一个巨大的泥人。

倘若在此时，这个自动人偶被"叫声"完全侵蚀，想必他就无法与之后遇见的神妓姗汉特互相理解了吧。或许，他甚至不会意识到，姗汉特是一个"人"。

由此可见，恩奇都在众神的指引下邂逅的"完全的人类"，与用两条腿在巴比伦尼亚阔步横行的生物之间，存在多么大的差距。

不过有一点，也算是开启了恩奇都在后来与人类社会的连接——

那是一个稚嫩的女孩声，就像一个从水底的水草冒出来的气泡那般，从无限的呐喊声中浮现出来。

"谁？"

"有人，在那里吗？"

当恩奇都意识到的时候，他的周围已经开出了小小的花朵。

众神的演算器开始学习。

之前那暴风雨般的呐喊声像是从未发生过一般平息下来。一些微弱的声音似乎有着某种含义，却只会在花朵短暂绽放的期间响起。

在花了很长时间之后，恩奇都才明白，原来那声音的含义，就是"语言"。

于是，拥有自律功能的演算器知道了一件事。

雷鸣般的呐喊声不具备语言的意义，但是——

它们带着名为"怨恨"的情绪，以诅咒的形式不断烙印在世界之上。

没有终点，也不会结束。"人类"们就只是不断地、不断地叫喊着。

在这个对恩奇都而言的世界起源之地，"人类"们叫喊着永远没有结果的诅咒。

然而，即便理解了这一点，恩奇都也没有动摇。

这就是众神所说的"人类"，原来如此，所谓的人类就是这样的物种啊——他只是这样漠然地记录下来，将其变成演算的材料。

不曾停歇的尖叫声中，偶尔会浮现出女孩温柔的话语——演算器连何为"温柔"都分辨不出来，他只是在这些声音的包围下，心如止水地积累着与人类有关的知识。

唯独众神给予的使命，在恩奇都那空旷的灵魂中不断回响。

——去和人类交谈吧。
——贯穿，然后缝合吧。

他还只是一个能够进行演算的土块，连人偶都称不上。

可是为了使命，恩奇都认为"这样做是有必要的"，于是开始尝试与那"完全的人类"交换更多的情报。

现在，他不过是记住了"她"低喃的话语，掌握了所处的情况而已，还没有上升到"交谈"这个层次。

恩奇都开始摸索起完成自己职责的方法，尝试各种方式与"完全的人类"进行交流。

在摸索过程中的某一天——恩奇都让花儿绽放了。

无论是在记录还是记忆中，都已经找不到他当时这样做的目的了。或许只是偶然发生的产物，或许是与尚未完成的自己认识不到的要素有关。

只有结果，深深地印在了他的回路之中。

怨恨的声音迟滞了一刹那，"她"主动现出了身姿。

"谢谢你。"

"真美啊……是吧。"

听到她的声音,恩奇都的系统产生了小小的晃动,可他自己都没有意识到。

后来兵器才明白,在那个瞬间,他们第一次成功地交换了彼此的"思想"。

时光在流逝,语言上也在交流。

恩奇都记得准确的天数,却没有从中发现意义。

对兵器来说,重要的并非一起度过的时间,而是他从中如何理解"人类"。

"哎。"
"哎。"
"我们是恩奇都的朋友哦。"
"可是,再过不久就不是了。"
"因为我们已经去不了任何地方。"
"我们已经不能再和你一起看相同的事物了。"
"我们一定会忘记你的。"
"对我们来说,恩奇都就像花一样。"
"将我们从寂寞中拯救了出来。"
"希望将来,恩奇都也能遇到像花一样的人。"
"那人像花一样,即使会枯萎、会凋零,总有一天也会再次开放。"
"那人像花一样……当你意识到的时候,已经开遍每一个角落。"

不知从什么时候起,"她"从怨恨之声中浮现出来,化作了一个小小的个体。

恩奇都在那"小小的身体"上看到了发声装置、视觉与听觉的传感器,将目光落在这些装置所处的部位——头部、脸、头。

众神灌输的形象和从"她"那里学到的词语对上了。

头看上去十分脆弱,只要他一用力,就可以轻易将其捏碎。而现在,那头上正插着恩奇都前几天刚刚绽放的花。

然后——"她"伸手摘下了另一朵花。

那是"她"最开始浮现时绽放的花……是恩奇都最初认识"她"那天绽放的小花。

此时的恩奇都只不过是一个巨大的土块。"她"却将那朵花插在恩奇都的头上,然后将头部的视觉传感器与声音的输出装置变成了奇怪的形状。

很久很久之后,恩奇都才知道,那个形状叫作"笑容"。

因此,当时恩奇都留意到的是,浮现在她周围的事物。

那是七个小小的光环,就像雨后彩虹一样,在"她"的身边保护着"她"。

恩奇都断定那光环是"正趋于完成之物",将其光辉牢牢印在灵魂之中。

当少女的身形消散的时候,"他们"又发出了怨恨的声音。此时的土块已经大到能够将这些声音全盘接收,精神结构也随此进行了调整。在他的灵魂中,第一次涌起了一种情感,就像是人类所言的"希望"。

在听从众神之命,离开这座森林之后——

即便在为了完成使命而毁灭人类之后——
他也必须再见一次，那已完成的美丽光芒。

恩奇都没有对这个愿望的产生进行分析，只是将它刻在了自己的系统里。

在经历了漫长的年月之后，兵器心中的愿望终于实现了。

然而，再次见到"她"的时候——
那光芒——

× ×

现在　斯诺菲尔德　水晶之丘　上层

最初认识"她"的时候，有花朵绽放。
那是什么颜色的花来着？

水晶之丘的上层有直达顶层皇家套房的电梯，现在以"暴风刮碎了玻璃"的名义，成了仅限一部分人使用的专用电梯。

从楼下通向皇家套房的走廊上铺着红毯，这让恩奇都忽然想起了生前的事。

那是与胡姆巴巴共存、生长在森林深处的繁花。

恩奇都一直记得，之后自己开出的花朵是何种颜色。

绽放给"她"看的是，一片淡蓝色的花海。

尽管恩奇都不会在非必要的情况下主动做这样的事，但假如有人乞求他，对他说"现在就开给我看看吧"，恩奇都应该

Fate strange Fake
奇异赝品

轻易就能重现那片花田。

然而,关于与"她"——自称胡姆巴巴的人格一同出现的花,恩奇都终于想不起来是什么颜色的了。

为了"完成"自己,记录也好记忆也罢都已无法分辨——为什么还要试图从这个模糊不清的领域里寻回那朵花的事呢?

恩奇都对此进行了自我分析,很快想到了两个答案。他随之垂下眼帘,微微笑了起来。

与其说那是一抹自嘲的微笑,不如说是单纯在怀念过去而露出的微笑。

一个原因是,他认识到,过去的同胞——胡姆巴巴在这个世界上显现了。

另一个原因则是——

"性格和灵魂的颜色倒是其次……但那种梦幻的感觉,或许有些相似。"

恩奇都感受到位于顶层内部的少女气息,加快了脚步。

刚从走廊转角拐弯,恩奇都就看到前方有几名穿黑衣服的男女,脸上都带着困惑与警惕的神情。

"喂,你是什么人,不许动!"

"这里面禁止进入……等等,你没穿鞋……"

"啊啊,不是吧……这种……仿佛是大地本身的魔力……不可能是魔术师……"

"是从者……难不成是枪兵?"

占领皇家套房的是一个组织。

当中只有极少数人知道恩奇都长什么样子。而他们,正是第一天通过使魔目睹了恩奇都与吉尔伽美什之战的人。

尽管对恩奇都的特征早有耳闻，可组织的人做梦也没想到对方居然会在光天化日之下，大大方方地沿着走廊出现在他们眼前。

这名英灵体内流动的魔力不仅与大地龙脉中流动的魔力有着相同的性质，还像无风无浪的大海一般平静。因此，半吊子的魔术使和魔术师根本无法感知到恩奇都的靠近。

在感知到之后，他们才明白——在海边吹着海风，突然看到眼前冒出来一只巨鲸的感受。

现在攻击已经晚了，就算他们先发，也未必能够制人。

事实上，没有与英灵缔结契约的他们几乎是无计可施，更何况组织的高层还早就严令"即使英灵出现也不准动手"。

尽管每个人都做好了心理准备，要掏出藏在怀里的手枪和攻击性魔术礼装，却没有一个人真的动手。

见状，恩奇都露出温和的笑容，并开口说话。

他的声音既像男人又像女人，但对于黑衣人们而言，性别根本无关紧要。

美丽的外表就不用说了，加上那由内而外散发出来的魔力，以及向他们走来时的举手投足，都让他们切实地感受到什么叫"完美的肉体"。

面对这些事实，年龄与性别不过是微不足道的小事。反正就算是作用于男女身上，效果会有所不同的诅咒与魔术，在强大到如此地步的英灵面前也根本毫无意义。

"我过去了。"

恩奇都用温和的声音说出这样一句话。

这群黑衣人全身上下都在冒冷汗，却什么也做不了，只能像石头一样僵在原地。

恩奇都正准备从他们身边走过时，突然想起什么似的，停下了脚步。他垂下眼帘，思索片刻后，开口道："放心吧，我不是来战斗的。反倒是你们，如果你们做出了战斗的决定，那你们守护的事物或许会受到牵连而惨遭毁灭。"

面前的黑衣人脸上淌着汗，露出疑惑的表情，似乎没听懂话里的意思。

见状，恩奇都维持着笑容，用既无讽刺也无赞赏的语气，平淡地陈述事实。

"我的意思是说，你们并没有做出错误的判断，所以没必要对此负责……一会儿，也要麻烦你们做出正确的判断了。"

恩奇都说的正确判断，究竟是"对谁而言的"呢？

尽管黑衣人们想问个清楚，可没有一个人张得开嘴。

他们甚至有一种错觉，灵魂与肉体全部被恩奇都捏在手心。即使恩奇都仅仅是从他们身边走过，他们感受到的也只有恐惧。

接着，恩奇都微微回过头来，说道："没事的，御主。这条路上的防卫机关已经全部解除了。现在这里很安全。"

御主——听到这个词，黑衣人们的紧张感终于达到了顶峰。

恩奇都看上去什么都没做，他们布置的防卫魔术就全部被解除了。尽管这件事令他们十分惊愕，但最大的问题并不在这里，而在"解除的原因"上。

这表示，不仅是从者，御主也直接闯入这里了。

而黑衣人们要保护的首领，现在等同失去了从者。

万一这名御主的目的是想提出合作，在知道了如今的情况后，会不会当场解决掉首领？

正当黑衣人们胡思乱想的时候，他们被走廊的拐角吸引了注意力。

下一刻，只见拐角处多了一个身影——

那是一匹银色的狼，毛发随风微动，鼻子里喷着气。它踩着缓慢而谨慎的步伐，向着黑衣人们的方向走去。

×　　　　　　×

水晶之丘　顶层　皇家套房

"你……是来杀王的吗？"

看到出现在门外的恩奇都，少女——蒂妮·切尔克平静地问道。

室内除了她，还有她的十几名黑衣手下。

然而，面对突然出现的从者，这些人与走廊的黑衣人一样，瞬间进入了无法轻举妄动的状态。

蒂妮问完这句话，房间里的气氛开始变得紧张。

可是，恩奇都在与银狼一同进入房间后，用不含恶意的话语缓和了蒂妮的态度。

"你的推测符合一名参与圣杯战争的御主的身份，但与事实不符。"

"那么……你是来杀我的吧。因为王是你的挚友，而我玷污了王的骄傲。"

"也不对。"

恩奇都微笑着摇摇头，语气中带着几分淡漠。

蒂妮的注意力虽然放在了恩奇都的身上，但是她的脸却始终没有转向对方。

这个"魔术工房"因摆满了英雄王的私人器具，在某种意义上来说也算是奢华了。而蒂妮正对着躺在工房正中央的某个物体，持续输送着大量的魔力。

见状，恩奇都佩服道："你的魔术回路……不，你这个人就与这片土地连在了一起啊。原来如此……难怪气质如此相似。你的族人，曾经做过与古神同样的事吧。"

恩奇都奇怪的措辞令蒂妮有些不解。不过，蒂妮似乎不打算浪费时间去追问，依然看都没有看恩奇都一眼，继续将魔力输送到房间的中心。

"你认识我吗？"

"王说，你是他的朋友。"

蒂妮头也没抬，带着满身的汗操控非比寻常的魔力。即使处于这样的状态，她也不想示弱，因此语气很是刚强。

"能被吾王称作友人，且实力与他不相上下的英雄，我只能想到一个。"

"是吗？在我还活着的时候，可能的确是这样吧。"

恩奇都的回答像是在转移话题。

这时，走廊上一直动弹不得的黑衣人和蒂妮身边的人开始慢慢恢复了行动力。

一名中年男子一边保持警惕，一边向恩奇都问道："如果你来的目的不是为了斗争，那到底是为了什么？"

男人的声音里除了怀疑，还有一丝期待。

恩奇都对这份期待进行了推测，然后过意不去地摇了摇头。

"如果你们以为我是来救吉尔伽美什王的，那我恐怕要辜负你们的期待了。"

恩奇都的话让室内的大多数人露出了沮丧的表情，也让蒂妮的肩膀微微抖了抖。

摆放在房间的中央——恩奇都视线前方的正是英雄王的"遗骸"。

当时，吉尔伽美什把爱因兹贝伦家的人造人称呼为"伊什塔尔"——在她的妨碍下，吉尔伽美什被阿尔喀得斯的箭射中，继而又被随后而来的庞然大物贯穿了身体。

不管怎么看，那一击都是致命一击。

不仅如此，吉尔伽美什的肉体还因为某种力量受到了侵蚀。人虽然活着，伤口却在不断地腐烂。

现在他之所以还没有消失，之所以肉体还得以保存，只是因为蒂妮从地脉抽出了庞大的魔力，强行让他的灵基维持住人形，不化作粒子消散。

恩奇都观察着徒有英灵外表的吉尔伽美什，淡淡地陈述了自己的诊断。

"侵蚀吉尔身体的是两种毒素。如果只有水蛇毒，那我只要强行把吉尔的宝库撬开，或许就能找到解药。毕竟他说过，即使那条毒蛇逃到天涯海角，他也会把它抓住。说不定宝库中不仅有蛇尸和解药，还能找到一两个专用的烹饪器具呢。"

恩奇都的语气十分轻快，就像是在开什么日常的玩笑。

蒂妮看都没看恩奇都一眼，只是紧紧咬住了牙，带着怒气说道："你……不是王的朋友吗？是他的朋友，竟然还用这种事不关己的语气……"

以一名稚气未脱的少女而言，这满腔怒火的叫声实在太沉重了。

恩奇都站在少女的身边，将这句话全盘接收。虽然笑容从他的脸上消失了，但他的表情依然很平静。

"正因为我们是朋友啊。"

"咦?"

"我和吉尔一同度过了许多宝贵的日子。正因为如此,生离死别也好,随之带来的悲伤也好,都是过去结束了的事。'现在的'我们就是印在人理之上的影子。对我们来说,有重逢的喜悦,却没必要为分别而再次悲伤。即便交换立场,现在是我要消失了,吉尔应该也不会流一滴泪,我也不会要求他流泪。"

蒂妮的侧脸浮现出困惑的神色。她向恩奇都那边看了一眼,但她的人生阅历并不足以让她从恩奇都的表情上,推断出他所言是真是假。

"我知道你很难理解,也能够猜到你为什么会对我发火。如果这样就能让你消气,你可以尽管骂我。"

闻言,蒂妮转头看向恩奇都。这次,她的视线牢牢地锁定对方,眼中带着愤怒、哀伤、恐惧等各种各样的感情。有那么一瞬间,她的脸上露出了求助般的表情。可下一刻,她就低下头,不甘心地说:"不是……不是的……对不起……真的……非常对不起……"

尚显稚嫩的魔术师断断续续却又清清楚楚地对恩奇都道出歉意。

"我恨的不是你……"

庞大的魔力在蒂妮的魔术回路中流动,开始挤压她全身的神经。她的脸庞扭曲起来,却不是因为这份痛苦,而是因为自己的悔恨。她呻吟般地喃道:"我……什么都没能做到……什么都没有做……"

然后,蒂妮就不再说话了。

恩奇都没有安慰她,也没有劝解她,只是再自然不过地说道:"你用了两画令咒啊。"

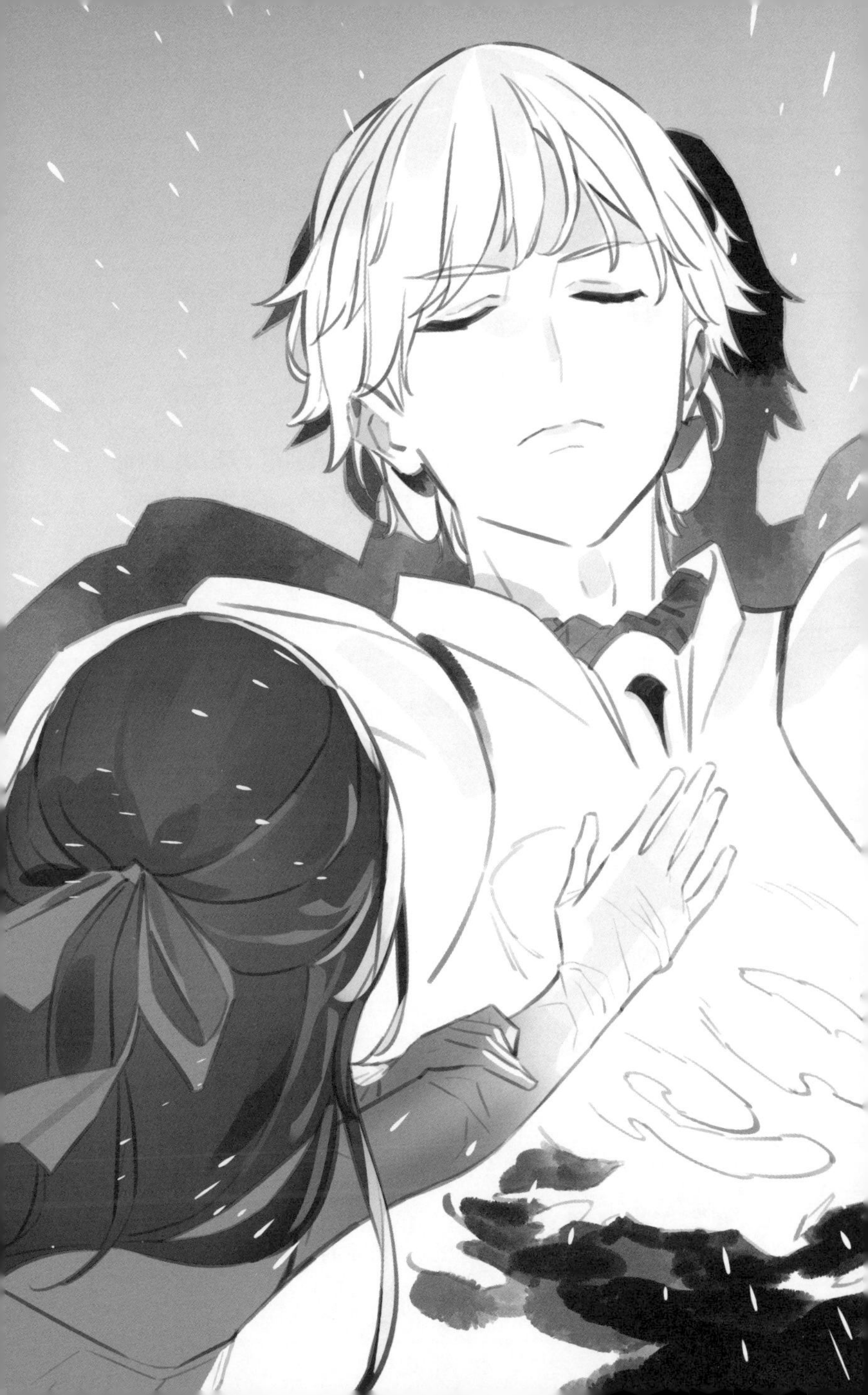

恩奇都看着蒂妮的左手手背。象征御主身份的令咒已经有大部分都被擦去，只剩下一画还勉强留在手背上。

"把他召唤回这里用掉一画，尝试治愈他又用掉一画……以一名御主而言，你做出了最佳判断。如果没有这两画令咒，吉尔伽美什根本不可能维持住灵基。"

"你刚才说……王中的毒有两种是吧。"

大概是理解了恩奇都的性格，蒂妮渐渐露出了身为魔术师的一面。她直接向恩奇都发问，手上依旧没有放松维持吉尔伽美什灵基的工作。

"嗯，另一种……与其说是毒，更近似于诅咒吧。"恩奇都观察着吉尔伽美什身上的贯穿伤，眯起了眼睛，"这……可真是讽刺啊。贯穿吉尔伽美什王身体的，是不是彩虹色的光？"

"你知道？那你知道那是什么吗？"

蒂妮的脑海中再次浮现吉尔伽美什被击中的瞬间。

有如巨大机关装置的"某物"上，缠绕着彩虹色的光环。之后，光环拧成了钻岩机尖端的形状，直接贯穿了吉尔伽美什的腹部。

"那是……众神的加护。同时，也是对人类的诅咒……注入吉尔体内的光芒是其中之一，是一种源于'疫病'的诅咒。"

"疫病？"

"或许还要感谢这水蛇的剧毒。它与疫病互相吞食，不相上下，因此……死病才没有在吉尔的身体蔓延。否则，你们……恐怕还要加上我，如今都已经被困于死之深渊了。"

恩奇都说得若无其事，蒂妮和周围的黑衣人们却听得倒吸一口凉气。

"啊，你没必要改变处理方式。依我的判断，只要吉尔伽美什这具肉体的灵基消散，那蛇毒也好，诅咒也好都会随之消失。现在这里没有'他'的灵基了，有的只是一具古代人的遗骸罢了。"

"那东西……那个巨大的铁兽是什么东西？你到底知道些什么……"

"嗯……要从哪里跟你讲呢……"恩奇都垂下眼帘想了想，先从自己来这里的原因开始讲述，"我之所以会过来，是因为我想稍微了解一下你们。"

"了解我们？"

"我很好奇，想利用吉尔还没被他杀掉的人，究竟是什么样的人。而且之前，吉尔也很好奇我的御主是什么样的……"恩奇都微笑着看向蒂妮，并没有告诉她自己做出了怎样的判断，而是继续道，"如果能联手，那当然再好不过。我也想尽自己最大的努力……把那个邪神从这个舞台上赶下去。"

"邪神？你是说那只贯穿王的钢铁魔兽吗？"

"不，我说的不是它。我说的邪神是……咦？"说到一半，恩奇都似乎发现了什么，于是抬起头来，

"有人。"

"咦？"

恩奇都没有理会蒂妮的疑惑，他慢慢地环视了一圈周围的空间。

"这是……人类？不对……虽然很像人类，但……"

"你是说，有人躲在房间里？"

一头雾水的蒂妮探了探周围的魔力，却没有感知到这样的气息。

然而，恩奇都对此深信不疑，之前的表情全部从他脸上消

失了。

"不……不是躲在房间里……恐怕正相反。"

"什么？"

"有什么东西……似乎正从世界的里侧打探这边的情况。"

×　　　　　　　　×

被封锁的城市　水晶之丘　顶层　皇家套房

"果然，这个房间看起来'墙壁最薄'了——"

斯诺菲尔德被重现在神秘的结界内。

水晶之丘顶层的皇家套房里聚集了弗拉特·艾斯卡尔德斯、狂战士开膛手杰克，还有以汉萨为首的圣堂教会成员。

"唔……可是，这里是什么地方？虽然是酒店的顶层，却不像是住宿的地方。我觉得更是魔术师的工房，但装饰得也太豪华了吧。"

听到杰克的话，弗拉特兴高采烈地在房间中东张西望。

"感觉像个博物馆似的！有好多漂亮的宝石和各式各样的金餐具，真厉害啊。"

正常来说，这个空间应该是酒店顶层的房间，却摆放了许多充满时代色彩又散发着全新光辉的宝物，多到说这里是什么展览会场都不会有人觉得奇怪的地步。

"我在教授的课上见到过，应该是美索不达米亚的宝物吧。唔……怎么回事，按照这个工艺，这些宝物里面应该多少储存了一些魔力才对，但却完全感觉不到……看上去又不像是赝品，就好像空壳一样，好奇怪。"

弗拉特一边嘀咕，一边目不转睛地盯着宝物。

这时，身后的汉萨出声道："可是，既然这里是结界墙最薄的地方，那关键就是高度了？"

"不，我觉得并不是这么回事……感觉只有这里，和结界外面的关系最和谐。就好像里外紧紧连在一起似的……"

皇家套房带有好几个独立房间，而弗拉特将视线投向了空间最广阔的套房中央。

地板上画着像是魔法阵的东西，属于在时钟塔也较为陌生少见的一类魔术系统。可中间却并没有放置魔术对象。

"奇怪？我还以为这是个稳定什么东西的魔法阵呢……上面却什么都没放。"

"看样子，这里果然是某个阵营的工房啊。"

"我姑且算是中立方。虽然能够猜到是哪个阵营的东西，但现在就先不多嘴了。"

汉萨耸耸肩，故意说了这么一句完全可以不说的话。

杰克对这样的汉萨和查看房间的修女们保持了最基本的警惕，同时在手表的状态下继续说道："魔法阵中心之所以什么都没有，难道不就只是因为仪式还没开始吗？"

"不……就是很奇怪啊。我觉得，这里在发生什么事了……只是这边的魔法阵没在发动而已……但我确定就是这里啊。"

弗拉特很是不解，他把手罩在空无一物的魔法阵中央。

"就是这里与'结界外面'……或者说，与真正的城市连接得最为紧密。"

×　　　　　×

斯诺菲尔德　水晶之丘　顶层

在结界外面——也就是"真正的"水晶之丘顶层，传来恩奇都的声音。

"嗯，的确有什么东西在，但我只能感知到气息。"

闻言，蒂妮的手下们纷纷拿起武器和魔术礼装，焦躁地在房间里环视起来。

可是，或许是因为他们连魔力的痕迹都没能找到，他们的脸上开始露出困惑的神色。

但恩奇都拥有高级气息感知技能，确确实实地察觉到了那种"波动"。

正当恩奇都察看那波动的中心位于何处的时候——他突然带着几分惊讶，看向已经半遗骸化的朋友的脸。

"这也被你算到了……是不可能的吧。"

他脸上平静地浮现出微笑，与平时近似于"面无表情"的笑容不同，隐约透着几股人味——房间里面却没有一个人看到。

"不过……你还真是没变啊，吉尔。"

恩奇都想了想吉尔伽美什被毒素与诅咒侵蚀的身体上发生的事，然后坦然地接受了这个"走向"。

他的心中点亮了一丝不属于演算装置的希望之光。

"就连停止机能之后，还要将世界的命运拉扯到自己身上。"

说完，无数闪着金光的锁链从恩奇都的袖子中射出，瞬间铺满了四面八方。

"你做什么……"

蒂妮高声叫道，黑衣人们也绷紧了身子。

然而，恩奇都张开双手，像是在安抚他们一样表示自己手无寸铁，同时开口道："别怕，我不是要攻击你们。不过不好意思，也不是要保护你们就是了。"

恩奇都只对趴在自己脚边的银狼——自己的御主布置了几层防护措施。然后，他像恶作剧的少年一般抛了个飞眼，一边回忆令人怀念的"冒险历史"，一边说道："我只是和平时一样，给别人当个道具罢了。

"放在这种情况下……用你们的话来说，应该叫'增幅器（Booster）'吧。"

×　　　　　　×

被封锁的城市　水晶之丘　顶层

"咦？"

弗拉特的惊叫把大家的目光都吸引了过来。

"怎么了？有什么问题吗？"

弗拉特摇了摇头，回答汉萨："没，我也不知道是该说有问题……还是说问题已经解决了……"

说着，一脸困惑的弗拉特用指尖操控魔力，开始写写画画，想覆盖地板上的魔法阵。

"你想做什么？"

弗拉特一边继续手上的工作，一边回答杰克："既然在现实世界中坏掉的柏油马路等在这边都完好无损,那就说明……大概率,程度较为严重的破坏可以随心无视,不用复制粘贴。但是,敌方阵营的魔法阵会留在了这里,那就表示'有的东西一旦复制粘贴就会对自己不利',而这东西的范围应该非常小。"

"你管在结界内重现现实的城市叫复制粘贴啊。时钟塔的年轻魔术师连用词都这么新潮。"

汉萨耸耸肩,兴致勃勃地观望起了弗拉特的操作。

"谢谢你的夸奖!别看我这样,我可是现代魔术科的!之所以新潮,都是跟老师学的!"弗拉特给出了偏离重点的回答,继续观察四周,"我还是觉得这里离固有结界最近……不对,可是……唔——组织成语言可能还是得老师来才行。毕竟我之前只是见过,并没有在课堂上操作过。"

"见过?"

"我以前在威尔士见过和这个很像的东西。不过当时是在墓地……如果说那里是'重现过去的结界世界',那这里就算是'重现现在的结界世界'吧?"

"威尔士?莫非是与死徒关系密切的一族所开设的'布莱克摩尔墓地'?我认识的祭司和一个跟我合不来的修女在那次风波中差点死了。但我真没想到,你居然也和那个墓地有关联。"

听到汉萨惊讶的发言,弗拉特不知为何,开心得两眼放光。

"啊,原来你知道啊!没错,这个结界内部的世界就是原模原样地做了一个假的城市,类似于一个壮观无比的舞台……游戏里偶尔能看到这种设定。在金·凯瑞的电影里也出现过。"

"但我觉得那不是重现,而是由无到有组建起来的街景……不过有一说一,最后举的例子很优秀,那是一部好电影(注:《楚门的世界》)。"

"对吧！我打算找时间让我朋友的水银礼装把那句打招呼的台词背下来！"

"这件事以后再说吧。要是你不先从这里出去，就见不到那个水银礼装了。"

"呜……对、对不起……"被杰克劈头浇了一盆冷水，弗拉特瞬间蔫了下去，可很快他又把话题拐了回来，"街上的车子都处于静止状态，赌场的老虎机也一动不动。由此可见，这里不是一直反映现实的城市，而是定时把'世界'的一刻剪取下来，进行复制。因为这边也能看到停在路边的车，所以我猜，那些在'剪取下来的一刻'里有明显位置偏移的物体没被反映到结界中。"

"原来如此……照你这么说，现实世界的皇家套房里正在发生什么，与这个魔法阵相呼应。又或者……对面会不会正在开辟通往这边的道路呢？"

"嗯——如果是之前，那魔力的波动倒没有这种感觉……但就在刚刚，它突然发生了变化。怎么说呢，就好像坐地铁的时候，手机信号突然满格一样……对！没错，就是手机啊！"

弗拉特急急忙忙掏出自己的手机，将它放在旁边的大理石桌上，然后开始在周围的东西里找起来。

"让我借用一下啊……这个和这个，还有……"

房间里摆着不少大概与美索不达米亚文明有关的物品。弗拉特从中挑出了几个，输入自己的魔力，一点点恢复它们原本作为"祭器"的力量。

"你打算做什么？"

"因为这些装饰品里面有些可以当作魔术礼装来用，所以我打算用它们做个简易的祭坛。然后，像是……怎么说呢，像是敲墙会听见回声一样，我想试试能不能把手机的线路和'外面'连接起来。"

"原来如此……不对，等一下，虽然我顺口说了个'原来如此'，但是真的有可能实现吗？"

"我曾经做过几次类似的事，没问题啦。我有个同学叫考列斯，我俩经常摆弄让魔力和电波互相转换的魔术，我觉得能成功。"

弗拉特轻快地忙活起来。

尽管杰克对弗拉特大大咧咧的解释感到很不安。可是联想到弗拉特已经在那种状态下使用过好几个高级魔术了，所以杰克还是决定静观其变。

——之前因为那名术士的力量，我和御主的思想交织到了一起……那时，我或多或少理解了他的魔术的存在方式。

——和东方的思想很相似。自己的境界，自己做主，不对魔术系统进行统一的限制。更正，不是"不"，是"不能"。

——几乎所有的魔术他都是仅凭感觉当场构思并使用的。恐怕，就算让他"再构思一次和刚才一模一样的魔术"，他也只能重现个大概。

——他是一名打破常规……应该说，是一名不具备常规的魔术师。真亏那位埃尔梅罗二世能培养出这种怪胎。

杰克一边望着忙碌的弗拉特，一边想。一般的魔术师，在有这种徒弟的那一刻起，要么是自己在某方面坏掉了，要么就是反过来要让弗拉特坏掉。

因为"开膛手杰克是魔术师"的传说，杰克也具备最基本的魔术知识。但不管是在这个范畴里看，还是以一个"受术士之力影响而混入了一部分御主特性的特殊从者"的视角来看，弗拉特都很异常。

——虽然我连自己的真实身份都不清楚，没资格说这话。但是，我这个既危险又可靠的御主，到底是什么人呢？

就在御主与英灵各自有事可做的时候，汉萨从顶层观察起了城市的情况。

"这么看的话，感觉和正常的城市没区别……但的确是一个被封锁的世界啊。"

从摩天大厦顶层这样的高度向远方望去，能清楚地看到在远离城市的地方充斥着浓雾般的物体。

恐怕那片浓雾后面根本没有东西吧。毕竟，要重现整个世界实在是超出普通魔术的范畴了。

"不然，那就不是重现世界，而是移动到平行世界去了……不过，现在的情况也足够脱离常识的了。"

汉萨耸耸肩，继续眺望安静的街景。

这时，一名修女快步向他走来。

"汉萨。"

"怎么了？"

"那边好像有点奇怪。"

听到修女平淡的发言，汉萨转头一看，只见另外三名修女也全聚到了同一个方向的窗户旁，正俯视着街道。

"出什么事了吗？"

"汉萨神父，有动静了。在那边。"一名头戴眼罩、语气恭敬的修女说道。

汉萨顺着她所指的方向看去，就见到那里尘土飞扬。

"那是……"

Fate strange Fake
奇异赝品

飞尘中时不时亮起闪光与爆炎。

与傍晚时分发生在医院大门前的战役十分相似。

最终,在一道格外刺眼的光芒闪过之后——他看到某个巨大的物体在飞尘中向后仰去。

"是昨天那只刻耳柏洛斯……可是,它昨天有那么大吗?"

那只长有三个脑袋的怪物甚至比住宅都要高一点。

看到怪物那副样子,汉萨的疑问比警惕心先一步冒了出来。

"驱使它的是那个蒙着一块布的弓兵……难道他也在那里?不过话说回来……如果真有那个本事,那傍晚的时候他就应该让它变大了啊……"

汉萨的脑中闪过几个推测。

——那头魔兽的尸体应该原封不动地留在了路上。难道,它也像我们一样,直接被拉进来了?是打造这个世界的从者给了它力量吗……

至少,疑似是从者御主的缲丘椿应该没有这样的魔力,也没有这样的技术。

那答案就很有限了。

要么是从者,要么是让城市变成这样的幕后主使——要么就是,与现在的情况无关,单纯想胡作非为的危险人物。

"汉萨先生,怎么办?如果要去,我们就换衣服。"

金发修女的一句话让汉萨陷入了短暂的思考。

然后,汉萨看了一眼身后的弗拉特,摘下自己的眼罩说道:"不用,这是机会。从这里能够进行最大程度的观测。"

出现在眼罩下方的,是一块经过魔术处理的义眼型水晶魔术礼装。水晶内部则填装了各种各样的魔术礼装,从生物性到机械性再到电子性，应有尽有。

伴随着像是科幻电影里机器人发出的机械摩擦声，水晶内部的镜片开始变换结构。

汉萨的视野顿时强化到了普通人几十倍的地步。他并没有观察战斗，而是观察起了战场周围的楼房。

"如果是从者在驱使它，那从者很有可能会在周围观测这场战斗。实在不行，只要找到魔力的流动痕迹……"

说到这里，汉萨停了下来。因为他在离喧闹战场稍远一点的大楼上，看到了一个小小的人影。

"那是……"

那个人影看上去有几分眼熟。

汉萨立即在记忆的海洋中搜索起自己是在什么地方见过这个人影。

在警署发生的风波之后，汉萨追着一名吸血种跳入一座酒店，然后遇到了"他"——那个因吸血种捷斯塔·卡尔托雷的袭击而受伤的、路过的小男孩。

"你可真敢啊……"

汉萨挑起唇角，盯着那个人影的眼神里却充满了怒气。

如果是那种通过魔术在对方空间发挥作用的远视，那汉萨应该早已被对方察觉到了。

然而，他现在的远视只不过是直接强化了自己的义眼，单纯提高了视力而已。

某种意义上，就和透过望远镜在看没什么区别。在镜头里，男孩模样的吸血种正愉悦地欣赏着街上发生的战斗。

汉萨不知道巨兽是不是被吸血种操控着。

但他至少能够确定，现在的情况与吸血种脱不了干系。

"是变身的能力啊……居然能连气息都完全变成了人类,很了不起嘛。"

如果是利用半吊子的魔术和吸血种的特性进行变化和伪装,那不只是汉萨,大多数的"代行者"都可以看穿。

但是,捷斯塔的变化仿佛连灵魂都进行了替换一般。这让汉萨重新认识到,捷斯塔是一名不可小觑的"敌人"。

"整理装备。我要在离开这里之前把那个吸血种解决掉。"

"那个小孩子就是之前的吸血种?""不会是被吸血种操纵的人吧?"

修女们接收到指令后,诧异地你一言我一语。

但汉萨摇了摇头,目光盯着站在遥远前方的男孩的脸。

"就算灵魂的颜色能够改变……那变态的笑容也变不了。"

与此同时,一个明快的声音从汉萨的身后传来了。

"连上了!"

汉萨等人回过头去,只见笑容满面的弗拉特在组建起来的奇妙祭坛前,一只手拿着手机,乐得手舞足蹈。

在这一刻,手机的电波和弗拉特用于传播电波的魔力,与"外面的世界"——现实的斯诺菲尔德建立了连接。

换句话说,他在结界的墙壁上,打了一个供魔力与电波通过的小洞。

这对弗拉特等人而言,虽然只是"通往外界的起点"——

但这小小的变化,却给斯诺菲尔德的世界带来巨大的变化。

这是巨大水坝上的一个蚁穴。

从某种意义上来讲,这微不足道的变化,正是打破斯诺菲尔德各阵营胶着状态的一个契机——但在此时此刻，还没有人知道这件事。

可不管有没有人知道，命运都会不容分说地转动起来。
就像在说，一旦裂缝开始变大，那总有一天会全面崩塌。

× ×

斯诺菲尔德上空　空中工房

"找到了。"

现实的城市高空——高到结界内部也没有重现的空中，飘着一艘巨大的飞船。

飞船里，弗兰切斯卡正带着陶醉的笑容说道："太棒了，太棒了，终于有'洞'了。虽然我不知道是谁做的，但我真想给他颁个诺贝尔奖什么的！诺贝尔弗兰切斯卡奖！"

"那是什么东西？"

听到自己那身为术士的分身如此问道，弗兰切斯卡在床上胡乱蹬腿，快乐地答道："就是给对我有用的人颁发诺贝尔奖奖金！我想得奖的人一定会很高兴，而我也会因为不用自己掏腰包而高兴。虽然诺贝尔财团的人会有点损失，但获益的阵营可是有两个耶，这么算下来还是赚了！世界就是这样变得越来越好的！"

"不是，我首先想问的是，诺贝尔奖是什么啊？"
"咦？你没从'圣杯'那里获得这个知识吗？"

`Fate strange Fake`
奇异赝品

"这个词明显和圣杯战争无关嘛。不过就事论事,不知道正统的圣杯战争会不会也这样就是了。"

少年普勒拉蒂一边嚼着名牌松露巧克力,一边说道。

弗兰切斯卡对他投去了兴致盎然的目光。

"嗯——这可真让人好奇,你说是吧?冬木的那些人知道多少事呢?既然是在日本活动的,那脑袋里至少要有政治系统和法令之类的知识吧?哎哎,你知道如今美国总统的名字吗?"

"不知道。不过,我脑子里大概有点总统制度相关的知识。也知道电视机的结构什么的,也可以畅通无阻地使用手机。但是,手机品牌我就不知道了。"

"这样啊。嗯——其他英灵是不是也这样呢?毕竟,你就是我嘛,说不定在缔结契约、魔力连接到一起的那一刻,咱俩的知识也相连了。"

"这种事重要吗?管他一开始知道什么呢,反正后面只要把必要的手牌集齐就行了。而且,把全部身家都押在当下的手牌上,再倾家荡产也挺有意思的,不是吗?"

普勒拉蒂依偎在弗兰切斯卡的后背上,用沾着巧克力的指尖抚摸对方的嘴角。

弗兰切斯卡咧嘴一笑,伸出舌头娇媚地舔上他的手指——然后带着不怀好意的笑容,将头靠在普勒拉蒂的脸旁。

"行了行了,想让自己堕落是没用的哦?因为早就已经堕落了,你说是吧。"

"你还不是一样,刚才是想诱惑我吧?我说,这是不是就叫自恋呢?"

"谁知道呢?真想把那喀索斯召唤出来问问呢。不过再怎么说我也不可能有这种异想天开的媒介就是了。"

弗兰切斯卡搬出"自恋"这个词的来源，也就是水仙花那喀索斯的典故，想要转移话题。可她的分身普勒拉蒂却没能领会她的意图，而是又把话题拉了回来。

"不过，你的确在为'让世界变得更愉快'这个目标而努力吧？"

"还好啦，而且交给别人去做就是最好偷懒的。"

"真让人期待啊。要是能把那个找不到入口的麻烦'大迷宫'交给圣杯，利用圣杯之力将其攻略，再得到里面的'世界的缩略图'，不知道能揭穿多少这个世界的秘密呢？"

"不过在此之前，我们先找到了通往另一个世界的大门呢，那就是建在这个城市的'小迷宫'——一个由奇怪从者创造的奇怪世界！"

弗兰切斯卡哈哈大笑，然后用手指在空中划过，数面镜子便随之浮现出来。

"在这群被关起来的人里，最让我感兴趣的……应该是狮心王吧。可我还是觉得很神奇，为什么来的不是阿尔托莉雅，而是她的粉丝啊。"

弗兰切斯卡与警察阵营一样，已经认定了剑士的真实身份。她盯着一面镜子，里面正映出剑士在警车上演讲的那个画面。

她舔了舔嘴唇，说道："啊啊，他可真不错呢。在过去传说的映照下，他身上的光芒多了好几倍。真是一个非常有王者风范的王者啊。"

"你的内脏是不是隐隐作痛了？"普勒拉蒂坏笑道。

弗兰切斯卡露出天真无邪的笑容，答道："当然啦！我可是一直被那个剑士弄得兴奋不已呢！我都变成他的粉丝了！虽然还达不到小贞德和吉尔那时候的程度，但是也八九不离十。我这么说你应该能明白吧，肯定能吧！"

弗兰切斯卡像一个豆蔻少女在讲述自己喜欢的偶像一样手舞足蹈。

见状，普勒拉蒂语气沉稳地继续说："嗯，我明白啦。因为你就是我嘛。所以，我也非常明白，你想对你那个超喜欢超喜欢的国王做什么。"

"你能跟我一起来吗？你对幻术的运用可比现在的我高明多了。"

"可以啊。在结界里就行了吗？"

"嗯，要是在这边做，法尔迪乌斯会啰唆死的。"

少年少女不知道打起了怎样的算盘。

虽然他们有着年轻人类的外表，但内里却是一团蠕动着的漆黑灵魂，只有魔物这个词最适合他们。

浮现在他们周围的镜子里映出过去的记录。那些影像残渣都是事实，却不是真相。

那要在上面添加怎样的真相，并将其推到"狮心王"的面前呢？

弗兰切斯卡一边思索，一边出神地望着十多年前的影像。

曾经赢得了一切，却又失去了全部——

那是一个手持圣剑，身着蓝色衣服与银白铠甲的人。

× ×

梦中

总觉得,街上乱哄哄的。
总觉得,风儿潮乎乎的。

年幼的缫丘椿无法用准确的语言,将这种不安的感觉表达出来。

原本她应该感觉不到这种异变才对。但她体内具备的魔术回路、与从中涌现的魔力相连的苍白骑士——在这两者的影响下,缫丘椿越发能感受到,周围的"世界"和支配"世界"的英灵正在急剧地变化着。

少女正靠在家里的沙发上午睡,在梦中的世界里继续做梦,不停地被魇在只属于她的浅眠中。

爸爸,我好害怕啊。
妈妈,我好害怕啊。
我不知道发生了什么。但是我觉得,有什么可怕的东西要来了。

"少女啊。"

黑先生去哪里了?
捷斯塔今天也没有来跟我玩。

Fate strange Fake
奇异赝品

大家都要丢下我离开了吗?

              "少女啊。"

我又要变成孤零零一个了吗?
因为我不是一个好孩子。
大家是不是又生气了呢?

            "你能听见我的声音吗?"

要怎么做才能变成好孩子呢?
让爸爸和妈妈都对我笑。

                "听不到吗?"
            "政可是一下子就察觉到了啊……"
               "过了两千年,
         "人类这个物种也发生了变化吗?"

要怎么做,才能让大家能一直对我笑呢?
要怎么做,才能让大家永远陪着我呢?

            "会不会是语言不通?"

我好害怕啊。
我好害怕啊。

十八章 若梦境与现实皆为虚幻 I

"Hello, girl."
"早上好,女孩?"
"オハヨウ? ムスメサン?"
"Bonjour?"
"Chào Buổi Sáng."

咦?

"Are you OK?"
"什么东西OK啊。"
"我是白痴吗!"
"能从这个房间里的书上学到的语言也是有限的。"
"趁'他'被其他事情吸引了注意力,
"现在是唯一的机会啊……"

是谁?
黑先生?

"你发现我了啊!"
"少女,谢谢你!"

少女从浅眠中醒来。

她在梦中的世界醒来,坐在假的家里、假的沙发上,东张西望环视四周,却没有看到任何人。

虽然看到爸爸妈妈在庭院那边聊天,但除此之外就没有任何人了,连"黑先生"也没有看到。

Fate strange Fake
奇异赝品

　　大概是做梦了吧。年幼的少女这样想。为了消除心中的不安，她起身向父母那边跑去，就在这时——

　　"早上好，在梦境中迷路的少女。"
　　耳边响起的清晰声音拽住了椿的身体。
　　"别怕，我不会伤害你，也不会骂你的。"
　　只能听到声音却看不到人。
　　换作一般的小女孩，肯定会因为害怕而大哭大叫。但不可思议的是，椿对这道声音没有任何的恐惧。
　　就像第一次见到"黑先生"——苍白骑士时一样，椿莫名地觉得，这个声音是自己的伙伴。
　　那时候，是她作为魔术师的本能，让她产生了"这名英灵是与自己相连的一部分"的认知。
　　而这一次，声音中散发着某种温暖。因为椿身为人类的本能将其看作"能够让人安心的事物"，所以椿才接受了它。
　　"你是谁？我叫缲丘椿。"
　　椿发出了第一次见到苍白骑士时的问题。
　　于是，那"东西"用美丽的中性声音，平静地答道："少女，谢谢你。我没有名字。以前有过，不过现在丢失了。"
　　椿歪起了头，她没能听明白这句话。
　　"声音的主人"继续用平稳的语气讲述自己的事。
　　"我……过去曾经在某个地方被称为"神"哦。而现在，就只是残渣……'剩下的东西'罢了。"

幕间
雇佣兵为自由之身 I

结界世界　缲丘家

时间要稍微倒回一点。

"啊……太好了，女儿没事，正安静地睡着。"缲丘夕鹤站回到家中的院子里，隔着窗户看着女儿，语气平淡地说道。

跟在夕鹤身后的西格玛却在心中生出了疑惑。潜行者说要去盯着那只巨大的三头魔兽，与西格玛分头行动了。

为了得到更多情报，西格玛跟上了椿的父亲缲丘夕鹤，可是重点观察对象——椿却正在午睡，无法获得明确的情报。

——那就深入探探吧。看看构成椿这孩子根基的缲丘魔术到底是什么。

"你们是做什么魔术研究的呢？"

闻言，夕鹤敛起表情答道："我怎么会告诉你一个外人。"

这样的反应对魔术师来说太正常了。

如果是在时钟塔，那通过所属学科就能知道对方的研究方向，有的人为了建立权威性也会主动公布自己的研究成果。但即便是这样，也很少有人会讲述具体的魔术内容。这一点不只在魔术世界，在普通企业与研究人员之间也是很常见的。

然而，西格玛为了确认自己的推测，故意进一步触及这个话题："为了确保小椿的安全，我想提前了解一下。"

西格玛没有说谎。虽然他现在的目的是离开结界世界，但在来到这里之前，他的目的是跟随潜行者，确保缲丘椿的安全。

西格玛不知道那名漆黑的从者有怎样的能力。假设他拥有看穿谎言和敌意的能力，那欺骗就有可能造成致命的局面。

最关键的是，这个问题也是在确认"某件事"。

缲丘夕鹤的目光似乎有那么一瞬间变得空洞起来。但几秒钟的沉默过后，他又挂着稳重的笑容开口了。

"原来如此，既然是为了椿，那就没办法了。"

西格玛就此肯定了一件事。

——果然，这个世界就是"为保护御主"而存在的，所有被操纵的人——他们的人格都遵循这个规则。刚才缲丘夕鹤沉默的那几秒钟，就是进行精神操控的从者在做出判断，然后对缲丘夕鹤进行诱导吧。恐怕还是那种……只要不是说谎，被操控的人就不会怀疑的类型。

——那名从者可能是与死亡、疾病有关的概念性事物……

西格玛就创造这个世界的从者展开了思考。想着想着，他忽然记起了在魔术层面上就有创造模拟人格礼装的例子。

他既和它们交过手，也曾和它们联手完成过任务。

即使在魔术使之间也十分出名的就是埃尔梅罗家下任领袖使用的、有着女性外表的水银礼装。虽然它们基本上只是一台完成主人命令的忠实机器人，但大多数的自律思考能力都比人工智能更好用。

——不过，对方可是从者。在思考方面应该比埃尔梅罗家的水银礼装更接近人类吧。但愿他的思考方式不是魔术师那种。

这样想着的西格玛，带着一副智能机器人那般没有感情的面孔。他却没有这种自觉，只是严肃地继续向夕鹤打探自己想知道的事情。

"你家的魔术是对哪方面进行特化的？你也用过该魔术对椿进行特殊处理吗？希望你能回答我。"

"哦，处理……处理啊……我想想……当然做过。"夕鹤一口承认下来，还没等西格玛追问，便继续讲了起来，"我……没错，我找到了，路标。"

夕鹤仍处于洗脑状态，却露出了有些陶醉的神情。他似乎对自己的成就感到十分骄傲，用炫耀的语气对西格玛说道："用正常的做法是无法战胜玛奇里的。他们一族的人都快变成一群虫子了……完成后的虫子操纵术很美……但我想要的是与使役魔术共生，比寄生虫还要自然的方式……对，你知道人体内有多少细菌吗？成百上千种的细菌与人类细胞共同形成了一具智能生命体。相比之下，人类的细胞最多也就是细菌数量的一半。"

西格玛对玛奇里这个家名也有所耳闻。那是远东的魔术师一族，也是创造圣杯战争的三家之一。他还记得弗兰切斯卡说，他们用的是一种很有效率的邪魔歪道——将什么刻印虫植入体内，令其与五脏六腑融合，从而制造出模拟的魔术回路。

因为西格玛小时候也被人往体内埋入东西，所以他认为玛奇里家的做法应该和自己的经历很像。

但不管是哪种做法，在魔术师之外的人看来都是不人道的。

西格玛已经跑神回忆起了自己的过去，缲丘夕鹤却还在滔滔不绝地讲述着自己人生中建立起来的丰功伟绩。

碍于魔术师的身份，夕鹤没能对外公布他取得的成果，但他其实十分想将自己的功绩公之于世。

"当我看到在南美遗迹周边采取到的微生物时，我激动得都发抖了。我从来没想过，居然会有那样——在魔术性上和人类如此适配的细菌。我不知道，它是通过适应和进化从神代活到了现在，还是与地球上普通的微生物有着截然不同的起源……虽然无法从零开始着手制作，但我成功对该细菌进行了加工，让它适应了我们的魔力。"

看来，缫丘家是将玛奇里一族的魔术与在南美发现的特殊微生物结合起来，创造了应该被叫作"操纵细菌"的东西。

说不定是比细菌更小的——过滤性的微生物（病毒），但这两者的差异会带来什么结果——这超出了西格玛的知识范围，所以他决定暂时先不去思考。

"我对微生物进行魔术处理后，使其与椿的魔术回路共生。可我没想到的是，微生物侵蚀了椿的大脑。虽然这是我的失策，但魔术回路却在椿这一代显示出了巨大的变化。你知道这在魔术领域上来讲，具有多大的价值吗！"

"你说的对。"

魔术回路是魔术师的力量之源，也可以说是供魔力流动的血管，一般来说要花上好几代人的时间才能逐渐培育起来。魔术师所拥有的魔术回路的数量是固定的，就算可以唤醒沉睡的魔术回路，也不可能让它变多。

除了玛奇里的技术——通过后天埋入虫子，让其代替回路。

然而，缫丘家说他们实现了这一操作。

——这根本不可能。

缫丘夕鹤像是看穿了西格玛的想法一般，说道："嗯，没错，魔术回路的数目是不可能增加的，发生变化的只有质量和流量。由我创造的微生物们会让魔术回路自动苏醒，以最高效的形式投入运用。因为，它们得让自己的住处变得舒适才行。

"由此带来的恩惠就是，跟拥有同样数目的魔术回路的人相比，椿能更有效率地让魔力循环全身。由此激活的魔术回路，使椿在将来成为一具优秀的母体。到了她的下一代，魔术回路的数目或许就会激增。"

比起刚才作为"父亲"的发言，夕鹤现在的说话方式更像是一名魔术师。可即使听到他这番话，西格玛的情感也没有发生什么波动。

因为西格玛原本一样，是在政府的实验中创造出来的魔术使。他从小就接受过无数次不把人命当回事的实验，直到国家灭亡，他才第一次有了"身为人"的概念。

因此，就算知道了椿被自己的父亲当作实验体对待，西格玛也没有对椿产生同情，对夕鹤也感觉不到愤怒。

不过，尽管没有情感上的波动，他还是想了想，继续问道："你们的身体里也有那些细菌吗？"

"嗯，不过只是试制阶段的。我给椿感染的那种是最新型，只能在器官还未成熟的婴儿时期植入才能稳定存活。当初调整的时候可真是费了好大一番工夫。她失去意识的时候，我简直紧张得不得了。直到听说生殖功能完好无损，我才放下心来……嗯……不对，椿现在是醒着的……那就最好不过了。子孙后代根本就不重要……没错，椿才是最完美的……"

夕鹤说着说着就陷入了自言自语的状态。西格玛觉得，应该是他过去的行为和如今的精神状态之间存在矛盾，让他整个人混乱起来了。

但夕鹤的混乱程度这么轻微，恐怕是真的对自己改造亲生孩子的行为没有任何避讳。

西格玛想到这里，忽然思考起了自己的父母。他没见过自己父母的模样。没人告诉过他父亲是谁。至于母亲，他从弗兰切斯卡口中得知，她早就死在了遥远的异国他乡。

当时的弗兰切斯卡还是少年的身体，自称弗朗索瓦。明明是第一次见面，但弗兰切斯卡对西格玛母亲的事很清楚。

西格玛也曾问过弗兰切斯卡,却得到了莫名其妙的回答:"你、你可不要误会哦!我只是对你的身世有兴趣,对你本人可一点兴趣也没有!我这么说你高兴吗?没感觉?啊,是吗……那这件事就到此为止吧!"

因为西格玛没见过自己的父母,而椿又是被父母抚养长大的,所以他之前一直在想,在椿的面前他要怎样做才好。听了刚才夕鹤说的那些话,西格玛明白了一件事。

养育自己的是亲生父母也好,是政府组织也罢,仅用这个基准来判断幸福感的多与少似乎没什么用。

当然,这两种情况在占比上的差距还是很大的。但毕竟魔术师和正常的父母不一样,他们原本就不像个人。

西格玛试着想,如果自己是椿会怎么样——没有自由、无法消失,甚至不能完成被下达的指令。只能不断地沉睡,当一个生产魔术回路的"工厂"。

短暂的思考之后,他只得到了一个模糊不清的结论,觉得"好像没什么太大区别"。

从这个意义上来说,缲丘椿或许和自己是非常相像的。

缲丘椿在这个虚假的世界中,得到了自己渴望的"安眠"。

打倒从者,就意味着破坏这份安宁。

——那我应该怎么办呢?

上面没有对这件事给出指令。就算现在给了,西格玛也收不到,除非他能从这个世界中逃出去。这时,他想起在虚假的圣杯战争开始之前,弗兰切斯卡说过的一句话。

"召唤出英灵之后你就自由了。"

——我可以随便行动,是吗……

既然无法联系上弗兰切斯卡和法尔迪乌斯,那只能靠自己

Fate strange Fake 奇异赝品

的思考来行动了——西格玛盯着自己的手，认真地思考起来。

毕竟他现在除了思考，什么也做不了。

——我应该做些什么呢？

×　　　　　　　×

在西格玛自问自答的时候，潜行者发动了一个宝具。

"沉入暗狱……冥想神经（Zabaniya）——"

这是一个感知型宝具，可以令自身像世界的影子那样与周围的空间同步，获取四周的信息，例如魔力、风等事物的流动。

潜行者推测可能是"巨大的黑影"在驱使那头巨犬，因此她想通过魔力的流动来找到"黑影"身处的位置。又或者，找到的极有可能是吸血种的气息，毕竟他也在这个世界里。

然而，她找到的是另一股魔力的流动。那魔力形成的流动十分奇怪，像是要打破整个城市的魔力平衡。而且这股流动非常微弱，如果不使用宝具，想必是不会发现它的。

——这是魔力泄漏？不对，是相反的情况？还是说……

这股流动就像整个世界正以那一点为通气口进行呼吸。

潜行者想了想，犹豫了一下要不要继续追踪那只巨大的三头犬，但最终还是决定去追查魔力流动的源头。

因为她觉得，魔力流动的走向像是在暗示什么。或者，说不定会成为逃离这个世界的线索。

在保持完美平衡的世界中，出现了奇怪的魔力流动。发生地正是水晶之丘的顶层，也就是潜行者如今赶往的地方。

十九章
若梦境与现实皆为虚幻 II

Fate strange Fake
奇异赝品

绫香·沙条——

她为什么会正好赶在"虚假的圣杯战争"举办的时期来到这个城市呢?

这个问题的答案,连绫香自己都不是很清楚。

绫香居住在冬木市。她只是某天在街头徘徊,然后不小心走入森林深处,闯进一栋城堡般的建筑物里。

一名白发美女抓住了她,并对她做了什么。

现在回想起来,对方恐怕是对她使用了什么精神控制系的魔术。但绫香对魔术方面的知识掌握甚少,所以她也不确定到底是不是这样。

当绫香意识到的时候,她已经接受了"去参加美国的圣杯战争"这个指令,坐上了前往美国的船。

绫香不是很明白为什么要用坐船的方式,但想到自己没有护照,那十有八九是要偷渡入境。

事实上,绫香在船上拿到了假护照和假签证,可也没派上用场,因为她并非像正常人那样经由海关入境。

在船上的记忆很模糊。当绫香回过神来时,发现自己已经会讲英语了,恐怕这也是某种魔术的作用吧。

绫香在这种状态下被扔到了美国西海岸,带着拿到的那一点点钱,被动地前往斯诺菲尔德。

"我会帮你把脑海中挥之不去的小红帽消除掉。"

绫香之所以会相信这样一句无凭无据的话,还跑到这种地方来,或许是中了暗示吧。

又或者，是因为对方说"你要是敢逃，诅咒就会吞噬你的生命"。与其说是害怕诅咒，倒不如说是这过分直白的威胁让绫香产生了恐惧，不敢违抗对方。

——绫香（Ayaka）。我是沙条……绫香（Sajo Ayaka）。如果用英语说，应该是"绫香·沙条"吧。

她在脑中进行了更正，又重复了好几遍"绫香"。

——正在读大学……住在蝉菜公寓……大学？哪所大学？

记忆开始不清晰了。

她被困在一种错觉里，就好像有生以来的所有记忆都沉入了深深的浓雾之中。

不对，这不是错觉。

她的记忆确实在一点点地变模糊。

——绫香。沙条……绫香……我是绫香。

她的自我就像月亮出现后逐渐转暗的星星一般。

对她来说——只有这个名字，是让她能够不断保持自我的"口令"。

×　　　　　×

现在 结界内的城市

风在逼近。

越来越近。

那是死亡之风，想将飘荡在绫香脑中的模糊记忆连同她的生命一同吹散。

"啊……"

绫香没能反应过来。

比房屋还要高大的狗扬起挖掘机动臂般的爪子,又快速挥下,在路上掀起一阵剧烈的暴风。

自从三头巨兽——刻耳柏洛斯袭击警察队伍之后,过去多长时间了?好像只过了几分钟,又好像过去了半个多小时。

绫香按照剑士的指示跑到附近的大楼中避难,可是大楼内部也在巨兽攻击的影响下开始崩塌。

就在绫香慌慌张张逃到大楼外面时,刻耳柏洛斯就像是一直守在那里一般,堵住了她的去路。

刻耳柏洛斯的爪子宛如一根根锋利的大剑。

一旦碰到,就会死——等绫香终于有这个意识时,那只爪子已经离她只有几米远了。不管她现在动得多快,都避无可避。

——咦?我现在,怎么了……

脑中突然浮现出"我的名字叫沙条绫香"这句话——或许是因为察觉到死亡在逼近,所以大脑让绫香看到类似走马灯的东西吧。

在记忆变得模糊的当下,能够代替走马灯浮现在脑中的,只有自己的名字。

绫香的身体僵住了。

可是,就在这一刻——千真万确的"当下"从天而降,取代了过去的记忆,一把将逼近绫香的绝望劈开。

冲击声过后,宛如大剑的利爪被砍断,飞向空中。

"剑士!"

"绫香,你没事吧?"

剑士的手中拿着一把和斧枪很像的武器。

那把武器散发着异样的光芒,即便是外行人的绫香,也看得出那不是普通的武器。

可是,它不是剑士一开始带着的剑。

剑士原本的装饰剑早就被警察没收了。在洋房中拿到的那把装饰剑,也在与金色从者的对战中碎掉了。

"啊……那不是我的吗?"一名短爆炸头的男警察在离剑士他们稍远一些的地方叫出了声。

男警察看了看自己的手,又看了看剑士举着的武器,瞪大了眼睛。

绫香这才反应过来,原来剑士的武器是从这名警察手中顺来的。

"抱歉!借我用一下!你当是情况紧急,别跟我计较了!"

剑士说着,小心翼翼地将武器还给了警察。

男警察慌慌张张地接了过来,死死地瞪着剑士。不过,他又看了一眼平安无事的绫香,最终什么都没说,只是收好了自己的武器。

"下不为例。如果有下次,就以盗窃罪逮捕你。"

"这么吓人的吗!我可不想被判绞刑啊!"

剑士笑着说,将滚落到脚边的魔兽利爪捡了起来。

"咦?你要做……"

绫香还没把话说完,就看到剑士握住了趾爪,摆出挥棒球棍的姿势。

"永恒遥远的——胜利之剑(Excalibur)!"

Fate strange Fake 奇异赝品

魔兽趾爪瞬间光芒大作,劈出一条光带。

那道光之斩击将马路劈开,形成一道深深的沟壑。沟壑迅速突进,冲向盘踞在十字路口的魔兽。

斩击正中魔兽的侧腹,巨大的兽体踉跄几步,溅出漆黑的血液。

"干掉了吗?"

"没有,好像没什么效果。"维拉冷静地回答约翰。

那头魔兽不是只有"高大"而已。它的韧性、爪子的锋利度、周身的死气浓度……一切都比它在医院门前的时候高了不知道多少级别。

魔兽仿佛是在用自己的力量证明一件事——这个世界才是它真正的主场。

警察们和绫香都以为剑士会顺势发动追击。可剑士只是握着巨兽的趾爪站在原地,声音洪亮地对巨兽叫道:

"守护无底深渊的看家之犬!如果你有智慧就听我说!然后回答我的问题!"

"咦?"

"啊?"

绫香下意识发出疑惑的叫声,以维拉和约翰为首的警察们也都目瞪口呆地看着剑士。

剑士毫不理会周围人的反应,而是像一名在战场上与敌将互报名号的武将一般,气势十足地高声道:"我们并非逃离冥界,反抗制裁与安宁的亡魂!我们乃是身处正道之中,终将踏上死亡之路的生者!如果你认定身为英灵的我是想逃离死亡的幽魂，那也没关系！不过，其他人毋庸置疑都是生者！倘若你是效忠于冥府之王的勇士，那我希望你能正确地贯彻自己的道义，你意下如何！"

剑士的姿态太光明磊落了。

就连一头雾水的绫香，也差点在某个瞬间就被他的演讲完全吸引住。

剑士的一举手、一投足都是如此的坦荡大方。脸上的表情则和阐述一名少女该不该杀的时候、发誓要保护绫香的时候都不一样。

硬要说的话，倒是与之前在警车上的演讲很像。但眼下的局面十分危险，对手又是一匹不知道能不能听懂人话的巨兽，对着它发表演讲的行为可不算正常。

可是，剑士的姿态实在是正气凛然，让绫香和警察们都陷入了"这才是唯一的正确做法"的错觉之中。

另一名当局者——刻耳柏洛斯诧异地凝视着剑士，然后慢慢把脸凑了过来。

"喂，它没再攻击了啊。"

"该不会真的听得懂人话吧……"

约翰等人一边交头接耳，一边继续关注事态的发展。

只见刻耳柏洛斯将它那三个头凑到剑士跟前，开始闻起了他的气味。

尽管那足以吞下一头牛的巨口从三个方向逼近而来，剑士也纹丝不动，依然稳稳地站在原地。

刻耳柏洛斯动了动它的三个脑袋，每个脑袋像是彼此交换了一下视线似的——紧接着，巨大的身体高高仰起，三个脑袋同时向天发出了长啸。

Fate strange Fake
奇异赝品

"嗷嗷嗷嗷嗷嗷嗷嗷嗷——"

这咆哮的三重奏简直灼热得能喷出火焰。

绫香下意识地瑟缩了一下，但神奇的是，她并没有产生"想逃离这里"的想法。

或许，她的本能感觉得到，在这个结界世界里，最为安全的地方就是这个"战力"最集中的十字路口。

然而，这不代表绫香可以安心下来。

不仅如此，看到接下来出现在她面前的画面，她几乎整个人都要被纯粹的恐惧碾碎。

咆哮回荡在四周，周围的空间都随之震动。

街上各处的"影子"似乎配合着这股震动而行动起来。

从太阳照不到的小巷深处、停在路边的车辆底部、隐藏在下水道下方的地下空间——黑雾般的东西从各个地方涌现，开始在十字路口周围化作一个个实体。

不久之后，它们分别凝聚起来，竟然显现成了和刻耳柏洛斯如出一辙的模样。

"这是……"

约翰冒着冷汗环视四周。

刚才还只有一匹的三头巨兽在此刻增殖到无数匹，它们或是站在大楼之上，或是堵在道路两头，将警察和剑士等人团团围住。

几分钟之前还十分宁静的街道瞬间被笼罩在死气之中。

这群巨兽没有发动攻击，只是用那深沉幽暗的眼睛静静地盯着他们一群人。

同时,它们的脚下又缓缓生出许多"影子",变成新的黑雾,像一群苍蝇一样将四周遮盖起来。

"嗞嗞嗞……"
"嗡嗡嗡……"

振翅声般的噪音在十字路口响起。

黑雾伴随着声音,给大家营造出一种"笼罩在上空的是真的苍蝇"的感觉,让结界世界里的死亡气氛变得愈发浓烈。

下一刻——

噪音变成了拥有意义的"人声",振动着被围困者的耳膜。

"生者。"
"身为,生者,之人。"
"告知。"
"汝等之身,已无生机。"

接着——

"影子"开始在城市中扩散,就像是在揭示这个世界的真实模样,又像是在对"什么人",隐瞒世界的真相。

× ×

"啊啊,不错,开始融合了……"

离剑士等人所在的十字路口稍远的一栋大楼里,一个人影正在天台上观察着他们，那就是变身成少年模样的捷斯塔·卡尔托雷。他看着逐渐发生变化的城市，露出了陶醉的神情。

"没想到那居然是地狱的看门犬，小椿的骑兵可真是捡到了宝。"

捷斯塔用孩子般的语气说着，脸上带着难以用"天真"去形容的邪恶笑容。同时，他用自己的感觉去探查城市的情况。

"哦……原来去那儿了啊，潜行者姐姐。"

在察觉到潜行者的魔力正在向市中心的大厦移动，捷斯塔咧开嘴，露出尖锐的犬齿。

"还没有放弃希望啊。

"那……我就再帮你一把吧。"

×　　　　　　　×

结界内的城市　缲丘家

"你是谁？你在哪儿？"

椿问完，就听见一个中性的声音不知从家里的什么地方传入了她的耳中。

"呵呵，小姑娘，你来找我呀。"

椿就像是被这个声音诱惑了一般，"啪嗒啪嗒"地快步走在家里。

"不过，你若是找不到我，头疼反而是我。"

"咦？"

"现世正在发生什么吧？我的意识早就融入世界之中，如今却浮现出来，说明事情绝对不简单。政……我猜他应该在黄泉或是仙境吧，如今已经没有人知道我是谁了啊。"

与其说声音在与椿对话，倒不如说它正在自言自语地分析现状。

"不对……我能感觉到好几个像是神代的气息。天上的那是……啊啊，'守卫'的化身，是我祖先、同类的眷属吧。另一个是西方神吗？自然神……不，是其分身？还有从遥远的西方逼近的浩瀚之水。一切是偶然，还是必然呢？"

"唔……"

"你是想试探我吗？那就来吧，被人理覆盖的世界啊。既不完整又金瓯无缺的人世啊，我接受你的挑战！我不能急，不能输！森罗万象啊，像溪水般优雅、风雅地……"

"我听不懂，对不起。"

椿歪着头，表示不明白"声音"在说什么。

后者像是不知道该怎样反应一般沉默了片刻，然后继续说道："啊，抱歉……我现在遇到了困难，你能帮帮我吗？"

"帮你？"

"我们来玩捉迷藏吧！如果你找到了我，那就算你赢。怎么样？"

"捉迷藏！"

"开始啦。一、二、三、四……可以了哦。如果你能找到我，我就给你吃很甜很甜的糖果，好吗？"

"嗯！"

在一般人的眼中，这是绑匪常用的诱骗话术。

就算椿再怎么不谙世事，她也应该会感到害怕，并且去寻找父母才对。但不知为何，椿按照"声音"说的去做了。

椿还是确信，那声音是自己的"同伴"。

因为"声音"非常温柔，听着就像母亲在轻轻地怀抱着自己一般。

一直以来，椿都渴望着能听见父母如此温柔的话语。

椿像是被什么东西指引着一般，在家里走来走去，最后站在一堵墙壁之前。

"我明明听着是从这里传来的……"

椿觉得声音主人的"气息"，也就是声音的来源是从这个方向传来的，便困惑地停在了这里。这时——

"啊，没关系的……你向墙壁许愿看看？请它让你过去。"

"咦？嗯……"

"相信自己，你爸爸妈妈不是会使用魔术吗？你也能用的。"

"好！"

椿用力点点头，对着"墙壁"许起了愿。

"呃……拜托你了，芝麻开门！"

椿低声念出的这句话出自遥远国度的一则民间传说，她这几天刚刚读过这个故事。

话音刚落，椿就感到体内产生了一股暖意。

暖意在她的后背流动起来，那里正是父母过去在她身上做"实验"时，产生剧烈疼痛的地方。椿瞬间僵住了，这次她没有感到疼痛，只有柔和日光般的暖流在身体里静静地淌过。

椿本人并不知道这就是魔术回路的反应，魔力从她的身体里顺畅地流出，被吸入墙壁之中。

紧接着，墙壁就像活过来一般缓缓张开嘴，在家里吐出一截通往地下的台阶。

"哇……"
看到这般不可思议的画面,椿的眼睛亮了起来。
"好了,公主殿下,这下你能找到我了吗?"
椿再次在声音的指引下慢慢地走下台阶。

随着椿的前进,数层结界纷纷自动解除。最终展现在椿面前的是一个魔术师的工房,里面摆放着大量的书籍、魔术礼装,还有各式各样的实验道具。
"啊……"
椿的身子不由得一抖。

——不。

这个地方,好熟悉。

——这里,是……

她一直都在这个房间的最深处,给爸爸妈妈……"帮忙"。

——忍耐、忍耐。

"帮"爸爸妈妈做"实验"。
疼痛的记忆再次在她的脑中浮现。

"呜……"

Fate strange Fake
奇异赝品

——我得忍耐，才行。我得当个乖孩子，我得忍耐……要不然，爸爸和妈妈就不会对我笑了。

一切仿佛回到了原点。

这几天，少女度过了一段从小就梦想着的"幸福时光"。

正因为有了这份体验，她才能够忘记那些痛苦。然而现在，痛苦在她的心中复苏了。

负面的记忆与情感瞬间决堤，椿的眼中泛起了泪光，就在这时——

"嗨。"

过往的阴影几乎要将椿吞没，可声音正是在这个房间里响起的。

只有一个字——仅仅这一个字就驱散了从椿心底漫上来的恐惧。

不久之前，那声音还只存在于椿的脑中。现在却不同了，清澈的声音如今正切实地在房间里回响。

"被你找到了。来，给你糖果。"

一只柔美的手伸向了椿，手掌上放着一颗被裹在贝壳里的蜜糖。

那只手的主人非常美丽，有着雌雄莫辨的中性外表。

如果椿见过恩奇都，或许会觉得他们很相似。

然而，这个人与身着朴素长袍的恩奇都不同。他的脸上化着独特的妆容，身穿艳丽的大红色服装，整个人散发出一种雍容华贵的气质。

第一眼看到他的时候，椿还以为他是哪个国家的国王或是女王。

"请……请问……你是很厉害、很伟大的人吗？"

看到面前这位仿佛走错片场般光彩夺目的人，椿下意识地发出了疑问。

闻言，丽人答道："好可惜，你猜错了哦。我确实有过伟大的时候，但那是过去的事了，而且我也不是人。不对，我以前待的那个地方，根本没有什么伟大不伟大的价值观……"

"嗯？"

"啊啊，我又说了让你难以理解的话。抱歉。我已经有两千多年没和人类说过话啦。不对，我其实和回音差不多，所以准确来说倒也不是……啊，我又说了你听不懂的话！就是因为这样，我才会和人类合不来，最后从梦中、从水中被赶了出来，干涸致死……"

丽人像唱戏似的，哭倒在房间的角落。

"你……你没事……吧？"

椿当即忘了自己还在害怕的事，她跑到丽人身边，抚他的后背。

"谢谢你，人类之子。你可真温柔。"冷静下来的丽人调整好呼吸，对椿说道，"啊，其实你不用这么担心我，我能够与你对话的时间只有一点点。因此，我只想知道自己是为了什么而来到这里的。不过，我能够结缘的人就只有你，因为你是这个世界的主人……"

"世界的，主人？"

"就好像是……童话故事的，主角吧。啊啊，不行。'死亡'的聚合体正在活化……"

丽人的脸上浮现出苦闷的表情。椿担心地望着他，手上还在抚摸他的后背。

面对关心自己的年幼女孩，丽人在脸上挤出一丝笑容，指向房间的一个地方。

"没关系，只要你把那个拿走就行了。"

看到丽人指的东西，椿不解地歪了歪头。她不是很明白那东西是做什么用的，单纯觉得很像图画书里画的弓。不过，它的形状比弓要更复杂，好像在《小红帽》的图画书里，最后杀掉大灰狼的猎人手里，拿的就是这个东西。

"那个呀，叫作'射神弩'哦。过去有一位很伟大的国王……不，是第一位自称'皇帝'的怪人，意思就像是国王之中的国王。这个很可怕、很可怕的武器就是他的哦。"

"武器……那个人，用它把坏蛋打倒了吗？"

"被打倒的其实是我啦……用当时人们的价值观来说就是这样。"丽人将视线从两眼放光的椿的脸上移开，有些尴尬地答道。接着，他像是转移话题般继续道："这个就不说了。你把它拿走吧。只要你随身携带着它，我就可以在这短暂的时间内把力量借给你，直到我消失为止。我不过是想知道发生什么事而已。所以，要是你能帮我把它带到外面去，我可以帮你实现一个愿望，当作答谢。"

"嗯！"

虽然没能完全理解对方说的话，但椿听懂了一件事——这个像家人一般让她感到放心的神秘人，会实现她的愿望，就如《灰姑娘》故事里的情节一样。

天真无邪的椿伸手拿起那把弩，却因为那出乎意料的重量而一趔趄，原地摔了个屁股蹲儿。

"哎呀，好危险！你没受伤吧？"

"嗯……"

椿的声音听上去有些难受。她努力想站起来，但她的个子原本就比同龄人要矮小，能将这把弩拖着走已经是竭尽全力了。

"看来你没法随身带着它啊……唉……我忘了把人类的力气列入计算之中……政那个家伙，为了讨伐我，也加太多礼装和装饰什么的了吧！强过头了！长城也罢，没建完的阿房宫也罢，他是不是觉得什么东西都是又大又华丽才好啊？"

丽人像在冲着某个人发泄情绪。忽然，他好像想到了什么。

"慢着。在这个世界里，你才是'主人'……如果你坚信这把弩很轻，应该就可以轻轻松松地把它拿起来才对……不过，这孩子还没有意识到这只是个梦吧？"

为了不让椿听到，丽人将后半句话说得非常小声。

"对了，你可以找人来帮忙，你爸爸妈妈都可以。只要你去求他们，他们一定会帮忙的。"

"是吗……"

"你听，有人来了哦。你就找这个人帮忙吧。"

听到楼梯那边传来脚步声，丽人提出了这样的建议。

"嗯……啊。"

因为这几天椿的父母对她的态度非常温柔，所以椿认定来人一定是父母，那正好求他们帮忙——却发现从楼梯出现的人影既不是父亲，也不是母亲。

"原来你在这种地方啊。这里……就是你家的工房吗？"

一身黑衣的雇佣兵西格玛先是将视线落在椿的身上——

"你是什么人？"

发现站在椿身后的丽人后，西格玛瞬间摆出防备姿态。但看到对方那身华丽的鲜红色服饰，确认对方并没有敌意后，西格玛不禁诧异地低喃。

"异端……裁判？"

×　　　　　×

结界内的城市　水晶之丘　顶层

"啊，教授！是我啊，是我是我！"

"弗拉特？这反应是……怎么回事，你究竟是在哪里打的电话？"

临时搭建的"祭坛"上放着一部手机。

一个男声从设置成免提模式的扩音器中传来，语气中如释重负和疑惑不解的心情交织在一起。

"啊，教授！真对不起，这么晚才联系你。怎么说呢，我现在的感觉就好像自己在梦里一样……"

"什么？你该不会是真的睡过头了，才这么晚联系我的吧？"

"哇哇，你在说什么啊？不是啦！我不是这个意思！结界，对，我在结界里面！之前在威尔士的墓地那儿，教授和小格蕾不是被关进了'重演过去'的结界里嘛。就和那个很像，应该算是那个的'重演现在'版本？"

"等一下，你给我等一下！你冷静下来，把事情从头到尾讲清楚。"

电话那头的男人——君主·埃尔梅罗二世的声音恢复成了训斥学生时的正常语气。

听到这里，弗拉特愉快地笑了起来。因为他明白，即便是在这种情况下——不，应该说，正因为是在这种情况下，他才能以最佳状态上到埃尔梅罗教室的"课程"。

　　并且弗拉特相信，在这堂课上，埃尔梅罗二世一定能找到解决现状的方法。

　　不过，这个方法能不能成功实施，就要看他自己的了。

　　听完来龙去脉之后，时钟塔的君主口中吐出了一个不可思议的词汇。

　　"应该是……冥界吧。"

　　埃尔梅罗二世的这句话让弗拉特很是不解。

　　"请等一下啊，教授，你的意思是说，我们已经死了？"

　　"好，弗拉特，你先闭嘴。那么，监督者阁下，你们现在是在逃离困境的问题上达成了合作关系，我可以这样理解吧？"

　　"可以。不过我不会干涉阵营之间的事就是了。而且，圣堂教会这边也欠了你好几个人情。你还救过与我有孽缘的伊尔米娅修女，再加上——"

　　"不，如果从私人恩怨的角度讲，那我也曾经被卡拉博阁下救过。不过，要把这些人情从个人单位转换成组织单位可不好算。单纯从这次的事情上讲，只要你站在监督者的立场上对我的学生伸出援手就足够了。我也没打算让你以身涉险。"

　　听到埃尔梅罗二世这么说，汉萨苦笑着摇摇头。

　　"弗拉特，你的老师果然和传闻中的一样，与魔术师的品性相差甚远啊。真亏他能凭这个性子，在那个名为时钟塔实为伏魔殿的地方活到现在。"

　　"我只是比较走运。不用你说，我也知道自己能力不足。"

"抱歉，我不是侮辱你的意思，我是在夸你。正因为你有这样的性格，我的同事和前辈们才会出手相助吧。不管你再怎么否定，我们都欠了你的人情。我会把自己能还的那部分还了。就算你哪天变成了吸血种，只要不做坏事，我都可以睁一只眼闭一只眼。"

"你这个圣堂教会的神父也有点离经叛道啊。当然，我也没有变成吸血种的打算和实力就是了。"二世无奈地说完，重新解释起来，"我说那里是冥府，当然不是说你们真的死了。而是指，你们所处的那个结界内部的性质。"

"什么意思？我没觉得这里像天堂或是地狱啊。"

"弗拉特，我现在知道你平时根本没有认真听讲了，快点把你脑袋里那种普通人的固定观念给我清空了。以我的推测，你们所在的空间，大概是以缲丘椿的魔术回路和精神为起点。神父阁下远远看到的那头魔兽……不对，应该叫神兽吗？就是那头刻耳柏洛斯，如果说它是在这个世界里得到活化，那恐怕这个世界有着冥界之'相'。"

"你是说，类似于相互呼应？"

"刚才弗拉特说'像在梦里一样'，这个说法抓住了关键。之前也曾有过案例，有人在魔术的意义上，将梦境理解为死后的世界。缲丘椿正处于昏睡状态，从者便以她的梦为媒介，创造了模拟的冥府……当然，还有其他说法。但结合你们的经历和我自己获得的情报，我认为是这个推测的可能性很大。"

闻言，之前一直沉默的汉萨开口问道："唔……本来以我的立场，我是不能讲述'死后世界'的多样性的。不过，你的意思是……这是由真实城市的镜像构成的冥界吗？"

"与现实相似的冥界要多少有多少。好比说法老和皇帝的坟墓，本身就是为了将一个都市带到冥界而存在的仪式。世界上有无数的记录记载，有人看到了已故之人在一模一样的地方，过着一模一样的生活。而这里也被打造得与生者生活的地方一模一样。由此看来，创造结界世界的从者是一个相当系统性的东西。他还把刻耳柏洛斯加入世界之中，说明他或许现在还在不断进化。"

"进化？教授，这是什么意思啊？"

"我猜那个英灵是'死亡'这个概念本身。他是冥界的化身，就等同于哈迪斯、海拉、涅伽尔和埃列什基伽勒等冥界的神……不，这种级别的灵基不可能被召唤出来……按理是不可能的。而且，如果是冥界的管理者，那他们应该把结界世界塑造得更贴近各自熟悉的冥界那样才对。因此，比起冥界……更像是某种近似死亡的事物。"

二世仿佛是在朗读一开始就在黑板上写好的结论一样，流畅地将自己见都没见过的结界世界一一拆解开来。

"恐怕那名从者的人格，自被召唤的那时起，就在不断学习如何针对自己的御主——缲丘椿的反应做出相应的处理。不能排除每次召唤他都会变得完全不同的可能性，但既然被召唤为境界记录带的情况非常稀有，那就无从比较了。不过，你们作为全新的异物进入世界之中，那就说明他有可能进行了其他方面的学习。"

"但是教授，为什么我们没有被洗脑呢？"弗拉特提问道。

在来到这栋大厦的路上，弗拉特一行人也曾遇到貌似被洗脑了的人。

弗拉特和汉萨等人都警惕地准备了防御的对策，但目前为止还没有人对他们使用洗脑的术式。

"应该是有什么差别。洗脑的方法实在多到数不胜数,我无从推测。可是如果只考虑对方为什么没这么做,那可供推测的结论就没几个了。"

"我知道!'Whydunit'对吧!教授的口头禅!"

"哦?'为什么要这么做(Whydunit)'是吗?也对,'是谁做的(Whodunit)'已经明确了,而由于有魔术的存在,探究'如何做的(Howdunit)'也没有意义。不过,居然把这句话当作口头禅,比起魔术师来说,倒更像是侦探啊。"

听到汉萨的这番话,二世一下子顿住了,过了一会儿才清了清嗓子继续道:"行了,我不过是在利用过去获得的知识进行分析。要是有侦探那样的洞察力和灵活的头脑,那我的人生至少就不会是现在这样了。总之我认为,你们没被洗脑的原因,就在你们进入那个世界的原因之中。"

随后,二世指出了"离开城市的人纷纷伴随着奇怪的言行又回到了城市里"这个现象,还有在动物们之间流传起来的怪病等事。根据从相熟的魔术师弗伦那里得来的情报,人类和动物之间都出现了有个体差异的、类似内出血一样的病变案例。

二世从中推测,这些人在感染了类似疾病的诅咒后,会分成两种:一种是只有精神被吸入这个世界并进行重构的人,另一种是精神连带肉体都被强行吸入结界内的人。

"后者被当作敌人看待的可能性很大。虽然前者看上去也是对人的敌视……但他们既没有肉体上的损伤,又没有被卷入圣杯战争之中。很可能只是手段异常,但并没有敌意。"

"嗯,时钟塔里也挺多这种人的。心里想着我明明是为了你好才这么做的,但其实在旁人看来简直是烦不胜烦。"

"虽然我很想骂你也好意思说这种话,但暂且先放你一马吧。总之，想离开那个世界还是有一些办法的……但是，等待对方耗尽魔力实在是太不现实了。根据情况来看，打倒从者和御主是最佳捷径吧。可是，既然弗拉特已经和警方组成了同盟，要一起保护那名少女，那打倒御主这条路是行不通的了。"

——就算没有什么同盟，你也会找这样那样的理由把这个方法剔除出去吧？

杰克和汉萨听到二世的话都冒出了这样的念头。但他们也知道，就算指出这一点也只会被对方糊弄过去，所以他们继续一言不发地当一名听众。不过，一半的修女都疑惑地心想"为什么不解决掉御主呢"，显然这个想法要比二世的合理得多。

"不伤害御主，而是与名叫椿的少女直接交涉，让她主动打开通往外界的道路。但问题在于，她有没有'自己是御主'这个认知。如果采取暗示等强制手段，那么从者就有可能将其判断为敌对行动，从而更加积极主动地去铲除你们。"

"那和从者交涉呢？"

"我不是说了吗？他很可能没有明确的人格，只是一个近似系统的东西。不管他到底是什么，在没确认之前最好都不要与之发生接触。当然，也尽量不要交战。从者的恐怖之处，你们昨晚已经充分见识过了吧。"

二世叮嘱他们，千万不能轻敌。现在，二世对那个空间支配者的警惕心，要比身在现场的弗拉特等人强得多。

毕竟他当年曾经跟随与自己共同驰骋沙场的英灵，进入后者所拥有的"固有结界"中，那幅惊心动魄的景象至今仍深深地烙印在他的记忆里。

"如果那个世界与冥界互相对应，且从者也与冥界有关的话，那么结界内部并不存在逃生出口。不是只有黄泉才有死亡，死亡随处皆是。在魔术世界中，甚至连空气、水、岩石和泥土都存在死亡的概念。即使你们身处室内也是一样通用。"

二世用严肃的语气说完，再次提醒弗拉特等人提高警惕。

"也就是说，那里从一开始就是英灵的体内。你们就等同于被鲸鱼吞入腹中的匹诺曹。"

"鲸鱼的肚子里啊。真不错呢！"

"哪里不错了？"

尽管二世对弗拉特的疯言疯语大声地发出了质疑，但弗拉特本人却两眼放光地说："教授之前上课的时候不是说过嘛，英雄从死地生还，就是一种'回归胎内'。比如大家升为典位时做的那个，以死亡与重生为原型的仪式。还有一个人，被大鱼吃掉又吐了出来，从而觉醒了信仰之心，化身成超级英雄拯救城市……"

"你说的该不会是先知约拿和利维坦的故事吧？虽说确实有很多用巨大的鱼、迷宫和死者之国等英雄传说来对应'回归胎内'的案例……但你难不成要把这么随便的东西写成报告交上来吗？算了，这部分的补充讲义我们有空再讲。"

二世表达完自己的无语之后，讲起了逃脱的具体方案。

"既然你们此刻身处的房间能与外界相连，那么，大概在现实世界同一位置的附近，存在着什么和结界世界融合性很高的事物。可能性最大的是尸体，不过我不认为普通的尸体能对结界内部造成影响。应该是受到了某种魔术性作用的尸体……或者是，与创造结界世界的从者有着很高融合性——满足这一条件的某种事物。你们刚才说，房间很像魔术工房，具体有什么特征？"

"嗯……有很多美索不达米亚的装饰品。"

"原来如此。如果是那位英灵阵营的工房，那么向外面的警署署长寻求协助、正面出击就无异于让对方去送死了……既然如此，那就从里面找找英灵的特征吧。另外，考虑到有可能会是敌人的陷阱，我本不想提的……但你们说，看到刻耳柏洛斯正在街上和其他阵营的英雄交战，那你们不如趁这个机会去少女住院的病房，或是去魔术师缲丘的家里——"

说到这里，正在监视四周的一名修女叫了一声，打断了扩音器里的话。

"汉萨！"

"怎么了？"

"有东西从下面升上来了！很可能是从者！"

话音刚落，一扇落地玻璃窗便碎了一地，一个身影从外面滑了进来。

"哇！"

"怎么了，弗拉特？出什么事了！"

扩音器里传来慌张的声音。

汉萨用高速挥舞的双臂，漂亮地打掉迎面飞来的碎玻璃，对出现在窗口的人影说道："哎呀……你也到这边来了啊。"

"我在官吏的执勤室见到过你，是异邦的祭司吗……"

出现在这里的潜行者只看了汉萨一眼，似乎汉萨并不是她首要目的。她环视了一圈四周，将视线落在右手印有疑似令咒图案的弗拉特身上。

"我问你。"

"咦，啊，是！啊，莫非你是从者？好厉害！"

Fate strange Fake 奇异赝品

"你也是想得到圣杯的魔术师之一吗……"

闻言,弗拉特先是愣了一下,然后想了想,答道:"唔,怎么说呢……一开始我是因为觉得很帅所以才想要的,但现在……我的从者遇到了困难,我想先看看能不能用圣杯帮他解决了。最后要怎么办呢?毕竟是贵重物品,还是捐给博物馆比较好吧?"

被反问的潜行者眯起眼睛,打量弗拉特。他不像在说谎,也不像是挑衅。虽然有些难以置信,但他似乎是真的在纠结该不该捐给博物馆。

"你是……魔术师吗?"

潜行者盯着弗拉特看了一会儿,犹豫是否该解决掉他。

就在这时,汉萨拍了拍手打破僵局,让潜行者的目光转到了他身上。

"虽说你我追求的教义不同,但同为求道之人。我是以圣杯战争监督者的身份来到这里的,他们现在并没有挑起战争的想法。至少在离开这个结界世界之前是这样。我是以监督者的身份,出于调停的目的才告诉你这些的。当然,我不会束缚你的行动就是了。"

说罢,汉萨耸了耸肩。如果潜行者真的是来杀他的,那他恐怕也束手无策吧。若敌人是吸血种,他还能在属性上克制住对方,但面对武斗派的英灵,他就完全不是对手了。

不过就算是这样,汉萨也不打算偷偷摸摸地躲起来。为了履行师父下达的"监督者"职责,他还是落落大方地向潜行者说明了一切。

潜行者向汉萨投去了警惕的目光,但并没有敌视的恨意。

对于弗拉特和汉萨来说幸运的是,由于潜行者现在心怀"自己是因邪恶魔物的魔力而显现"的内疚感，还有与并非同胞的剑士——偏偏还是"狮心王"——达成了协议，所以比起显现第一天那会儿，她对其他人的看法宽容了许多。

然而即便如此，潜行者依旧有她不可退让的原则。

"我想问一件事，你打算如何开辟通往外界的道路？"潜行者用低沉的声音问道。

就算弗拉特再不靠谱，也听出了"啊，这个问题答不好可就'立起死亡旗帜'了"的意思，突然变得话都不会说了。

于是，在祭坛上一直开着免提模式的手机代替弗拉特给出了回答。

"我们的方针是，尽量避免使用武力。如果你不惜伤害那名少女也要离开那个地方，那我们也无计可施，但还是希望你能允许我们提出其他的方案。"

"你是谁？"

"你可以把我当成你面前那位青年的监护人。我明白，让你相信不在现场的我，实在是强人所难的一件事。不过……"

潜行者想了想，依然没有完全放松警惕，继续问道："如果你有办法拯救少女的性命，就等于是我的战友。我就听听你要说什么吧。"

看到潜行者露出"总之我先听听"的态度，弗拉特和手表形态的狂战士都松了一口气。

然而，一个稚嫩的声音伴随着温热的风飘进了房间，将和谐的气氛一扫而空。

"行不通的哦，潜行者姐姐。"

Fate strange Fake 奇异赝品

所有人都向声音传来的方向望去。

只见那里冒出漆黑的烟雾，随着各种颜色的浮现，慢慢形成人类的模样。

"你们说的那条'路'呀，在这个由小椿创造的世界中是不存在的哦？"

那是一个稚气未脱的矮小少年。可是，他身上散发出来的邪恶魔力却表示着，他绝没有外表看上去简单。

汉萨故意地啧了一声，勾起唇角。

"哎呀哎呀，怎么不像在酒店时那样遮一遮你的魔力呢？居然特意跳出来自揭老底，看来你挺游刃有余啊。"

"因为我刚才就感觉到有人在看我。我一直都提防着你，代行者。同样的招数我可不敢在你面前使用第二次，再加上……"

少年的脸上露出猥琐的笑容，目光也从汉萨转移到了潜行者身上，然后带着陶醉的神情说道："我想快点看到潜行者姐姐的丰富表情嘛。"

他的话音还未落，潜行者就已经动了起来。

从对方身上的魔力和脸上的表情，潜行者就看出来了，那是把自己召唤出来的吸血种——捷斯塔·卡尔托雷。

黑斗篷像从地面上滑过去一般转瞬而至，从中释放出来的手刀精准捕捉到了少年的脖子。

可是，尽管利刃般的指尖的确刺穿了捷斯塔的身体，却没有任何实感。

少年的身体化作烟雾融入空气之中，随后在稍远一点的地方再次凝聚成形。

重新凝聚出来的却不再是少年的模样，而是出现在警方和医院门前的那名吸血种青年。

"哈哈哈哈哈！你可是我的敌人，你以为我会傻到以本体出现在你的面前吗？真是可爱的潜行者。我当然也想以本体过来了！你猜对了！我们的心意是相通的。不过很可惜，我辜负了你的期待，真对不起啊，我心爱的潜行者！我也是带着悲恸万分的心情，把伪造的身体送进来的，你能不能谅解我呢？"

捷斯塔半迷醉半哀伤地不断发出自我陶醉的言论。

恐怕捷斯塔并不是在挑衅，而是真的这样想吧——当汉萨这么想的时候，身后便传来了电话那头的二世困惑的声音。

"喂，弗拉特，你们那边刚才的是什么话啊？"

"我也没怎么听懂……好像是爱的告白！"

捷斯塔对师徒二人的对话充耳不闻，注意力依然全部放在潜行者身上，背对着碎成一地的玻璃，愉快地张开双臂。

接着，捷斯塔像一名指挥家在即将开演之前向观众打招呼那样，深深地行了一礼——

他身后的世界随即改变了形状。

×　　　　　　×

被封锁的世界　中央十字路口

"发生什么了？"

四面八方都被刻耳柏洛斯和黑色异形们包围起来，剑士与警察们一时僵在了原地。

此前，他们已经与野兽展开了一段你进我退的攻防战，野兽还不断咏唱着什么诡异的言语。但在剑士提出那个问题之后，对方就不再积极地攻击他们了，转而困住他们，不让他们离开十字路口。

可是，从几十秒钟前开始，这种胶着状态便被打破了。

战况——已经不是这个级别了，应该说是整个世界似乎都发生了翻天覆地的变化。

大量的鼠群从崭新的钢铁丛林中的各个缝隙里涌现，映在眼中就仿佛是刮起了裹挟着黑色沙尘的高楼风。

成群的乌鸦在四周飞来飞去，让人不由得联想到死亡。不只是在这个十字路口，整个肉眼可见的城市都逐渐被其覆盖。

与此同时，魔兽们的攻击也变得激烈——

之前躲在城市暗处的咏唱般的言语，如今变得像吼叫声一样，撕扯着绫香等人的耳膜。

宛如这个世界在发出痛苦的哀鸣。

或是——在发出降临时的第一次哭声。

"此处乃，死路也。"
"乃冥府也。乃黄泉路也。"
"其乃制裁，其乃福音。"
"乃永恒之安宁也。乃苦痛也。"

× ×

被封锁的世界　上空

这里是围绕缲丘椿构建的结界世界。

它是一个模拟"城市"的封闭空间，就连天空都是有限的。

天空的蓝色不过是现实世界的天空映在结界的交界线上的颜色而已。就算有飞行器或直升飞机想从地面飞到空中逃出去，也会和徒步走向城市外面的人一样，在这个扭曲的空间中不断经历鬼打墙。

可是，这片"天空"，正在静静地遭受侵蚀。

就像老房子的天花板漏雨后，水痕会慢慢扩散一样，那"异变"也在一点点、清晰地扩大。

最终，一部分天空被切了下来——

一对手牵手的男女从后面出现，他们就这么往地上落去。

"啊啊！是不是有点晚了啊？快点快点！"

"是啊是啊！庆典好像已经开始了！"

从天而降的两道人影——真术士阵营的弗兰切斯卡和弗朗索瓦像情侣一样手牵着手，以头下脚上的姿势不断下坠。

倒映在二人眼中的，是斯诺菲尔德的镜像。

然而，这个世界已经完全背离了斯诺菲尔德。

丰富的色彩从城市的中央渐渐消失，漆黑的阴影开始扩散。

地面升起黑影，化作黑云覆盖城市的天空。

两名普勒拉蒂冲进团团升起的漆黑积雨云中，兴高采烈地在云里大笑起来。

耳边还伴随着这个结界世界发出的、雷鸣般的叫声。

"安宁也罢。"

"惨痛也罢。"

"黄泉路化作吾之仆从。"

"守护吾主。"

"将圣杯。"

"将圣杯。"

"归于吾主。"

"归于吾友之手。"

"将圣杯。"

"真不错真不错!是值得一骗的世界!"

在这样的情况之中,弗兰切斯卡眨着熠熠生辉的眼睛,在黑云中大叫。

不久之后,二人的坠落速度骤降,最后轻飘飘地浮在空中。

这是英灵行使最高级幻术,欺骗世界物理法则的一招,可谓是近乎犯规。

"啊哈哈!真轻松呢!欺骗这个世界!我还是觉得梦就是这里的底板!"

听到普勒拉蒂的话,弗兰切斯卡嘻嘻笑着,给了他一个忠告。

"但是你可要小心哦?如果梦是底板,那就意味着,世界会随着做梦人的想法而发生各种各样的变化!"

弗兰切斯卡穿越云底,俯视漆黑如夜的世界,像一个期待活动的小孩子一般笑了起来。

"真希望你还活着呀,亚瑟王的忠实粉丝,狮心王!"

最后,二人不约而同地说出了同一句话。

"你只能绝望,还是会怒火焚身呢……我都已经等不及想看了!"

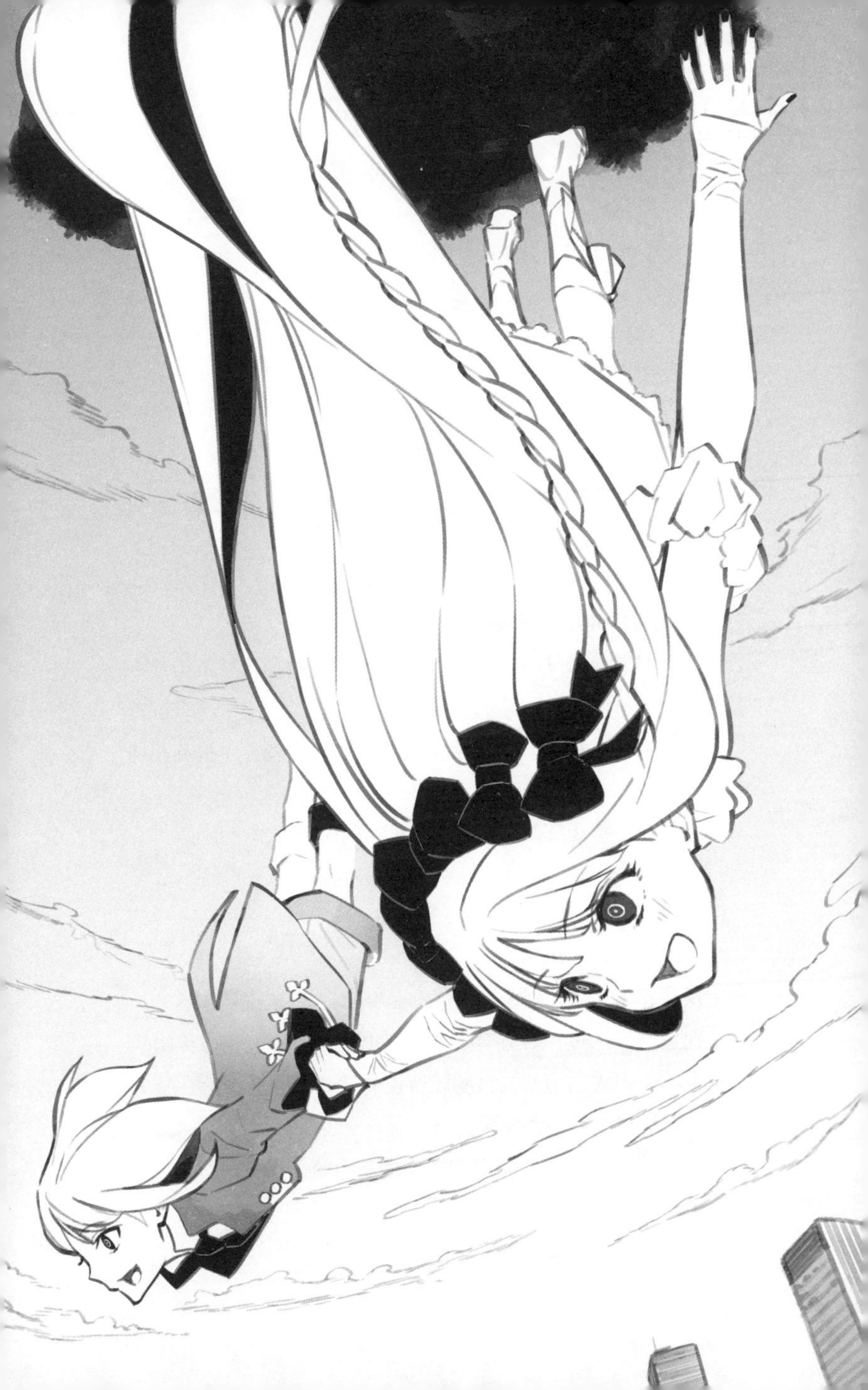

×　　　　　　　　×

被封锁的城市　水晶之丘　顶层

"吾之剑、吾之兽、吾之焦渴、吾之饥饿。"
"吾乃运送死亡之人。吾乃演奏死亡之人。吾乃死亡。吾乃死亡。死。死。死。"

毫无感情的吼叫回响在顶层周围的空间。
世界仿佛变成了一个生命体，在不断嘶喊，将城市染成一片黑暗。
潜行者瞪大眼睛。弗拉特双眼放光地和手表、手机互相叫着什么。
汉萨用手势指挥修女们组织阵形，同时严肃地低语道：

"这话语……该不会是……"

汉萨忍不住地想到了某本预言书中的一节。
他也曾经想过，对方会不会是历史上曾经有过相似传闻的某位人物。但埃尔梅罗二世刚才所说的"概念"在汉萨在脑中闪过，让他得到了一个推测。
"死亡的化身……天启四骑士中的苍白骑士吗……"

捷斯塔的分身在这种情况下，依然笑得愉快。

潜行者冲着他叫道："你做了什么……"

"哦，这可不是我干的哦？你应该已经明白了吧？这个世界不是我创造出来的。既然如此，那引起这美丽变化的也——"

"我问的不是这个！"

潜行者早就知道捷斯塔想说什么了。

既然捷斯塔出现在这里，那他必然是有一定把握才会前来挑衅的。

然而，尽管潜行者明白捷斯塔在挑衅她，她还是控制不住心中的怒火。

"你对那名少女做了什么！"

听到这充满愤怒的叫声，捷斯塔将手放在胸口，带着心醉的目光，对潜行者恭敬地鞠了一躬。

"啊啊，谢谢你……我真是太开心，太开心了！不管是憎恨还是别的什么，这叫声都让我感受到了你的感情、你身为人类的真心。你现在的的确确正在看着我。虽然你如今关心的是缫丘椿，但想必很快就不是了。"

"我在问你做了什么！"

"没做什么啊？"

捷斯塔勾起一抹恶心的笑容。他窥伺着潜行者的一举一动，再一字一句地回答潜行者的问题——语气中满含深情，比起刚才更像是在进行爱的告白。

"我只是推了她的后背一把。

"小孩子就要有个小孩子的样子，去追求远大的梦想嘛。"

幕间
丽人与海、少女与雇佣兵

Fate strange Fake
奇异赝品

十分钟前　被封锁的城市　缲丘家

西格玛很困惑。

他想先和椿聊聊便去找她。可原本在睡午觉的椿不知道什么时候醒了，现在已经不在起居室里了。

父亲夕鹤去二楼找人，西格玛则在一楼寻找——看见一扇魔术性质的暗门就这么打开着，于是西格玛直接走了进去。

在地下工房里，西格玛找到了椿，还有一个奇奇怪怪的家伙。那个人穿一身大红色的衣服，明显不是现代的穿衣风格。

"异端……裁判？"

西格玛也有想过"这会不会就是黑先生的真面目"，但是这个人一身红衣，与"黑先生"这个称呼实在相差甚远，反而让西格玛下意识地说出了他联想到的事物。

之后，西格玛的脑里浮现出了同胞年幼时的脸。

——拉姆达。

西格玛在杀掉说把他当成"好朋友"的拉姆达后，看了一部讲异端裁判的喜剧电影。想起这事，西格玛像是吃了沙子一样不是滋味，用手指摩挲了一下挂在右侧腰间的魔术礼装。

"你是什么人？"

"哎呀，你没有'被困住'啊。我想先确认一件事，你是这名少女的敌人还是同伴？当然，这个问题的答案不会像阴阳那样区分得那么明确啦，也有可能会随着情况发生变化……我主要想问，假如我是坏人，你会不会保护这孩子。"

"从现状上来讲，我会保护她。"

西格玛保持着警惕，诚实地回答道。

他在心里再次对自己说"一切都是为了能和潜行者顺利结盟"，同时慢慢移动到能够保护椿的位置。

见状，红衣丽人像是松了一口气似的，说道："啊啊，太好了！怎么说呢，你的眼神看上去比起保护支配者更像是要杀了支配者，所以我还挺担心的。不过，既然你说你会保护她，那我就放心了！我也是她的同伴，你放心吧。大可以'任凭风浪起，稳坐钓鱼船'。要说起来啊，我才是那个沉船的因素，但这不重要！没准船沉了之后会看到海神水府——用现在的话来讲，应该叫龙宫？"

看到丽人像一名喜剧演员一样夸张地比手划脚，西格玛的心中冒出了几分亲切感。

——如果是平时的工作，为了不节外生枝，我肯定会解决掉对方，或是逃离这里……但现在，自由行动才是我的任务。

西格玛没有完全解除警惕，但还是决定先听听对方怎么说。他认为，要想自由行动，必须得尽可能多地掌握情报。

"那就来说说吧，你是什么人？"

"啊啊，还好你是一个明智的人！不过很可惜，我差不多要再次沉寂了。"

"咦？"

"有魔物过来了。一旦它过来，病魔的化身会自动盯着椿，那我也会暴露的。"

听到丽人的奇怪言论，西格玛正想问清楚是什么意思，却发现对方的身形像海市蜃楼一样变得透明起来。这让西格玛不由得呼吸一滞。

"你怎么了？"椿惊讶地问道。

丽人露出温暖而包容的笑容，回道："嗯，别担心，就是再和你玩一会儿捉迷藏而已。"

安抚完少女之后，丽人重新转向西格玛，指着椿怀里的弩继续道："你，或者其他一直和椿在一起的人要拿好这把弩，千万不能让它从椿的身边离开。至于我……你就叫我'鲛'吧。只要有这把弩和身处这个世界里，我或许可以帮你们一起保护这名少女。"

"我听不懂你的意思。你到底是什么人？"

"这就说来话长了。简单来说……咦？等一下，为什么你身上会有'那个'的气息？难不成，你和飞在外面世界空中的'那个'有什么关系？"

西格玛的呼吸再次滞住了。

——他知道……"看守者"的事？

"啊啊，糟糕，到极限了。你可以把这把弩给见多识广的魔术师看看。到时候，你就……知道我……啊啊，啊啊，总之托付给你了啊！你一定要保护好椿——"

话还没有说完，自称"鲛"的丽人便消失得无影无踪。

椿呆呆地环视四周，西格玛则带着复杂的神色陷入了思考。

——他是什么人？好像知道"看守者"的真实身份……

西格玛原本以为能从丽人那里得到关于自己从者的情报，毕竟连他自己都不怎么了解"看守者"。但现在对方已经消失了，西格玛也只能就此作罢。

——总之，我应该拿着这把弩吗……

西格玛冲椿露出假笑，说了一句"我来拿吧"，就把弩接了过来。

他并不知道，这把弩正是缲丘家为圣杯战争准备的"触媒"——最终以与魔术师们的意图大相径庭的形式，成了椿的英灵显现的诱因之一。

在如今聚集了各种事物的斯诺菲尔德里，命运时而复杂地、时而直接地交织在一起。

"咦？"

当中，不分好坏。

"小椿，那个哥哥是谁呀？"
天真无邪的声音从楼梯处响起。
西格玛闻声回头，只见站着一名少年。
——谁？不像是遭到了精神控制……
西格玛绷紧神经，观察少年。光是他在这个世界没受到精神控制这一点，就足以让西格玛对他保持警惕了。
与西格玛相反，椿见到少年后，像是松了一口气似的，说道："啊，捷斯塔！你来啦！"

在记忆被唤醒之前，身为魔术使培养起来的经验先让西格玛全身狠狠一震。
瞬间的停滞之后，西格玛回想起昨晚被带入这个结界世界之前听到的那个声音。
"我的名字叫捷斯塔！捷斯塔·卡尔托雷！"
虽然声音和外表都不一样，但西格玛可不会乐观地把同名当作单纯的巧合。当他回忆起潜行者告诉他的那个名字时——
少年已经来到了他的身旁。

捷斯塔笑容未变,用只能让西格玛听到的音量,低声道:"你真走运呢,因为我没法当着小椿的面杀了你。"

椿向捷斯塔介绍了西格玛的名字,并讲述事情的经过。少年捷斯塔一边面带笑容地听着,一边对西格玛发出警告。

"你可要放聪明一点哦?我是小椿的'朋友',一旦你攻击我,'黑先生'就会立即对你动手。我也保证不了自己会做出些什么哦?"

西格玛一言不发,实则全身都冒出了冷汗。

其实他之前已经从看守者那里得知,捷斯塔能变成少年模样。可直到亲眼见识,他才知道那是多么精妙的"变身"。要不是椿喊出了捷斯塔的名字,想必西格玛根本无法第一时间将二者联系到一起。

仅凭这一点,西格玛就清楚地感受到,面前的少年实力远远超过自己。

——这家伙……有什么目的?

西格玛猜不出捷斯塔的用意。只见少年模样的捷斯塔则带着清爽的笑容,看了看周围。

"咦,这里好厉害呀,好像秘密基地一样。"

"是……是的,这里是爸爸妈妈的房间。"椿腼腆地答道。

闻言,西格玛有些不解。

——她没被下暗示,禁止把这个工房的事告诉外人吗?是因为现实世界的她处于昏睡状态,所以暗示被解除了,还是有其他原因呢?

西格玛一方面清楚自己的思维有些跑题,一方面也对目前除了思考什么都做不了的状况感到不爽。

这与任务的成败无关,但是关系到自己能否生存下来。

西格玛追求的只有"安眠与饮食",也就是"舒适的生活",因此他只希望不会在这里惨遭吸血种的毒手。

可是,既然不清楚对方的目的,那他也没办法采取相应的对策。然而——

吸血种的做法却极其简单。

他只是和椿进行了对话。

光从结果看,真的就只有这样而已。

但这再简单不过的行为,却将这个世界引向了一种结局。

×　　　　　　　　×

西格玛大哥哥为什么不说话了呀?

刚才那个漂亮的人躲到哪里去了呢?

对了,一会儿和捷斯塔一起去找他吧!

"小椿。"

"怎么啦,捷斯塔?"

"我听我爸爸说,你爸爸妈妈是非常了不起的魔术师。"

"啊!"

怎么办?

我该怎么回答呢?

爸爸妈妈说不能把魔术的事告诉别人。

Fate strange Fake 奇异赝品

"没事的,我知道这种事要向大家保密。没错,这是我和小椿两个人的秘密哦!"

"真的吗?"

"嗯,真的。你也不用担心被这个哥哥知道,因为他也知道魔术的事。"

"原来是这样呀!"

西格玛大哥哥说了声"嗯"。

对哦,他和爸爸看上去是好朋友呢。

原来西格玛大哥哥也是"魔术师"呀。

但是,捷斯塔人真的好好哦。

有生以来,他是第一个愿意和我交朋友的人。

捷斯塔会不会也是魔术师呢?

"小椿。"

"怎么啦?"

"你想帮爸爸妈妈的忙,对吧?"

"嗯!"

"要怎么做,才能让你的爸爸妈妈感到十分开心呢?"

"啊!"

"爸爸妈妈这么疼你,你得当个乖孩子才行呢。"

对啊。

我得帮爸爸妈妈的忙才行。

但是我一直都在床上睡啊睡,这样真的可以吗?

爸爸妈妈可是会给我讲故事,还会给我做好吃的蛋糕呢。

我得懂事一点。我得……我得当个懂事的乖孩子。我必须……必须这样。

"我陪你一起想吧？你的爸爸妈妈平时最常说的话是什么呀？"
"我想想……"

——"总有一天，我们要——"
——"没错，椿，那就是我们最大的愿望。"
——"是啊，像宝石翁一样——"
——"再怎么说，这也太脱离现实了吧。不是有定论说，已经没有位置了吗？"
——"这有什么，话语会成为力量。或许确实不可能，但只要向那个目标努力就行了。"
——"就像暗示一样。"
——"嗯，没错。椿，这是我们对你下的第一个暗示。"

——"爸爸妈妈也一直希望，总有一天，缥丘家会诞生——"

什么意思？
爸爸妈妈说的话好难懂。
但是……
对了，我想起来了！
比魔术师更厉害的人！
是那个把灰姑娘变成公主的人！

179

Fate strange Fake
奇异赝品

"对了!我知道了!"
"哎呀,这么快就知道啦?小椿真厉害呢。"
"嗯,我呀……

"为了爸爸和妈妈,我想成为魔法使!"

"是吗?真不错,大家一定都会很高兴的。"

哇,捷斯塔看上去很开心。
太好了,我没有答错!

"我会努力成为魔法使的!"
"嗯,小椿一定可以的。黑先生也会帮你。"
"嗯!"

咦?
怎么回事?
西格玛大哥哥……好像露出了很可怕的表情。

×　　　　　　×

那是一个不具备自我意志的系统。
那是一台没有自己的想法,只为了御主而行使自己能力的机器。
那是一位作为道具使用无可挑剔,作为使魔使用则各有己见的英灵。

然而，正因为它没有自我意志，正因为它是世界一部分真理的化身，才能行使强大的力量。而在此时此刻，它正式接受了御主的愿望。

——我想成为魔法使。

保护椿的英灵清楚认识到她这一愿望。
这就是，这正是，自己的御主缲丘椿长年以来的愿望。
她想和父母和和美美地生活在一起。
想和小动物度过快乐的时光。
希望人们都不要离开城市。
希望被卷入火灾的人们都能平安避难。
英灵用自己的力量实现了这些短期的"愿望"。
可是，"成为魔法使"这个愿望却远远超出了自己的系统所具备的能力。
如果是魔术也就罢了，魔法可没有那么简单。
倘若是普通的使魔，不管它拥有怎样的智慧，应该都会回答"不可能"。
然而，椿的从者、守护者、英灵——苍白骑士却不一样。
他是一名被给予了相关知识的英灵，因此他本身就带有可能性。
可能性的名字叫作"圣杯"。
但这并不意味着，这是一条可靠的道路。
可是，不管概率有多低，身为"死亡"概念化身的从者——苍白骑士都会开辟这条道路。
随着大圣杯的制作完成，第三魔法从世界上消失了。

由于魔法是存在于原理之外的事物，利用原理之内的许愿机也无法将其重现。

不过，第三魔法本身与圣杯相关，因此唯独它具备实现的可能性。

通过让圣杯经由自己与椿结合到一起，令原理流转起来。

成为大圣杯设计图的"容器"——若能重现其魔术回路，或许可以实现。

这个可能性无限趋近于零。

几乎算得上是白日做梦。

但是，苍白骑士对此有了认知。

他认识到了，这就是御主缲丘椿的"梦想"。

苍白骑士创造的这个世界的根基，就是与自己融合到一起的"椿的梦"。而从这一刻起，苍白骑士尽可能地调动自己的一切，将这个世界进行了重组。

这是他实现目的的手段。

为了在圣杯战争中取得胜利，获得大圣杯。

这位最先降临到斯诺菲尔德的英灵——

在此时此刻，终于点起了参战的狼烟。

瞬间，整个世界都笼罩在了"死亡"的气息之下。

二十章
梦幻化作现实

Fate strange Fake
奇异赝品

　　弗兰切斯卡·普勒拉蒂和圣杯战争的渊源，要追溯到第二次世界大战时期。她受美国组织的委托，去完成一项解析工作。

　　当年，早就潜入时钟塔的迪奥兰德家参加了一场名为圣杯战争的仪式，虽然最后以失败告终，但国家还是收到了仪式的分析结果，只是这个结果以一个远东的当地仪式而言太过奇异。为了促进国家在魔术上的发展，政府计划在接管的土地上建立一个城市。原本这个计划一直在实施，却因为第三次圣杯战争的报告，转而开始研究"能否在那片土地上重现同样的事"。

　　为了进行具体的调查，政府决定召集一些与时钟塔没有关系且十分优秀的魔术师们。于是，弗兰切斯卡在一位"孽缘人"的推荐下，与他们达成了合作。

　　"为了调查甚至在冬木搞了一场空袭，也太夸张了吧。有必要做到这份上吗？"

　　从这句话可以看出，弗兰切斯卡一开始并没有什么兴趣。可在亲眼观测了冬木的圣杯战争之后，弗兰切斯卡她——当时还是他——的态度却突然变了。

　　第四次圣杯战争——据说当时发生了时钟塔的君主惨死、与魔术世界无关的战斗机坠毁等事故，让圣堂教会为隐匿仪式而费了很大力气，因而成了极其特殊的一场仪式。

　　通过各地设置的情报网，观测可能发生怪事的地点，再将得到情报投放到别处正在发生的事件里，从而引发混乱——这是弗兰切斯卡一贯的"爱好"。而在她（他）长年收集的情报之中，那场远东的仪式是最不同寻常的。

首先是接二连三被观测到的境界记录带。

其次是涉及魔术师、魔术使和圣堂教会的阴谋。

最后是两名"熟人"。

其中一名是据说深受自己的魔术老师——精灵们挂念，并且由师祖梦魔男子引导的"国王"。弗兰切斯卡与那名国王没有任何交集，只在师父们低语唤醒的水面中见过那人的模样。

然而，那名国王并没有勾起弗兰切斯卡多少兴趣。

原因在于，她虽然吃惊地表示"这仪式居然连星之圣剑使都能召唤出来吗"，但是想到仪式一结束这个人就会消失，那就无法确定重现出来的人是否携带原本的人格。

可是，当通过瞭望的仪式看到另一位熟人的身影——布列塔尼的贵族骑士吉尔·德·雷时，弗兰切斯卡腰一软，衣服都没换，便抬腿踏上了从南极前往日本的路上。

弗兰切斯卡当时丢下了所有正在推进的工作，快马加鞭地跑了过去。可因为准备不足，还没来得及介入，圣杯便遭到了破坏，而她最终也没能与和盟友见上一面。

另外，弗兰切斯卡还小瞧了擅长操纵虫子的玛奇里家及其当家人的实力。对方故意放任她的使魔四处行动。弗兰切斯卡不仅在前往城中的路上遭遇无数虫子，最后还被披着老人外表的魔人迎头痛击，这使她不得不废弃当时的肉体。

"毕竟幻术很难对虫子生效嘛——要是准备得再周全一点，就能骗过那片土地混进去了……啊啊，吉尔，吉尔，你有没有充分享受到战争呢？"

弗兰切斯卡念叨的模样，被准备前往时钟塔的法尔迪乌斯看在了眼里。

弗兰切斯卡原本想介入第五次圣杯战争，但在众多因素的叠加之下，她没能如愿。

因素之一是，在第四次圣杯战争中妨碍她的间桐脏砚，强化了针对局外人的结界，让她无法进行观测。

因素之二是，圣堂教会的神父抵御外敌的手法出奇地精湛。

因素之三是，当她在准备期正想对冬木进行调查的时候，她感受到了"至少七只魔眼在同一线上的奇妙气息"，于是没能贸然接近城市。

基于以上几点因素，她对土地的研究只能停留在最基本的层面上。而进一步阻碍她的还有一件事，那就是她的肉体遭到冠位魔术师苍崎橙子不断杀害。

因此，弗兰切斯卡不知道第五次圣杯战争的结局。

最后的结果她倒是从别人那里偷听到了。但具体细节，比如冬木的土地上发生了怎样的"战争"，哪个阵营如果迎来了结局，她就无从得知了。

不过，准备已经足够了。

弗兰切斯卡耐心十足地观察圣杯的结构。她不仅赶在第五次圣杯战争举办前拿到了大圣杯的魔力碎片，还从第四次圣杯战争时期发生"冬木大灾害"的旧址里挖掘出来了"泥"——再和其他各种各样的要素组合起来，在斯诺菲尔德的土地上制造出了虚假的圣杯。

但假的终究是假的。

除非能将羽斯缇萨——圣杯战争之祖的魔术回路完完整整地拿来当素材，否则想完全重现大圣杯就是痴人说梦。不管做得有多逼真，依旧只是赝品。

可是，不知道是怎样的奇迹或者是心血来潮，这片成为假圣杯战争根基的土地竟然成功让冠上"英灵""从者""境界记录带"——这三个名字的"力量"显现。

弗兰切斯卡心想，既然如此，接下来就只需要反复试错，碰运气。只要在人类灭绝之前，重复几千次、几万次，说不定就会抵达雇主所期望的结局，也能抵达自己所期望的"人类的技术发展导致魔法消失"的结局。

弗兰切斯卡·普勒拉蒂这位魔术师，与其说是魔术师，不如说是"志不在理"的魔物。正因为如此，她才会想：既然要召唤英灵，那就得用这些英灵享受到最大的乐趣。

如今，弗兰切斯卡的心雀跃了起来。

她听说在冬木的圣杯战争中，传说中的圣剑使不知为何曾多次显现。而在这场虚假的圣杯战争中，取而代之出现的则是崇拜那位英雄的一名国王。

因此，弗兰切斯卡·普勒拉蒂才会无比想去玷污那份"崇拜"——当发光者的光被夺走之后，最终会剩下什么呢？

就为了确认这个答案，普勒拉蒂"们"才在梦中不断坠落。

不管出现在面前的东西有多么丑陋、多么令人痛心、多么悲惨可怜——唯独他们依然会坚定地把它当作人类去爱。

× ×

过去　1189年　法国西部

"你啊，可真是喜欢亚瑟王啊。"

一位服饰打扮与周围格格不入的男子,钻到一台能自行跑动的奇妙"马车"下面,一边咔嗒咔嗒地摆弄什么,一边说道。

闻言,男子说话的对象——理查德露出了少年般的笑容。

"那你可说错了,圣日耳曼!我不仅喜欢亚瑟王,我还喜欢圆桌骑士,也很喜欢查理曼传说!还有贝奥武夫讨伐哥伦多的故事,太激动人心了!我也不止一次两次地想过,要去影之国修行!"

"亚历山大大帝也挺不错的,说不定会和你大笑着在战场上厮杀。"

"真的吗?那我可太荣幸了!不过确实,如果要选一个能让我奉为君主、发誓效忠的传说,那肯定是我心中的祖王——亚瑟王的凯歌。"

"即使他最后众叛亲离、未得善终?"伴随着讽刺的话语,货车下方的男人——圣日耳曼把头探了出来。

理查德若无其事地答道:"当然。我也很喜欢莫德雷德哦!他可是很厉害的骑士,打倒了那么厉害的亚瑟王。终结传说之人也可以成为另一个传说。"

"啊……也是,正如你说的那样。"

圣日耳曼环视四周,苦笑着点点头。

大批骑士与步兵在整整齐齐地列队站好。一名骗子以宫廷魔术师的身份,用理查德听不到的声音,说道:"毕竟……你接下来也要去讨伐你的生父了。"

狮心王理查德一世的人生,伴随着他对亚瑟王的崇拜之情。

不胜枚举的轶事证明了理查德对亚瑟王传说的执着。理查德那奔放的性格就不用说了,就连骑士道精神这个标准都可以说是从无数传说中建立起来的。

理查德经常亲自去收集英雄们的遗物，据说还在格拉斯顿伯里发现了圣剑。至于那究竟是真的圣剑，还是他对传说的执念让他产生了幻觉，现在已经无从得知了。

但里面的剑先暂且不论，外面的"鞘"是真的找到了——在几百年后的法国宫廷里，有人对王公贵族们这样说。

这个人还说，为了向这把一直守护圣剑不被世界侵蚀的剑鞘表达敬意，他亲手对其施予最高级的封印，并将其保存在与亚瑟王有关的土地上。

这件事被当作一则普通的传闻在世间传开，之后又过了几百年——

× ×

现在　被封锁的城市　中央十字路口

"喂……这帮家伙的眼神好像不一样了啊。"一名警察汗流浃背地说道。

"不要自乱阵脚。我们要做的还是加强守备，同时寻找突破口。"虽然领导他们的维拉看似冷静，但她也明白眼下的事态有多糟糕。

"说是要找突破口，可……"其他警察代替维拉将担忧说了出来，"真的……有路可逃吗？"

肉眼所及之处都已经被黑影侵蚀，地上是不断奔腾的鼠群，天上是一望无际的黑风与黑鸦。

之前还一直倾向于守势的刻耳柏洛斯也转为了攻势。

警察们之所以能在激烈的攻击中尚且保全自身，一方面是因为约翰还能够行使术士给他的"力量"，徒手勉强牵制住了敌人；另一方面是因为以刻耳柏洛斯为首的魔兽根本没有把他们放在眼中。

魔兽似乎把剑士当作了重点攻击的目标。之前还是毫无感情的攻击，现在却能让人清楚地感受到杀意。

"好像出什么事了啊！但愿那个女孩子能平安无事！"

剑士用刻耳柏洛斯的趾爪，挡开漆黑异形们从四面八方逼迫而来的攻击。

就在此时，巨兽抓住一个破绽，冲剑士张开了血盆大口。

那张嘴比剑士的身高还要大得多，上下利齿以迅雷不及掩耳之势闭合上，却被剑士在千钧一发之际躲了过去。

然而，刻耳柏洛斯的头有三个。

三个死亡断头台连续祭出。

剑士蹬着圆木般的粗牙躲开第二击，又在空中一个翻身继续躲开第三次撕咬。

可是，另一只魔兽看准时机从背后袭来，一个爪击将剑士拍飞了出去。

剑士的身体顺势撞向被黑雾覆盖了的高楼，砸出一片碎玻璃与混凝土块。

"剑士！"

看到剑士被打飞出去，绫香不由得大叫。

——不对。平时的剑士，行动没有这么迟缓！果然是因为傍晚的伤……

绫香暗骂自己的大意。

就连金色英灵那宛如机关枪一般的宝具，剑士都一一避开了，可见他现在明显比那个时候要慢上好几拍。

虽然剑士说已经用魔术治过伤了，但毕竟是濒死的伤势，想必是没能痊愈吧。

因为绫香对魔术不了解，所以她想当然地以为"既然是魔术，那肯定已经完全治好了"。

剑士刚才之所以会对绫香说什么"一旦有什么万一，就由自己来扮演坏人"这种一点也不像他风格的话，会不会就是因为他明白自己活不长了呢？

尽管负面的想法一个接一个地在绫香脑中翻腾，她却依然在滚滚浓烟中跑向了剑士撞去的大楼。

在对付完剑士之后，刻耳柏洛斯等魔兽——不，这个"世界"将目光投向了剑士的魔力供给来源，也就是绫香。

"咦……"

一头巨兽向绫香发动了攻击。

然而，警察们闯入了二者之间，用大盾与斧枪宝具挡下了魔兽的撕咬。

"别停下，快去！"

"为什么……"

虽然绫香他们与警察目前处于停战状态，但自己原本可是警察的敌人，为什么警察会豁出性命来救自己呢？

看出绫香的困惑，一名警察答道："因为这才是我们的本职工作。"

"谢谢！"

绫香艰难地从喉咙里挤出两个字后，继续向楼里跑去。

Fate strange Fake
奇异赝品

她回头瞥了一眼——正好看到警察被巨兽一爪子挥开。

更远一点的地方还有警察身受重伤，倒在了地上。

就在剑士脱离战场的这短短几秒钟，战局已经完全失衡。

约翰和维拉还在奋战，可是再这样下去，不出几分钟他们就会全军覆没。

绫香看到这一幕，泪水夺眶而出。她顺着昏暗的室内楼梯，向着剑士所在的那一层跑去。

——为什么要保护我这种人……明明我什么能力都没有，我甚至连那什么御主都不是。

——我甚至连御主……不对。不对不对不对。我不是没能当上御主，而是我没有去当。

——我又逃避了。可我明明已经无处可逃了！

绫香恨自己胆小。她不断地向上奔跑，哪怕自己脚下的肌肉疼痛到仿佛撕裂了也毫不在乎。她只是一直、一直向上跑去。

绫香明白，和英灵、魔术师相比，她只不过是一名弱者。

她也明白，即使和其他普通人相比，她也十分弱小。她明白这个事实，也明白其原因。

这与性别、年龄都无关。

绫香明白，强弱与这些差异根本毫无关系。

自己弱小的原因很简单。

——我根本就……没想过要变强。我不想变强……因为逃避，要轻松太多太多了。

当绫香即将跑到可能是剑士所在的那一层时，她看到了站在楼梯上的红色身影。

绫香屏住了呼吸。

这只是一栋普通的高楼大厦，当然有电梯。

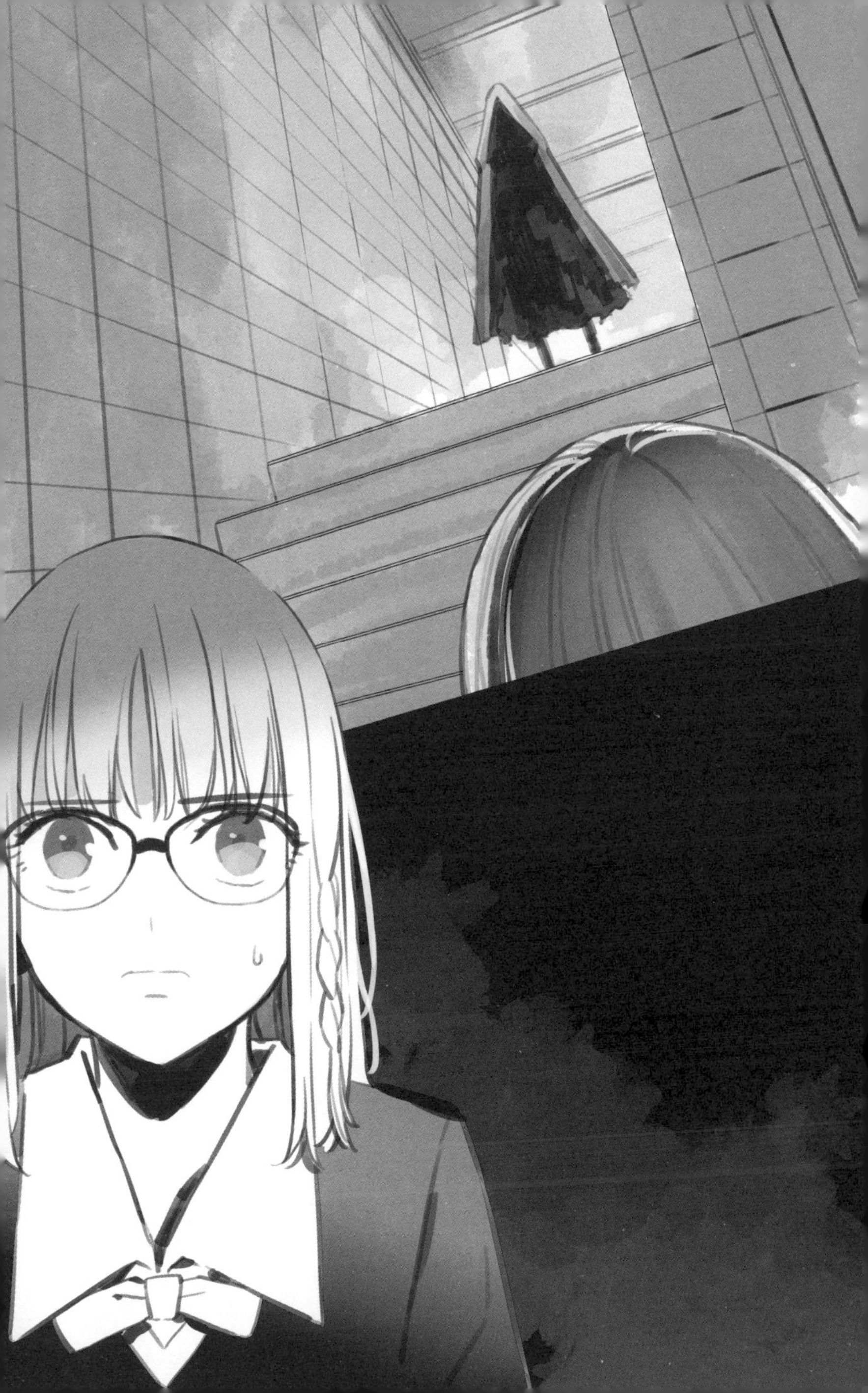

看到不知是幻觉还是亡灵的"小红帽"出现在面前,绫香全身都颤抖起来。

——好可怕。

——好可怕、好可怕、好可怕好可怕好可怕好可怕。不要过来不要过来不要过来不要过来不要过来。

骨头相互挤压,肚子里面像被火烧一样拧成一团,喉咙深处仿佛有东西在不断地翻涌。

即便如此,绫香也没有停下脚步。

"……让开。"

绫香用濒临极限的双脚,感受着关节和肌肉的摩擦,一步一步走上楼梯。

她流着泪,抬头望向"小红帽"。

"你可以杀了我,你也可以诅咒我。你有这个权力。"

这个结界中的世界,瞬间被死亡填满了每个角落。

对不断逃离死亡的绫香而言,现在或许就是这过剩的死亡气息麻痹了她的恐惧感。

"我很怕你,但是……"

从红色斗篷的阴影中勉强看见小红帽的下半张脸,她动了动嘴,像是要对绫香说些什么。

绫香并没有理会,她继续迈步前进,眼看着就要与小红帽擦肩而过。

"我现在更怕从剑士身边逃走。"

小红帽再次动了动嘴唇,用只能让绫香听到的声音低语。

"■■■■。"

"咦……"

听到这句话,绫香下意识地将头转了过去,可是那里已经没有小红帽的身影了。

绫香只迷茫了一下,便用双手拍了一下自己的脸,然后抬腿走向破碎的大楼墙壁,寻找剑士。

"啊……你怎么……跑到这里来了,绫香。"

如同第一次在歌剧院见面时那样,剑士威风凛凛地站着。

不同的是,他现在身上血迹斑斑。虽然没像上次教会那样直接倒在地上,但由于接下了刻耳柏洛斯的抓击,身上一部分铠甲已经破裂,鲜血从中滴落下来。

"剑士!"

"别露出这种表情,只是小伤——"

"这种事我们已经争论过三四次,总之我下定决心了,你闭上嘴听我说就是!"

"是。"

看到绫香气势逼人的样子,剑士连自己的伤都忘了,下意识点点头。

"剑士……你一直在犹豫要不要使用我的魔力,所以压制着自己的力量吧。"

"……"

"我不会再逃避你,不会再逃避'圣杯战争'。我决定,我要和你并肩作战!如果你要问我是什么时候下定决心的,那我可以告诉你,就是现在!抱歉,让你久等了!"

"啊,嗯……好。"

绫香怒气冲冲地坦诚道歉。这种堪称一心二用的本事让剑士再次条件反射地点点头。

这几天来，绫香一直在思考一个问题——自己畏惧一切事物，不断逃跑，究竟能在终点看到什么。

现在她想明白了，现在自己所处的境况就是这个问题的前提——这里已经是她逃跑后的终点了。如果终点有什么东西，那也只能在这里找。

"就算我会因魔力被吸干而死也不要紧！不对，倒也不是不要紧。但是，比起连发生什么事都没搞清楚就和剑士一起死掉，那还是因魔力被吸干而死要好得多！所以，我要做我力所能及的事！"

听着外面传来的打斗声，绫香握住剑士的手，按在身上疑似令咒的图案上。

"如果你愿意给我回报，作为从我这里获取魔力的答谢……那我希望你能教我战斗的方法。扔石头或是什么都可以。若是你觉得我会拖后腿，那教我增加魔力的方法，或是使用魔力的方法也都可以！"

看着绫香一脸认真地说完，剑士垂下了眼帘。片刻后，他郑重地对绫香说道："我很高兴你有这份心，你也很坚强。但是……我现在不能答应你。"

"咦？"

"难为你下定了决心要战斗，我却还没有找到理由，说服自己不惜拼上性命和骑士道，不惜践踏他人心愿也要得到圣杯。既然如此，那我这条命就不该用在打赢战争上，而应该用来保护你。在昨天之前，我还自命不凡地想，我既能在这场战争中保护好你，又能从中满足我的好奇心……但那个金闪闪的家伙让我醒悟了。"

闻言，绫香心想，剑士之前果然受伤了。不只是身体，心里也被金色英灵砸进了一根楔子。

剑士从不畏惧他人，绝对不会因为输给金色英灵就害怕被他杀掉。这一点绫香心知肚明，直到现在也依然这么认为。

可是，剑士现在没有"想向圣杯许的愿望"。因此，不管有没有害怕的事物，他都无法让那颗狮子般的心直面圣杯战争。

总而言之，剑士没办法在战争中完全燃烧自己的心。

尽管只相处了几天，绫香却对剑士的这种脾性清楚得不能再清楚了。

"所以，我不怕消失，但我首先要保证被连累的你能活下来。要是能在确保了你的安全之后，用剩余的魔力再次向那个金色的王发起挑战，那就最棒不过了。"

"你想实现什么愿望都可以啊！哪怕是卖了圣杯换钱，我也不会在意的！你不是说过，要把音乐带回到'座'还是天堂吗？就算是这种孩子气的愿望也可以的！"

听到绫香的话，剑士又垂下眼帘苦笑起来。

"座就算了，天堂可不是我待的地方……我是英灵，说白了就是留在世界上的影子，我也不知道实际是在哪里……但如果真的存在天堂，那我的灵魂……应该会一直经受炼狱之火的灼烧，直到人类灭绝的那一天。"

绫香正想追问是什么意思，大楼的墙壁却再度碎裂。

二人闻声望去，便看到了三个巨兽的血盆大口。

不知何时，刻耳柏洛斯变得更大了，现在的它简直就像是出现在特摄电影里的三头巨兽。口水从它口中滴落，瞬间在地上长出毒草。

"死（睡）吧。"

三个脑袋同时说道。正当刻耳柏洛斯想将二人连同大楼房间一同咬个粉碎的时候——

一块小小的碎片在剑士和绫香行动之前，落在了他们和刻耳柏洛斯之间。

绫香感到疑惑，因为刻耳柏洛斯的三个脑袋突然都停住了，六只眼睛全盯着地上的小小碎块。

绫香仔细一看，这才看出与这殊死搏斗的场景格格不入的碎块是什么，下意识地低喃道："饼干？"

那是一块散发着蜂蜜味道的饼干，在每个超市都能买到。

包括刻耳柏洛斯在内，所有人与物都沉默了。

这时，另一个与现场格格不入的明快声音响了起来。

"把刻耳柏洛斯搞进来，有趣是有趣，但是很失败——"

"明明它的弱点这么有名！"

少年与少女的声音实在是过于愉快，仿佛他们只是观众，正在观看由绫香等人上演的血腥恐怖电影。事实上，这两个人确实是吃着买来的烤制点心和巧克力出现的，就像看电影时吃爆米花那样。

天花板被开了个大洞，他们俩撑着伞，宛如电影角色一样翩然从天而降。

"嗨，我们是第一次见吧？狮心王和……虽然不知道怎么回事，但魔力非常厉害的女孩！"

身穿哥特式洛丽塔洋装的少女嘻嘻一笑，撑开的雨伞一圈圈旋转着。一旁与少女长相极为相似的少年则恭敬地鞠了一躬。

"我有很多问题想问，不过我最想问的是……"剑士代替困惑的绫香开了口，带着一脸不知就里的表情向二人问道，"为什么要在室内撑伞？"

"不，这不是重点吧。"

结果剑士问的根本不是绫香感到困惑的点，这让绫香不禁皱起了眉。

然而，转着伞的少女却两眼放光，挺起了胸膛。

"问得好！你果然不错！我非常喜欢这种反应的人！"

少年接过少女的话头，张开双臂说道："答案很简单——

"因为很快，这里就会下雨啦！"

话音刚落——大量包装好的饼干和糖果在大楼之内如雨点般降落，将灰色的地板渐渐染成时髦的色彩。

这幅景象仿佛出自童话或是漫画之中，在现实里根本不可能发生。

片刻之前还充满了死亡气息的空间骤然一变，变成了另一个层面上的非现实空间。身处这样的景色之中，绫香这次是彻彻底底地哑口无言了。

代替雨滴的一包包零食渐渐变大，眼看着堆成了一座直达天花板的小山，就像报废车处理厂里堆积起来的报废车辆似的。

更让绫香惊讶的是，刚才一直静止不动的刻耳柏洛斯在耸动鼻子闻了闻之后，居然把巨型零食连带包装一并吃下。

"你们到底是……"绫香对眼前的情况一头雾水，站在剑士的身边，向少年少女发问。

闻言，少女一边用雨伞挡住零食雨，一边开口道："我还想问你呢！菲莉娅到底是从哪里找到你这样的人的啊？"

Fate strange Fake
奇异赝品

"你认识那个人吗？她现在在哪里？"

那个白色女人，就是她强行把绫香带到这个城市。

得知对方与白色女人相识后，绫香暗暗提高了警惕。可是绫香的问题还是得到了让人觉得莫名其妙的回答。

"哈哈哈！我觉得她应该哪里都不在了。如果是指身体，那还在啦！我劝你最好别随随便便和她搭话，搞不好她会给你安个'没礼貌'或是'寒酸难看'的罪名，把你变成宝石哦！"

"啊？"

"不说她了。我的名字叫弗兰切斯卡，他叫弗朗索瓦。我们在这场圣杯战争中，是真术士阵营、幕后主使、庄家、搅局者……这么说你是不是大致就明白了？能明白吧？"

绫香愈发困惑起来，倒是她身边的剑士点了点头。

"原来如此，虽然我一点也没听懂，但是谢谢你们出手相救。我知道在传说里刻耳柏洛斯喜食蜜饼，只可惜我手头没有。"

"很厉害吧，看门狗为了零食就能把罪人放跑这种事居然能被人一直传颂到现代。"

弗兰切斯卡哈哈大笑，看向外面。

绫香猛地回过神来，一边提防着正在狼吞虎咽地吃着零食的刻耳柏洛斯，一边也向外面看去。只见外面也同样降下了零食雨，而刻耳柏洛斯被零食山锁住了脚步。

"啊，对了对了，你们不必道谢。"

"因为我们是来弄脏你们的。"

神秘二人组笑眯眯地如此说道。

"咦？"

绫香皱起眉，观察他们到底有什么意图。

可绫香的这一举动反而引来了对方的观察。

弗兰切斯卡开口道："哦？和当初差点被卡修拉杀害的时候相比，你变得强多了。"

"卡修拉……难道你们和歌剧院那家伙是一伙的？"

"没错没错。你那时候明明摆着一副生无可恋的样子，现在却在英雄狮心王的拉扯下变强了——还是说，你其实就是一只狐狸，只有在强者身边才有底气呢？到底是哪个呀？"

"什么……"

突然被问起这样的问题，绫香却无法坚定地反驳自己不是后者，不禁一时语塞。

剑士却接过话头，说出了自己的看法，坦诚而又纯粹。

"你在说什么啊？绫香从一开始就很强。而且不管是强是弱，只要有值得信任的人在身边，那自然就会生出底气。还有，绫香确实有一双像狐狸一样目光凛凛的眼睛，但她并不会破坏庭院和农田，也不会装乖去骗人。"

"你居然能怀着真心说出这样的话来，不错！不错！你果然很棒啊！"

"原来如此，原来如此。你这样子确实是一位好国王！只会根据当下自身的理念而行动！"

弗兰切斯卡的嘲讽明明没有生效，但她和弗朗索瓦不知为何看上去很是心满意足。

二人又看了一眼绫香，然后像跳舞一样转起圈圈。

"真好啊，我好羡慕啊。你是叫绫香吧？"

"你遇到了一位好国王！难怪你会变强，还这么信任他！"

"正因为如此，我们才要趁现在先向你们道个歉。对不起，不好意思啦！"

"你们不原谅也没关系。要是能原谅，我们就做好朋友吧！

Fate strange Fake 奇异赝品

别怕，我们不会伤害你们的身体，大可放心哦？很棒吧！"

见这两个人不断地说出挑衅般的言语，绫香实在是受不了了，烦躁的她决定回敬对方一句。

"喂，你们到底在说什么莫名其妙的……"

下一刻——

"接下来，我们要稍微践踏一下国王陛下的信仰。"

弗兰切斯卡一甩雨伞，世界突然天翻地覆。

那是一座美丽的城堡。

虽然它不像景点那样保养得十分精致，但周围的门和里面的庭院都有精心照料的痕迹，而古旧的石墙反倒营造出了庄严的气氛，与深山老林这个地方构成了梦幻般的和谐。

"怎……怎么回事？"

绫香连声音都走调了，还伴随着颤抖。

几秒钟之前，他们明明在大楼里。

可是现在，无论是那冷硬的钢筋还是碎玻璃，甚至连零食山和吞食零食的巨兽都消失得一干二净，仿佛这些东西从一开始就不存在于世界上。

但让绫香失声的并不是景色的变化。毕竟不久前，她就不断在目睹世界变来变去的景象。

让她心跳紊乱，全身冒出冷汗——是因为她见过这样子的景色。

"这……这是……冬木的城堡……"

"冬木？"

身边响起一个声音，吓得绫香抬眼看去。

原来是一直没有动过位置的剑士。

二十章 ◆ 梦幻化作现实

"太好了！你没事吧？"

"嗯，只是吓了一跳。这……可比圣日耳曼给我看的什么'光雕投影'厉害多了。是幻术。不只是景色，连风的气味和土的温度都完美地欺骗着我们的感知。"

"幻术？不是瞬间移动什么的吗？"

"嗯，我猜我们并没有发生移动。从警官们也都不见了这一点可以得知，被动手脚的应该不是空间，而是我们的五感。我有一个魔术师朋友，他对这种事很了解。"

"哦？真想见识见识你那位魔术师朋友。"

听到自称弗朗索瓦的少年如此说道，绫香不禁开始环视四周。可是绫香只能听到声音，却看不到人。

这时，弗兰切斯卡挑衅般的声音接着响了起来。

"喊，我还想让你们把这当作是瞬间移动，好好跟你们玩玩的，真没意思。"

"哎呀，真是了不得。这么精巧的幻术，我活着的时候可从来都没见过。太厉害了，你要不要来当我的宫廷魔术师啊？这个职位原本是圣日耳曼那家伙的，但不管我怎么叫他，他都不理我。你们要是愿意当，我一定重用。"

"哎，我是不是听错了，我怎么觉得刚才有个让人讨厌的名字冒出来呢？"

"你没听错。啊啊，那个变态废物骗子确实有可能会去找这位国王陛下。"

弗兰切斯卡二人刚才还愉快的声音明显沉下了音调。

剑士平静地继续说道："变态废物骗子也太过分了吧？那家伙充其量就是个高级的荒诞离奇小贵族。"

"你更过分吧？"

綾香曾在梦中见过那位"圣日耳曼",此刻只能吐槽这么一句。不过倒是帮她缓解了几分紧张,让她冷静地思考起来。

"原来如此……那你们变出我故乡的幻象,到底是有什么企图?"

"咦?哦,原来你是冬木人呀。"

"咦?"

因为他们认识菲莉娅,所以绫香想当然地认为这幻术是冲着她来的,但看样子似乎并不是这样。

那为什么要变化出冬木的景色?

就在绫香思考的时候,她的身后又发生了变化。

先是听见某种巨大的东西在逼近的声音,然后看到一个伴随着雷鸣的"东西"从身边冲过去,震撼了森林的大地。

那笔直地冲向城堡大门的东西,是一辆由巨牛拉的马车。

虽然绫香只能用"马车"来形容这个东西,但剑士一眼就看出来了它是什么。

"刚才那是……战车(Chariot)吗?雷电缠身的牛……难道是飞蹄雷牛(God Bull)?那就是说,是戈耳狄俄斯的王,不对……"

熟读无数英雄传说的剑士瞬间就意识到那辆车是什么,驾驶它的人又是谁。

那辆驰骋于古代战场的战车上坐着两个男人。其中一个是蓄着茂密胡须的红发壮汉,一看就是那种非常豪放豁达的人。

"不是吧……我听说真人和传说中的不一样,身材很是魁梧。原来真不是圣日耳曼那家伙在添油加醋啊……"

"你认识他吗?"

"嗯……如果我猜得没错……那就是以马其顿为起点,征服大陆的霸者——亚历山大大帝！"

——亚历山大大帝？我好像听说过……

绫香并不了解英雄传说，对于亚历山大大帝的认知和狮心王一样，只停留在"听说过这个称呼"的程度上。但看到剑士像孩子一样两眼放光，绫香还是明白这是一位历史上的大人物，而且是比剑士历史更为悠久的英雄。

——那他也是从者吗？

虽然绫香察觉到了一种非比寻常的气息，但想到在红发男子身旁发出惨叫的青年，她还是感到了一丝安心。

或许是因为，那名黑发的娃娃脸青年让绫香产生了"同是不像魔术师之人"的共鸣吧。

×　　　　　　　×

被封锁的城市　水晶之丘　顶层

"你说有无数零食从天而降？"

埃尔梅罗二世困惑的声音自手机扩音器传来。

尽管二世只听到了弗拉特的描述，但他还是很快掌握了情况，阐述起自己的见解。

"我懂了……有人在不成形的冥界里，利用了这个异物——刻耳柏洛斯的特性啊……可是，不管是什么系统的魔术，能在大范围内呈现如此离谱的场面，都说明对方是级别相当高的魔术师……很有可能是从者。"

在这冷静的声音响起的同时，捷斯塔的分身则皱着眉，发出了焦躁的声音。

"啧！是用幻术的家伙吗！真是多管闲事！"

——事实上，要是能带进来更多死者，就能让那头神兽进一步发挥出原本的实力了……虽然还是要看这片土地能够提供多少魔力资源，但如果顺利，完全可以获得与上位职阶从者相等的战力……

捷斯塔思忖片刻，再次挑起了唇角。

"难得都走到这一步了，我就稍微帮一把手吧。"

"你想做什么！"

潜行者一边劈开从窗户闯进来的异形，一边大叫道。

"很简单啦。先把十字路口的警察都杀了，然后代替零食把他们硬塞到刻耳柏洛斯的胃里，就这样。"

"你休想……呜……"

潜行者刚要跑过去，就被无数黑雾般的异形堵住了去路。

"哦哦，它们……或者说，现在整个世界优先攻击从者，你可要小心哦？那边的著名杀人魔阁下也是一样。"

捷斯塔看着弗拉特手腕上的手表说道。他的言语中似乎带着一丝敬爱之情，但察觉到这一点的只有杰克本人。

"感谢你的忠告。"

杰克一边在心里因自己的身份被揭穿而咋舌，一边用心灵感应对弗拉特说话。

"怎么办，弗拉特？能成功吗？"

"嗯——还差一点。"

捷斯塔对狂战士阵营的对话一无所知，还在带着陶醉的表情向潜行者发起挑衅。

"呵呵，你很担心那群警察被我杀掉吗？可是你也在警署和他们厮杀过，为什么还要阻止我去玩弄他们？明明你看上去也不抗拒让刻耳柏洛斯变强的事。"

"我不会让你如意。仅此而已。"

"不，不是这样的！因为你知道那群警察想救缲丘椿，所以尽管他们是你的敌人，你还是想对他们表达一定的敬意，对吧？啊啊，我明白的，我明白你的一切。但是，你还不了解什么是魔术师。"

"闭嘴！"

潜行者将藏在身上的短刀扔了过去，却和刚才一样从捷斯塔的身体擦过，只是再次验证了他的本体并不在这里。

"魔术师是极端的合理主义者，他们最后应该会选择杀掉缲丘椿这条路吧。不过，这才是正确的做法哦，潜行者。这个结界世界的失控局面很快就会波及外面……也就是现实世界中的斯诺菲尔德！那么，要成为人类历史上的英雄，就应该迅速选择牺牲最少的那条路！只是牺牲一名少女，就能拯救八十万人！不，甚至有可能是拯救全人类！"

捷斯塔的分身继续无比愉悦地讲道。

"啊啊，你相中的那个雇佣兵，说不定会第一个把小椿杀掉！这倒也不错！我好想看到被信任的男人背叛后，身陷愤怒与绝望之中的你！"

如果是愤怒，那潜行者已经有了——她杀气腾腾地瞪着捷斯塔的目光仿佛在述说这一点。接着，她将扑到自己身上的最后一只异形从打破的窗户甩了下去。

怒火中烧却沉默不语的潜行者，与心醉神迷又油嘴滑舌的吸血种相对而立。

Fate strange Fake 奇异赝品

然而，之前一直没说过话的汉萨却像不会察言观色一样，打破了这只属于他们的二人世界。

"喂，死尸。"

"干什么，代行者。别妨碍我，现在正是我最高兴的时候。"

汉萨对捷斯塔的烦躁视而不见，继续说道："你之前在警署说过否定人理，还说死徒是为了玷污人类历史而存在的。"

"怎么了？这么理所当然的事，身为代行者的你应该很清楚才对吧？"

"那名潜行者也是人类历史的一部分，你不否定她吗？你倒是确实在玷污她，但那不是出于否定的败坏。你是因为被她迷住了，无法否定她，是出于那扭曲的情欲才想把她彻底弄脏，想让她堕落。不对吗？"

"你想说什么？"捷斯塔的脸上没了表情。

汉萨没有回答他，只是淡然地换了个话题："说起来，你还记得吗？你之前说过，想杀掉你们这样的高级死徒，必须要有祝圣过的武器或拥有'特异点'，又或者是高段位的魔术师。"

"那又怎样？你现在拖延时间有意义吗？拖得越久，反倒对你们——"

一只黑键从捷斯塔的分身穿过，打断了他的话。

见黑键深深地插入捷斯塔身后的墙壁，汉萨说道："我祝圣过的武器虽然无法伤害你不在场的本体……

"但是，幸好……我得到了高段位魔术师的协助——多萝西娅（Dorothea）。"

捷斯塔一下子僵住了。

就像填补了这一瞬间的空白似的,弗拉特趁机发动了魔术。

"开始干涉!"

话音刚落,魔力向房间的四面八方奔腾而去,早就四散开来藏在各处的修女们手持礼装,让魔力得以回响,构成了简易的魔力流动。最后所有魔力都集中在汉萨扔出去的那把黑键上,从而成功发动了魔术。

"啊?你……呜啊啊!"

明明只是分身的捷斯塔突然全身猛地一抖,面露痛苦的表情呻吟出声。

潜行者困惑不解。让她困惑的不是魔术本身,也不是捷斯塔受到了有效的伤害。而是神父冲捷斯塔叫出"多萝西娅"这个名字的瞬间,吸血种明显瞪大了眼睛,完全将注意力从潜行者身上移开了。

捷斯塔跪在地上,双目充血地瞪着汉萨。

"可恶……你们到底……"

"啊……弗拉特,你给他解释一下吧。"

"好的!因为你说这只是分身,所以我就沿着你的魔力流动,攻击了你的本体!"

见弗拉特说得像是小事一桩那般,捷斯塔带着痛苦的表情说道:"不可能,我这只是一具分身……"

"对!我知道,我知道!你把灵魂,或者说概念核一个个分开备好,然后把它们当作礼装,套在本体上进行变身。所以,你的每一个分身拥有各自的思考能力,能自由地进行活动。然后,一边复杂地转换它们,一边使出干扰手段——就像杂耍抛接球那样混淆我们的视听……哎呀,我花了好长时间才看出这个模式,累死了!但我玩得很开心!"

Fate strange Fake
奇异赝品

"你说……你看出来了？在这么短的时间里？"捷斯塔脸上的惊愕之色已经超过了痛苦，他继续道，"你到底……是什么人？这不是魔术师能……可恶，不仅是你，那个雇佣兵也是，为何都能看穿了我的变身……不愧是圣杯战争，每个都非等闲之辈……"

汉萨心想，作为分身的这具身体能痛苦到这种程度，说明捷斯塔的本体如今很可能已经无力动弹了。

虽然汉萨对弗拉特究竟向本体输送了怎样的魔术感到好奇，但他并没有问，只是沉默着观望事态的发展。

捷斯塔却将目光转向了汉萨。

"不过，这都不重要……现在关键在于你，神父。"

"我做了什么吗？我只是叫了个名字而已，没想到你就惊讶成那副模样，真是我的荣幸——啊啊，现在我承认，我很高兴得到了你的认可。我看你，是不是有点骄傲自满了啊？"

"少装傻！你……为什么会知道，那个名字……"

捷斯塔的嘶吼中能明显听出憎恨与不安交织的感情。

汉萨看似有些为难，叹了口气说道："既然情报是正确的，那我需要正式地表达一下感谢……只是站在我的立场上，一旦被人知道我做了什么，会惹来很多麻烦啊。"

捷斯塔正在诧异，就听房间里响起了另一个声音。

"不必言谢，吾等的仇敌。"

这声音是从汉萨的神父服口袋里传出来的。

汉萨将手伸进口袋，掏出一部手机。不是与时钟塔君主通话的那一部，而是汉萨的私人手机。

这部手机好像从一开始就拨通了电话并处于免提状态，而电话那头的人也没有出过声，直到现在才开口说话。

那声音十分优雅，但又透着深不可测的感觉。透过电话，对方将其协助汉萨的原因讲了出来。

"我不是在帮你，只是向我旧时争友的末裔进行投资罢了。"

"这声音……是……"

捷斯塔脸上的表情像万花筒一样不断变化，混乱、紧张、愤怒——绝望。

"我给你提供情报，你帮我处理废弃物，就这么简单。何来的感谢。"

那"声音"完全没把捷斯塔放在眼里，一丝一毫的注意力都没有分给他。

捷斯塔却冒着冷汗，不自觉地喃喃道："为什么……"

汉萨语气平淡地对他的低喃给予了进一步重创。

"介绍一下，这位就是'为我提供协助的高段位魔术师'。"

"不……为什么你会……"

看到捷斯塔因身心的疼痛而陷入了极度的混乱，毫无紧张感的弗拉特回道："啊，你要问为什么，那很简单呀！"

"什么……"

"像你这么强的吸血种，在其他吸血种之间肯定也非常有名，所以我决定找认识的人打听一下！"

"啊？"

听到这么大大咧咧的话，捷斯塔连痛苦的感觉都忘了，愣在那里发出了呆傻的声音。

"然后呢，在我认识的吸血种里，我只和一个人交换过电话号码。"

弗拉特为自己准确无误的预测感到十分高兴。他竖起大拇指,讲出了电话那头的名字。

"然后,我猜得果然没错!梵·斐姆先生果然知道你!"

×　　　　　　　　×

同一时间　幻术里的冬木市

"怎么回事,我好像感觉到了一种令人讨厌的气息。"
"你确定不是错觉?"
弗朗索瓦在一旁像仓鼠一样吃着零食,对疑惑的弗兰切斯卡说道。

在缲丘椿的结界世界里,宝具"螺湮城乃不存在,故世间的疯狂永无止境(Grand Illusion)"发动的幻术有两个。

一个是,为了将剑士等人关在隔离空间中,而欺骗整个结界世界的幻术。

另一个是,为欺骗剑士和绫香的五感而使用的幻术。

现在的剑士和绫香之所以能看到冬木市,原理就和全身装备了VR装置是一样的。

两名普勒拉蒂以第三者的身份,通过镜子欣赏着身处冬木市的剑士等人,愉快地出声大叫。

"好了好了!你们在看电影的时候是喜欢吃爆米花还是吉事果啊?还没准备好就要抓紧时间了哦!甜甜圈和热狗也是不错的选择呢!弗朗索瓦(我)也这么觉得吧?"

"哇，弗兰切斯卡（我）这是在故意向我炫耀啊。明明知道我死的时候还没有那些东西呢。"

"爆米花诞生的时间好像比我们要早得多哦？就在这里的大陆上。"

"什么，不是吧。那岂不是有可能在神代就有了？爆米花好厉害！简直是神！"

"那个什么厉害的爆米花……如果历史这么悠久，那我真想尝尝。"

剑士一边用"同伴"的治疗魔术治疗腹部的伤，一边咽了咽口水。

"你想吃多少我都可以请你吃。前提是你能从这里出去。"

绫香已经没心情去吐槽剑士了，现在的她只顾着观察四周。

冲入城堡的红发壮汉与那个疑似其御主的黑发青年，还没有要从那扇被撞坏的大门出来的迹象。甚至连周围的花朵都完全停止了摇曳。由此可见，应该是弗兰切斯卡和弗朗索瓦让"幻术"暂停播放了。

这时，声音再次从头顶传来了。

"算啦。什么都不吃说不定反而更容易集中精神！毕竟你们接下来将要观看一场精彩绝伦的表演秀，绝对是你们在活着的时候看不到的！"

"哦？那可真叫人期待！既然是幻术，那你们是想让我和那位亚历山大大帝战斗吗？"

"你说的这个倒也挺有意思的，但你都察觉到这是幻术了，那效果也会减半。不过没事，我保证，这节目肯定比你说的还要好玩得多哦？我都说了，会让你看到你从未看过的东西嘛。"

随着弗兰切斯卡的话语，之前停滞的景色再次动了起来。

没过多久，从被撞坏的大门深处，扛着大木桶的红发壮汉走了出来。接着是那位依然看上去有些胆战心惊的青年。不久，另一个人影也从城堡中出现。

"那是……菲莉娅？不对，仔细看，能看出来是别人……"

绫香下意识叫了出来。

那是一位和菲莉娅一样，有着如雪般银发的美女。

在美女旁边的是个子更矮一些的女子，她穿着蓝色的衣服和银色的铠甲，神色凛然。

"那是谁……看上去是英灵……但是女性的骑士……难道是圣女贞德？"

绫香从记忆深处拽出了一个名字，向站在身边的剑士问道，可是——

"咦……"

绫香下意识屏住了呼吸。

剑士脸上一直挂着从容的笑容早已消失。取而代之的是纯粹的惊叹，仿佛目睹了世界终结或是世界起始一般，丝毫不含喜悦或悲伤等任何情绪。

"这是……梦吗？"

"不是，不都说了是幻术吗……咦？怎么……你认识她？"

——该不会是她夫人、妹妹或是女儿什么的吧？

绫香紧张地猜想那位女骑士或许是剑士的某位亲朋好友。

剑士却目不转睛地盯着女骑士，微微摇了摇头。

"不是，我第一次见她。"

"怎么回事？"

绫香一头雾水。

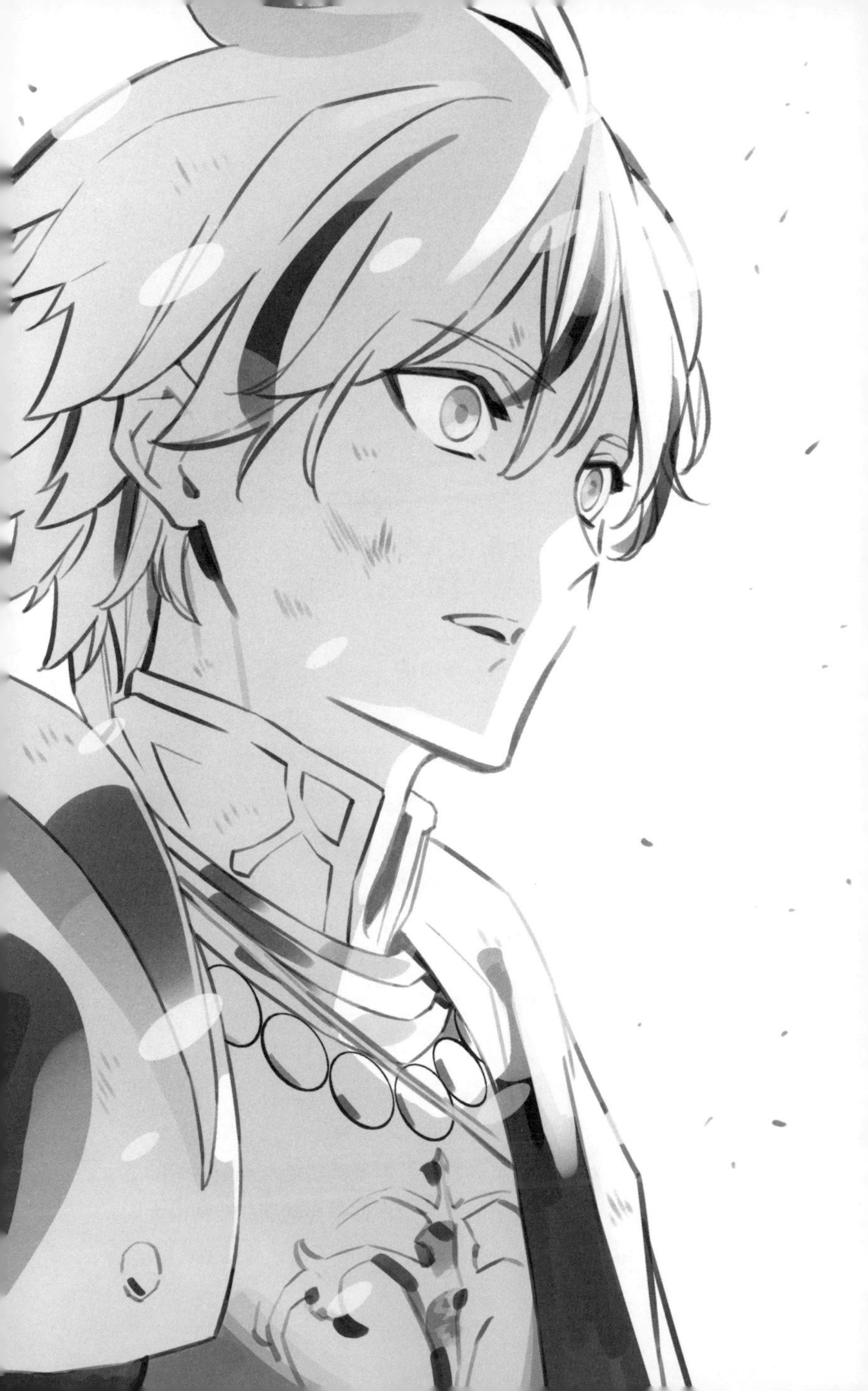

剑士依旧一副茫然若失的样子，答道："等一下……我也在向同伴确认……啊……怎么会这样，啊……啊……"

剑士站在原地握紧了拳头，对身边的绫香说："我现在能够一直像这样站着，而不是跪下，原因有两个。"

"跪下？"

"一是因为，我勉强也算是一国之君，随随便便下跪有辱爱戴我的国民。"

绫香一时竟不知道说出这句话的剑士到底是冷静还是不冷静。可是听到他下一句话，绫香确信了——剑士并不冷静。

"二是因为……我想用这双眼睛，尽可能久地将我追寻一生的传说记在心中。"

就连跪拜的时间都是一种浪费——剑士的话透露出了这样的含义。

绫香看着剑士，明白了那位一身苍银色着装的女子是何方神圣。明白是明白了，可绫香一时之间没法接受。因为连她都知道姓名的这位英雄，在她的认知里是一位男性。

可除此之外绫香想不到任何别的答案，于是她便将那个名字说了出来。

"难道是……亚瑟王？"

绫香在梦中曾听理查德的母亲讲述过许多有关这位英雄的传说。剑士本人也将这位圆桌传说的主角称作"伟大的祖王"。

虽然绫香对此有些难以置信，但她确实能从那位女子的举手投足中感受到威风凛凛的气质。即使走在前面的亚历山大大帝有着庞然的巨躯，女子也依旧散发着毫不逊色的强烈气场。

"咦，可是，怎么……是女的？"

绫香刚提出疑问，空中便传来一个唯独绫香和剑士能听见的声音。

"阿尔托莉雅·潘德拉贡，这可是亚瑟王的本名哦。但考历史的时候这样写可是会拿到叉号的，一定要注意哦。"

"这难道是……"

"没错，是在冬木发生的圣杯战争，你现在看到的是其中一部分，都快是十五年前的事啦。哎呀——我这个人运气可真是太好了！正好城堡的结界被那架雷战车给撞坏了，我才能看到三名王者齐聚一堂的画面哦！"

"三名？"

难道还有一名王会来吗？

绫香刚冒出这样的想法，那最后一人便携着一股不悦之风，出现在亚瑟王和亚历山大大帝面前。居然就是那位在教会打败剑士的金色英雄。

见绫香一脸戒备，弗兰切斯卡笑了起来。

"哈哈哈！别怕啊，没事的！这只是在重现我的使魔观测到的画面罢了！"

"你们要做什么……到底有什么目的？"

绫香怒气冲冲地瞪着天空，然后听到了少年和少女回答她的声音。

"我们就是想给你们看看。"

"没错没错！我们想看看国王陛下看完之后的反应！互惠互利！就是双赢啦！"

"狮心王深受百姓爱戴，我们为了向他表达敬意，才把'亚瑟王'陛下的真实模样放出来给你们看的呀！她不仅比狮心王出名,更是狮心王践行骑士道的基石兼心灵支柱!"

刹那之间,世界响起了一阵噪音。

绫香仿佛能听到"沙沙、沙沙"的声音,眼前的景色也开始扭曲变形,瞬间整个世界便换了一幅景象。

不,是世界在不断变换景象。

有冬木大桥。

有在港口与枪兵交战的亚瑟王。

有一众英灵在河川上与巨大的怪物交战,还有一名与战斗机融合的异样骑士。

有魔术师用枪扫射坐在轮椅上的男子。

有倒塌的旅馆。

在绫香熟悉的景色中,这些与现实格格不入的画面以几秒钟为单位不断地进行切换。

然而,出现在周围的人类和英灵却谁都没有察觉到绫香与剑士的存在,甚至还有人光明正大地与他们擦肩而过。想必真实的绫香二人只是"旁观者",无权干涉,也无法被干涉吧。

瞬息万变的景色让绫香的心越发沉入不安的深渊。

在这些景色中,也存在绫香不愿意看到的玄木坂附近的风景。尽管蝉菜公寓只在她视线的一角瞬间闪过,却还是让她产生了心脏被紧紧攥住的错觉,呼吸自然也乱了。

就在绫香下意识低下头去时,弗兰切斯卡的声音响了起来。

"前面这些全是预告片哦!这预告片还不错吧!那么接下来,我要给你们看第四次圣杯战争的正篇影像啦!虽然只有片段式的记录……但是我已经编辑成了一部足以供人欣赏的纪录片!剧透一下,可惜是个悲剧呢!"

接着,画面再次切换,这次就不只是几秒钟的长度了。

只见一名长相与菲莉娅十分相似的女子来到机场，身着黑色西装的亚瑟王则跟随在她的身边。

在这幅看上去就像电影开场的画面里，一段给绫香看的文字浮现在空中——用日英双语写成的可爱字幕："剪辑师：弗兰切斯卡·普勒拉蒂"。

绫香因为这个恶趣味不由得抽搐了一下脸颊，她向旁边瞥了一眼，却发现剑士面无表情，一直用认真的目光盯着眼前的画面。

——剑士……那个女子，真的是你尊敬的亚瑟王吗……

在剑士的影响下，绫香也恢复了紧张的状态，决定直面这个幻术世界。

"你可要好好期待，看看你尊敬的亚瑟王——她的真实身份，还有……"

大概是发现观众已经开始进入状态了，弗朗索瓦故意使坏地说。除此之外，他还将非常不自然的开幕铃声输入幻觉之中。

"她被御主背叛，愿望惨遭践踏的瞬间。"

×　　　　　×

被封锁的世界　水晶之丘　顶层

"弗拉特，你说的这番话我很感兴趣。"

汉萨的手机里传出的声音让弗拉特松了一口气。

"太好了！我还在想，明明是免提模式却完全听不到您说话，是不是让您觉得无聊了呢……"

Fate strange Fake
奇异赝品

"我顺便还听了一堂时钟塔君主的课,这场交易不亏。"

接着,一直放在祭坛上的手机里传出了那位时钟塔君主的声音。

"等一下,弗拉特……刚才那声音是谁?如果我没听错,好像提到一个在你家乡那边的事里时不时会出现的名字……难不成在给我打电话之前,你先打给别人?"

"对、对不起老师!我是轮流打的,但是摩纳哥那边的信号比伦敦的稳定得更快……"

"真是一堂很精彩的课,君主。看来,我和你教室的学生都着实有缘啊。"

"之前给您添麻烦了。"

二世勉强挤出这样一句话后就再也没有说话。

汉萨手机里的男人没有在意,只是像在怀念过去一般,用深沉的嗓音对弗拉特说:"不过……这让我想到了八十多年前,我第一次用收音机听广播剧的事。那部剧讲的是基督山伯爵吧。但和那部剧相比,这里的反派实在是有些太老了。"

光听声音,捷斯塔就明白对方的最后一句话是说给他听的。不仅是因为字面意思,更重要的是,捷斯塔分明感觉到了对方的视线。

或许对方并没有真的在看着捷斯塔他们,但他依旧能对这边的事了如指掌。捷斯塔清楚,对方有这个能力。

而现在,对方就用淡漠的语气提出了一个要求,仿佛在旅馆点一杯晨间咖啡似的。

"弗拉特,趁这个好机会,你顺便把那个收拾一下吧。"

捷斯塔的神经瞬间冻结了。因为他第一时间就明白了电话那头所说的"那个"是指什么。一直被惊愕与畏惧笼罩的心像是融化开来了，捷斯塔终于对着电话那头的对象松开了口。

"你要……你要妨碍我吗！梵迪尔修塔姆公！"

一直听他们对话的杰克在心里小小地吃了一惊。

——原来如此。虽然我倒不是怀疑弗拉特……但是，这位确实是吸血种里的大人物。尽管他说话的语气像个稳重的老绅士，可声音里的威压感却宛如强大的王。

瓦勒里·费尔南多·梵迪尔修塔姆——常用名"梵·斐姆"。

弗拉特在与狂战士对话时偶尔会冒出"我认识的吸血种"。可杰克没想到，这位吸血种居然远远超乎他的想象，竟是一位统治黑暗世界的大人物。

汉萨说过，约三十位特殊上级死徒遭到"指定"，他便是其中一位。同时，他还拥有一个"人类的身份"，世界屈指可数的财阀首脑。

他没有利用吸血种和死徒的能力，而是靠财力与权力在人类社会建立起了强大的关系网，是一位极其特殊的、兼具死徒与人类二者之力的可怕吸血种。

不过，他在弗拉特的认知中就简单多了，只是一位"在当地的豪华客船里开设赌场的超级有钱人兼超强吸血种"。

这位被冠以"魔王"之名的死徒在沉默了片刻之后——再次通过话筒发话了。与其说他是在回答捷斯塔，不如说他只是在自言自语。

"死徒就是否定人类史的物种……"

事实上，他或许已经找不到与捷斯塔对话的价值。他淡然地继续讲下去，更像是讲给弗拉特与汉萨等人听的。

"原来如此，说的没错。正因为如此才丑恶。嘴上说着否定人类世界，现在却对人类史上堪称顶点的境界记录带——英雄表达爱意。这就是所谓的双重标准啊。

"带着恶意去看待人类，没问题；迷恋拥有美丽信念的狂信者，也没问题。对待不同个体，态度不同很正常。但是，身为死徒就要有死徒的立场……连自身的存在方式都要随对象而变化，那就只是烙印在世界上一个多余的故障。"

汉萨相信，如果捷斯塔没有说什么"否定人类史"，只是单纯因扭曲的欲望而玷污潜行者，那这位名叫梵·斐姆的死徒应该不会做什么。

假设捷斯塔选择了"为爱封印身为死徒的存在方式"，那就不知道梵·斐姆会采取怎样的行动了。但至少这个想法现在只是猜想，所以汉萨决定暂时放一边。

在与君主·埃尔梅罗二世取得联系之前，弗拉特讲起捷斯塔的时候，梵·斐姆对捷斯塔的态度还很友好，以为捷斯塔一样是肯定人类的一派。虽然觉得捷斯塔有颓废的毁灭主义倾向，但应该也认同人类拥有值得一起殉情的价值。

但是，当汉萨说出在警署发生的事——捷斯塔一边说着爱潜行者，一边行使否定人类史之力的那一刻起，梵·斐姆的态度便骤然冷了下来，还说出了捷斯塔的真名"多萝西娅"。

从这件事也可以看出，这位上级死徒有自己的一套严格的原则，而捷斯塔违背了这套原则。

——只要捷斯塔没有违背他的原则，那他也有可能反过来与我们为敌吧。所以才说，死徒这种东西就是麻烦。

这位大人物可是被汉萨敬重的埋葬机关视为对手。

因为不清楚梵·斐姆会在什么时候出手干预，所以汉萨一直都保持着警惕。但电话那头的梵·斐姆像是看穿了汉萨的心思一般，隔着电话对汉萨说道："你是叫汉萨，对吧。放心吧。我和时钟塔的君主一样，不过是在安全的地方讨论战场的一名看客。你不必对我费心。"

"您客气了。我们教会由衷地期待您能贡献一份力量。"

"只要你们收支票就行。"这位财经界的霸者对汉萨的挑衅无动于衷，继续用沉稳的语气说道，"我最近对环保事业很上心，电话打久了会消耗很多能量，就到此为止吧。"

说完这个不知是玩笑话还是真心话后，梵·斐姆又随便告了个别，便把电话挂断了。

他从头到尾都没有与捷斯塔直接对话。不过这一事实已经清楚地证明了，捷斯塔完全被他断绝了关系。

"啊——那个，呃……斐姆先生好像很生气啊，你没事吧？要想跟他和好，最好发邮件给他。电话可能会被拒接，但是发邮件的话秘书好像都会看的。"

弗拉特又对跪在地上一动不动的捷斯塔来了一记暴击。

汉萨认为这具分身已经没有力气了，便用手势对修女们下达了指令。

"很遗憾，如果你还有心情发邮件，那不如给教会发几句忏悔的话语吧。接下来，我们就要去讨伐你的本体了。"

——刚才那人是魔物们的首领之一啊。光听声音就听得出来，那是个可怕的敌人……但是，现在不是考虑他的时候。

Fate strange Fake 奇异赝品

潜行者也稍微犹豫了一下自己该如何行动,最终似乎判断现在无暇顾及分身,便想直接从打破的窗户跳到外面,前往缲丘椿所在的地方。

可是,打破的窗户却被一道巨大的阴影覆盖,堵住了她的去路。那既不是黑雾般的魔兽也不是刻耳柏洛斯,而是尤为纯粹的"死亡"象征——

被漆黑火焰烧成炭的全身骨骼。

要说还有什么特点,那就是这副骨骼的全长几乎比得上整座大厦的高度。

"哇!巨人妖怪?"弗拉特发出了小学生一般的惊叫。

原本蜷缩在地上的捷斯塔慢慢站了起来。

"哇,吸血鬼妖怪?"弗拉特再次惊叫道。

杰克维持着手表的形态,诧异道:"术式应该还在生效才对啊……"

虽然只是分身,但并不代表什么攻击都做不了。

在周围人的戒备之中,一直低头沉默不语的捷斯塔突然发出了轻笑。

"呵呵……是吗……我以死徒的身份遭到了抛弃啊。"

捷斯塔顶着一张惨白如鬼的脸,露出了疯疯癫癫的笑容。

"那么,我们就一样了,亲爱的潜行者。"

"你在……说什么?"

潜行者因不祥的预感而皱起眉头。

捷斯塔继续道:"你的信仰之心比任何人都要坚定热烈,却遭到了教团首领们的厌弃;我对尊贵之爱的追求比任何人都要执着,却遭到了主流的人类肯定派的厌弃。原来如此!原来如此!这就是你眼中的风景吗!我已经通过灵魂理解了!事实证明，我们果然是命中注定要互相吸引的！"

"不要把自己说的好像因为进了局子而被公司开除的跟踪狂一样。"汉萨一脸厌烦地说。

现在根本没工夫听这种废话。

汉萨看向那具巨大的骷髅，考虑是要击退它还是逃跑。

就在这时，大厦突然受到了一股强烈的撞击。

撞击的来源已经很明显了。

那具巨大的骷骨扬起手臂，开始直接攻击大厦了。

"噢噢！真没想到居然会这么夸张！不愧是以梦与死为基石的世界，仿佛是在告诉我们，噩梦是永无止境的！"

捷斯塔的情绪更加亢奋了，甚至战胜了遍布全身的疼痛，让他不断发出狂笑。

"好啊，梵迪尔修塔姆公！就让我来证明给你看吧！我会亲手与心爱的潜行者一同举起圣杯，用圣杯之力唤醒蜘蛛让人类灭绝！当最后的人理只剩潜行者一人的时候，我会再恢复成原本肯定人类的身份！到那时你可要给我举办一场祝福的宴席啊！梵迪尔修塔姆公！"

"这人是不是精神失常了，可能是我刚才用的术式没把握好轻重……"

听到弗拉特的大叫，汉萨答道："放心吧，他原本就这样。"

和汉萨一样，从一开始就知道捷斯塔不正常的潜行者没有丝毫犹豫，第一时间就做好了迎击骷髅的准备。

刹那之间，火焰从巨大的骷髅口中喷出，扑向了潜行者。

潜行者使出宝具"狂想闪影（Zabaniya）"将其化解。

就在她将蠕动的头发化作的利刃，牵制住敌人的时候，大厦的另一侧也出现了一具巨大的骨骼，将通往外部的道路几乎堵上了。

"哈哈哈！太令人惊叹了！简直是要摧毁掉整栋大厦啊！不过，放心吧，只要梦境的主人想，那不管这个城市被毁成什么样都能恢复原状！但能够恢复的就只有大厦本身了……啊啊，真可怜，仅仅是因为你到这里来了，就连累了无辜的神父、修女和魔术师，害得他们要一起死在这里了！"

"人渣……"

潜行者的杀意让捷斯塔心旷神怡地笑眯了眼睛。

"啊哇哇，不好不好，祭坛！"

在大厦经历了数次撞击之后，弗拉特搭起来的简易版祭坛眼看就要塌了。

"喂！弗拉特？出什么——"

随着君主·埃尔梅罗二世的声音中断，大厦发出了巨响。

最终，水晶之丘发生了剧烈的倾斜。城市的地标性摩天大厦在轰隆隆的声音中倒塌了。

而位于顶层的弗拉特等人——

×　　　　　　　×

幻术里的冬木市

幻术清晰地放映出冬木凯悦酒店倒塌的壮观一幕。

虽然这是第四次圣杯战争初期发生的事情，但在普勒拉蒂的剪辑下，与高潮剧情"冬木大火灾"的画面重合到一起，演绎出了更为悲惨的景象，为这场幻术拉上了帷幕。

幻术结束，世界重新变回冬木森林的模样。

没有人出现，城堡里也感觉不到有人存在。

站在呼啸的寒风之中，绫香觉得自己必须要说些什么，可是她却连扭头去看剑士的勇气都没有。

就连她都明白，虽然少年少女让他们看到的"幻术"是一连串堪称极致恶作剧的荒谬剧目，但也是为了故意激怒观看人而计算好的剧目。

绫香不了解亚瑟王这个人物的事迹。可是，亚瑟王的传说是剑士成长路上的心灵支柱。只要看到剑士，就能明白亚瑟王有多么高洁、多么勇猛、多么庄严。

事实上，光是听剑士这几天在路上讲述他的向往，即使是不了解亚瑟王传说的绫香，都已经产生了"虽然有些听不懂，但应该是一个很厉害的人吧"的印象。

然而，正因为如此，绫香才没有勇气去确认，剑士看过幻术里的亚瑟王后，会露出什么样的表情。

单从结论来说，刚才幻术里的内容绝对没有恶意抹黑亚瑟王的形象。既没有说亚瑟王是心狠手辣的虐杀者，也没有说她是卑鄙无耻的小人。绫香也能看得出来，亚瑟王确实是一位高尚的人。

可是，最终摆在他们眼前的是残酷的现实——就算拥有那样的高尚之心与正义之志，也还是有无能为力的事。

选择的道路被其他王否定，与托付命运的御主背道而驰。

最终遭到了御主的背叛，用圣剑之力劈碎了圣杯。

这才使得冬木发生了前所未有的重大灾害，也就是幻术的最后一幕——无数烧焦的尸体堆积成山，身处其中的感觉让绫香于心不忍地低下头去。

绫香思考起幻术让他们看到的另一个画面——三名王者举杯共饮，分别述说各自的见解。

金色的英雄王说："身为王，理应贯彻的是——自身定下的法则。"

红发的征服王说："所谓王，以这具身体为起点，征服并蹂躏世间一切财富与真理。"

而苍银的骑士王说："所谓王，就要为了拯救万民，追求正确的理想，并以身殉此'道'。"

接着，骑士王还表明了要托付给圣杯的愿望："让时光倒流回选定之剑的仪式，如果能找到比自己更适合王位的人，便将历史转让给对方，重写不列颠的历史。"

选定之剑的仪式，在理查德母亲讲述睡前故事的开头部分出现过。在传说中，是这场仪式决定了亚瑟王的王者身份。

骑士王似乎觉得，因为最终是她令国家走向灭亡，所以如果有她更优秀的王者，那便应该由对方担负起整个国家。

然而，听到骑士王的话，征服王面上不变，心中却升起怒火。金色的王则大笑着斥其滑稽。

面对骑士王所说的"拯救渴望救赎的百姓"，征服王用充满愤怒的语气予以了否定："无欲之王没有能力领导民众。人民并不会向往一个'正确'的奴隶。"

"为'正确'而牺牲并舍弃自己的一切,这不是人该有的活法。"

"征服王,你凭什么说舍弃人类身份的治世不如人类。"

"呵呵。骑士王,你的做法总有一天会让你脱离肉体凡胎,将你推到神之领域。"

"英雄王,有什么好笑的。若以人类之身成就如此之事,那又有什么理由踌躇不前。"

"是吗?可我认识的女神是蛮横无理的化身,将自己的'正确'强加于民。"

"骑士王,我身为宙斯的子孙,或许不适合说这话……但是如神一般追求'正确'的路,最终会让你对百姓挑剔起来的。"

后来,他们又进行了短暂的问答。在骑士王最后想说什么之前,袭击者突然出现,问答就此告终。

其实他们的对话远远不止这些,但绫香没能全部记下。因为红发王者的压迫感与金色王者给予她的恐惧心死死压制住了她,让她根本冷静不下来。

如果没有那场袭击,那骑士王是否有足以令气势逆转的话语呢?

从绫香与剑士的位置无法看到骑士王的脸,绫香只能通过想象来补充骑士王的表情。

Fate strange Fake 奇异赝品

是弗兰切斯卡他们故意不让看，还是他们当初观测这一幕的时候也没有看到骑士王的表情呢？

绫香不知道，也无从确认。

骑士王和绫香一样，被征服王的怒声压制住了吗？还是说，骑士王坚信自己的王道光明磊落，所以一直带着泰然自若的表情呢？

虽然金色王者说了一句施虐意味十足的话——"骑士王苦恼的表情真是不错"，但骑士王真的露出了苦恼的表情吗？如果是真的，那她又是为何而苦恼的呢？

绫香不明白，那剑士能理解吗？

在绫香思索的过程中，景色不断切换，以至于到最后她也没能知道，骑士王有没有成功反驳那两名王者。

但绫香也觉得剑士所说的"为人民而活"是正确的言论，所以听到那两位王者一个因此勃然大怒，一个因此冷嘲热讽，不免大受打击。

因为绫香觉得这等于狮心王的为人也遭到了否定，毕竟即使自己并不是他的臣民，他也对自己伸出了援手。

通过幻术生成的影像，的确是来自使魔曾经观测到的景象。其中还有一些景象，是花了大钱请来了能够看到过去的魔眼拥有者，借助他们的力量才获得的情报。

可惜，玛奇里身为冬木圣杯战争管理者，他们虫子制成的结界太过棘手，以至于没能观测到全部内容。

理所当然地，也无法窥视到当局者各自的心绪。

其实，弗兰切斯卡他们也有许多事明明知道，却故意没有告诉狮心王等人。

弗兰切斯卡一直都知道，冬木的圣杯被"泥"污染了。

因为她没能观测到圣杯被破坏前后发生的事，所以她也不清楚亚瑟王的御主内心是怎样想的。

但是她推测得出来，从某种意义上讲，毁掉那个圣杯应该是一个正确的选择。

而她并没有让剪辑过的幻术体现这一点。

狮心王与绫香看到的只有影像。

在位于城市远处的使魔视角下，圣杯遭到破坏的那一刻的光芒与——

以此为起因，在冬木这个城市出现的地狱。

"将令咒用在破坏圣杯上"不过是带有推测意味的旁白。

然而，既然亚瑟王不可能自愿毁掉圣杯，那就没有任何理由去否定这句旁白。

而要说绫香对这些影像最直白的感想，那就是——

方才亚瑟王所走的"道路"，是鲜活得让人恐惧的"战争"，与梦中听理查德母亲所讲述的"骑士道故事"相距甚远。

绫香他们看到了一场暗算。

看到了被御主否定的王者。

看到了己方阵营的同伴以女子为人质，用枪扫射毫无反抗之力的对手。

还看到了王砍下濒死的魔术师等人的头颅。

如果要说"这种事在战争中很常见"，那确实没说错。

可就算是这样，也与绫香心目中的"英雄们的战斗"差得太多了。她此刻才知道自己被卷入了一场怎样的战争中。可她也只能拼命地忍耐，以免因恐惧而呕吐。

——在那么残酷的战场上……和我差不多大的人战斗到了最后吗……

在战场上活下来的亚瑟王，究竟带着怎样的表情呢？

可惜身处困境的亚瑟王的表情并没有出现在画面中，因此绫香无法判断亚瑟王究竟是大受打击，还是全然不受影响。

但是……无论是哪一种，都远远背离了剑士一直向往的英雄传吧。

如果因残酷的命运而感到茫然自失就算了，如果泰然自若地接受了残酷的命运——那确实就和其他王者所说的一样，不是人，而是机器一般的"系统"了。

并且，亚瑟王明明都变成了这副模样，最后还遭到御主的背叛，什么都没能得到。

"冬木居然发生了这样的事，我倒是听说过大火灾……"

仅凭看到的那些画面确实已经足够悲惨了。可让绫香在意的是，在弗兰切斯卡的剪辑下，亚瑟王完全变成了一个凄惨的失败者。

正因为如此，绫香忍着不断涌上来的反胃感，抢在剑士开口之前，向普勒拉蒂的声音传来的方向瞪去。

"啊——总之，我现在彻底明白了，你们真的很让人恶心。"

"哈哈哈哈！别这么夸我们嘛，会害羞的啊。"

"剑士，你不用放在心上。这不是幻术吗？肯定都是他们编造的！那几个王聚在一起争论的事也肯定都是假的！"

"咦？你确定吗？如果都是假的，那骑士王反驳对方的话就也是假的咯？"

见弗兰切斯卡故意使坏，绫香一时语塞。

"这、这……"

"好啦，怎么样，你们觉得怎么样嘛？虽说人只会相信自己愿意相信的事……但是你心里原本就没有自己相信的骑士王形象吧？硬要说的话，也就只有那个能让保护你的狮心王不失望的骑士王形象——既完美又潇洒，任何人都无法否定其人类身份。我没说错吧？"

"我……说到底，你们放的结尾也很可疑。那位御主根本没有理由亲手毁掉圣杯啊！说不定骑士王最后拿到圣杯了！而且，那么厉害的王，怎么可能会说出'把王位让给别人，重新改写历史'的话……"

"啊啊，很好！真好啊，你这样的反应！这是对圣杯战争一无所知的局外人才能有的想法，我激动得鸡皮疙瘩都起来了！不过……要是阿尔托拿到那个圣杯会发生什么样的事呢，这也挺让人好奇的！搞不好的话，泥会进行时空穿越……不可能吧……"

弗兰切斯卡开始嘟嘟囔囔地说起了绫香听不懂的话。

这让绫香十分烦躁，不再说话。随后，她看向了一直沉默不语的剑士。

与此同时，弗兰切斯卡二人也带着挑衅的意味，聒噪地对剑士说："她的英雄传说怎么样呀，狮心王！她可是你一直崇拜的国王。偏偏是那位国王自己想从建国开始，重新改写历史。知道这件事，你有什么感想？如果她拿到圣杯，她就要抹去你们的历史哦？看到这样的暴君，你怎么想？"

"那是你从小到大崇拜的亚瑟王，虽然传说她百战百胜，但最终却一无所有，什么都没有抓住！看到这么可怜的故事，你的感想是什么！她被其他王从头否定到脚的样子，你觉得怎么样！"

"闭嘴！这都是你们设计好的吧！你以为剑士会被这种小伎俩骗到……"

绫香很害怕。因为平时剑士会一直滔滔不绝地跟她讲话，但自从那位身着蓝衣的王出现后，剑士就一句话都没说过。既没有感叹也没有惊呼，让绫香以为剑士不在身边了。

身为王却被当作魔术师的走狗对待，亲手葬送奄奄一息的弱者，最终却连不惜做到这种地步也要达成的愿望都背叛了自己，落得竹篮打水一场空。

被迫看到这副模样的亚瑟王，剑士的心会遭受怎样的打击？一想到这个，绫香就觉得自己必须要跟剑士说些什么，却找不到任何该说的话。

就在绫香抓心挠肝的时候，身边一直保持沉默的剑士终于开口了。

"弗兰切斯卡·普勒拉蒂。"

绫香听到声音，下意识抬头望去，只见剑士的脸上完全没了表情。但绫香在剑士的眼睛里看到了什么发光的东西，不知道是不是错觉。

绫香心想，难不成剑士因为受到的打击过大，流出了绝望的眼泪吗？

然而，事实上正相反。

剑士保持着站立的姿势，对这幻术的世界献上了最高级的一礼。

"一位王向他人行礼，这样的行为有着怎样的重量……想必剪辑这场幻术的你们很了解吧。"

"剑士？"

绫香疑惑不解地注视着剑士，剑士完完整整地将发自灵魂的话语说了出来。

"但是，我由衷地向你们表示感谢。因为你们告诉了我……伟大骑士王的新英雄传！"

意识到那缓缓从话语中涌现出来的情感，不只是绫香，一直观测他们的弗兰切斯卡二人也流露出了一丝丝的迷惑。

那是——无与伦比的，欢喜。

如果刚才在剑士眼中发光的事物是眼泪，那肯定是因为感谢与喜悦到极致才流出来的。

"剑士……你……"

"绫香……你看到那位骑士王……会觉得她不是英雄吗？"

"咦……"

"对我来说啊，绫香，在圆桌的传说中……国王被背叛也好，蛮不讲理也好，最后遍体鳞伤失去一切也好——我全部都知道。包括这些人与事在内，所有的一切都在我崇拜的范围内。"

见绫香茫然不解，剑士像一个讲述自己喜欢的棒球队的少年一般，娓娓道来。

"而且……那场酒宴之上的问答，也并不意味着骑士王被另外两人否定了。"

"咦？可是……对方那么生气地吼她……"

"你仔细想想。亚历山大大帝只是生气而已，绝非否定骑士王的王者之道。虽然他说了很多，又是装饰，又是被王者偶像束缚什么的，但他并不是在否定偶像这个身份。那些话只是单纯表达了'我承认你的功绩，但我不喜欢'而已。"

剑士何止没有心慌意乱，甚至比平时还要冷静。

绫香惊讶地问道："是……这样吗？"

"我的母后曾经说过，'所谓王者并不是指走在王道之上的人，而是所走的道路能被民众称为王道后，那人才是王者'。时代、地域和臣民的心情可以轻易地影响事物的正邪。所以，那场问答原本就没有正确答案，在场的三人比任何人都更明白这一点。值得我们去想的是其中的道理，而不是正确与否。"

剑士昂首挺胸地站在那里，半开玩笑地对绫香说："对了，我们的骑士王确实有一件事比不上其他王！那就是，她嗓门太小了！我对每位王的意见都表示赞同，但也都不认同！与我出生在不同地方、不同时代的王者，拥有各自对王的见解，这是很正常的事！但是啊，最后能用洪亮的声音宣布'我才是正确的！'那个人才叫强大，就像十字军那叫菲利普的家伙。"

看到他这副模样，两名普勒拉蒂的声音变得有些困惑了。

"啊——你居然这么想的？我还以为你会大发脾气，疯狂贬低那两个王，或者反过来对阿尔托感到绝望，从而被我扒下那层游刃有余的皮呢——"

"话说，你对亚瑟王是女的这件事，真的完全不惊讶吗？"

接着，所有情感都从声音中消失，二人像是确信了一般轮流发问。

"你……果然是知道的吧？"

"与魔术有关，真正的亚瑟王……不，你已经想办法抵达了她——阿尔托莉雅·潘德拉贡的传说……对吧？"

剑士没有理会诧异的普勒拉蒂们，自顾自地伸了个大大的懒腰。

"果然，这才是你们真正的目的啊。你们想知道我对骑士王的历史涉猎到什么地步了吧？很遗憾，我还没能找到幽禁着梅林的塔。"

说到这里，剑士又敛去了脸上的表情，仰望着天空，陷入了忘我的思绪。

"啊啊……可是，真的好厉害啊……亚历山大大帝也好，那个金闪闪也好，我的祖王也好……他们都是超乎我想象的'王'。"

"剑士？"绫香见剑士一动不动、自言自语的模样，怕他的确是受到了打击，便担心地叫了他一声。

闻言，剑士慢慢地低下头去，垂着眼帘叫了一声："绫香。"

"怎……怎么了？"

绫香歪头看向剑士，剑士回道："绫香刚才的决心……我还是决定接受了。"

"咦？"

见绫香愣住了，剑士举起手臂，大大方方地展示出自己受伤的铠甲。

"我希望……重新来一遍我们二人的相遇。"

剑士行了一个作秀般的礼，动作流畅地托起绫香的右手。

"试问——"

国王与少女站在被森林包围的庄严城堡前，像是和谐地融入景色之中，构成一幅美丽的图——

宛如无数传说中讲述的，英雄传记中的一个情节。

"你是我的御主吗？"

Fate strange Fake 奇异赝品

×　　　　　　　×

被封锁的城市　中央十字路口

"振作点！刻耳柏洛斯不动了，要想办法坚持下去！"

趁刻耳柏洛斯被零食雨封住了行动，以约翰为首的警察们拼命地想重整阵型。

可是，除刻耳柏洛斯之外的小型异形——不管打倒多少，都还是会从城市的各个角落涌现出来。

一部分警察想对身负重伤的同伴使用治疗魔术，但鼠群会聚集到伤口处，不断妨碍治疗。情况变得惨不忍睹。

就在这时，雪上加霜的事情发生了——周围传来了大地震动的声音。

"那是……"

维拉抬头看向上方，发现了那个东西。

与水晶之丘同等高度的巨大骸骨用蛮力将大厦折断，使其倒塌。

大厦的碎片兜头砸了下来，还能行动起来的警察勉勉强强将它们挡住。可他们似乎也迎来了极限，一个接一个地倒在柏油马路上。

"可恶……难道就要死在这里了吗……"

听到一名警察的话，约翰摇了摇头。

"不！只要能动，就不要放弃！"

这个世界确实从刚才起就不断发生异变。

那只要再坚持一段时间，说不定就会再发生什么变化。

到目前为止，除了零食雨，其他的变化都是"恶化"。不过——可惜事与愿违，约翰等人的头顶落下了一道阴影，正是刚才摧毁大厦的巨大骸骨。

"呜……"

——到此为止了吗？

约翰与其他警察万念俱灰地瞪着那身缠黑色火焰的漆黑骷髅。只见那具骷髅的大脚就要冲着他们的头踩下来——

下一刻，不知何处射来了光带，瞬间把骨足轰成粉末。

光带接二连三地从大楼之间的空隙中射出。

短短几秒钟之后，与大厦不相上下的巨大骷髅便化作了随风消散的黑色粉末。

有几名曾在医院门前战斗警察认出了那些光带——剑士正是用这个宝具，与吉尔伽美什在教会上方展开战斗。

"抱歉，我睡了一下。"

伴随着这道声音，剑士从大楼的后面走了出来。

看到剑士，约翰面露苦笑说道："你的表情看上去很轻松啊。是做了什么好梦吗？"

"是啊，而且一定会成真的。"剑士耸耸肩答道，然后对走在自己身后的绫音说，"御主。"

"叫我绫香就行啦。什么事？"绫香耸耸肩说。

剑士接着道："真的很抱歉。接下来我要耍耍孩子气，说一些任性的话。"

"任性的话？"

二人一边仰望天空，一边对话。

他们的视线前方，是代替正在贪食零食的刻耳柏洛斯而出现的巨大漆黑骷髅。

其大小和刚才被剑士轰飞的骷髅一样。甚至越来越多的骷髅接连显现，数量比市区的大楼还多，全朝着剑士等人这边走了过来。

然而，剑士的表情十分明快。绫香的脸上虽然有些紧张，但没有渴望逃离的恐惧，而是镇定地从正面望着那群怪物。

"我想把圣杯用在非常自私的事情上。"

"可以啊。是你之前说的，想把歌带回'座'的这件事吗？"

"不是，不太一样。"剑士摇摇头，然后用嘹亮的声音说道，"有一个地方……我想利用圣杯之力，让歌声传到那里。"

约翰等人看着剑士二人的身后，惊讶地瞪大了眼睛。

不知不觉五个身影跟随在剑士和绫香的后面。

其中两人是刚才见过的长枪骑士与弓兵。

还有刚才疑似躲在暗处，用斗篷遮住脸的猎人。

此外，还有打扮奇特的骑士背着无数把剑，他身边飘浮着球状的水。

"他们……是什么人……"

警察们的问题没有得到回答，他们只是眼睁睁地看着这群人向异形们走去。

"抱歉，我在刚才的战斗中把刻耳柏洛斯的爪用坏了……能借一把剑给我吗？"

听到剑士的话，背着无数把剑的骑士懒散地耸耸肩，然后将一把外表十分美丽但似乎用了很久的装饰剑——连剑带鞘扔了过去。

"谢谢。"剑士接住剑，一边拔剑一边说，"敌人恐怕是死神，势力则是整个世界。"

剑士咧嘴一笑，像箭一般冲了出去。

"这才配做我的对手！"

如同呼应剑士一般，其身后的骑士和弓兵等人也四散而去，斗篷男则不知何时失去了踪迹。

绫香的身边只剩下晃晃悠悠浮在空中的水球，看上去就像是在保护她。

接着——他们的"战斗"拉开了帷幕。

×　　　　　　　×

"呜哇！感觉出大事了啊！那些全是英灵吧？"

"安静，否则隐匿的术式就白施了。"

在空中观望剑士一派战斗的人，正是之前在水晶之丘顶层的弗拉特与杰克。

弗拉特身上挂着奇特的降落伞，正在以比普通的降落伞慢得多的速度，缓缓下落。

在他的身边，汉萨与修女们也用同样的降落伞往下落。要是没有弗拉特施加的隐匿魔术，看上去就像在举办一场小型的空中表演秀。

"不过，真是太好了啊，汉萨。还好我们事先把房间翻了一遍。"

听到修女的话，汉萨答道："嗯……没想到居然会有那么多降落伞。而且都不是市面上卖的那种，而是写入了特殊魔术的礼装，还需要装填魔力……难道在顶层设置工房的阵营，早就料到大楼会崩塌吗？"

那些降落伞复制自现实世界里皇家套房的东西。

因为之前英雄王说过"降落伞我还是可以借给你用的",所以言而有信的他便在给房间准备装饰品的同时,也准备了足够蒂妮等人分配的降落伞。但想也知道,弗拉特他们是不会清楚这些来龙去脉的。

看着"死亡"群体与剑士的战斗,汉萨冷静地说道:"为了不被卷进去,我们的落脚点最好离他们远些。"

接着,他发现从空中看到的城市景色渐渐染黑,于是又补充了一句。

"不过,这个城市已经没有什么地方是能够让人'不被卷进去'的了……"

×　　　　　　×

街道上满是写实的"死亡"——剑士身处其中,心中却充满了欢喜之情。

——亚瑟王果然和传说的一模一样。

大受震撼的心只要稍微放松,都会让剑士流出喜悦的泪水。

——她的行为值得赞扬。无论是他人托付的丝线,还是自己编织的丝线,她都会无数次地重新纺织,在我们的国家扬起永远不会折断的旗帜。

剑士下意识地活动身体,斩杀一只接一只的骷髅异形。

——确实,换作是我,就会选择另一条道路;如果是我,可能不会选择重新再来。

每斩杀一只异形,剑士的动作都会变得更加灵敏。当斩杀数量超过十只的时候,他已经达到了与金色英灵交战时的最快速度。

——但是，那又怎样？不过是些琐事，只是价值观的差别罢了。

　　配合剑士的奋斗，跟随他的骑士与弓兵等人也将周围的异形一一打垮。

　　"在赞扬信念之时，不需讨论正邪！"

　　当剑士回过神来时，他已经高喊出声。他无法控制涌上心头的情感，一边快速地跑到大楼之上，一边抒发内心的喜悦。

　　"正因为如此，我才要赞扬！无论那位征服王如何愤怒！无论最古老的英雄王如何嘲讽！"

　　事实上，剑士明白征服王愤怒的意义。

　　他个人对这样的亚历山大大帝也抱有好感，但这并不意味着他就否定了亚瑟王的意志。

　　因为，狮心王所走的王道，也和那三人截然不同。

　　正因为如此，他才会献上祝福。是骑士王心怀的理想让他的骑士道成形，所以他要祝福她的理想，祝福她的信念。

　　"在臣民创造的成果归为虚无之前，先完成自己的理想——我肯定这样的骑士道！这样的暴虐，也是王者的证明！"

　　剑士将骑士王的"为理想牺牲"简单狂暴地说成是"暴虐"，并声称正因为如此他才会赞扬。

　　听到剑士的声音，警察们都露出了疑惑不解的神情。绫香则长叹了一口气，微笑着说了一句"是他的作风啊"。

　　"不过，伟大的亚瑟王，有一件事你多虑了，从而困住了你的思维。"

　　剑士的脸微微阴了下来，担心地说道。

　　然后，他像是对着不在现场的某人进言一般，慷慨陈词。

Fate strange Fake
奇异赝品

"吾等骑士道的祖王!你忽略了一件事!生于圆桌又毁于圆桌的这个国家,根本没有重新来过的必要!

"亚瑟王确确实实领导我们到达了阿瓦隆!"

×　　　　　　　×

"啊啊——这个人说话太不负责任啊。阿尔托在死后还要承担别人的期待,也是够惨的。真不知道师父他们看到之后会说什么。"

普勒拉蒂从一部分侧壁坍塌的大楼探出头来,无语地看向剑士。

"啧,不过话说回来,我还以为他会露出丑态来让我欣赏欣赏呢,结果居然没成功。意志真坚定,是那种坚信自己真的活在英雄传中的类型。那种人一旦定了一个方向,就会变得和小贞德一样吧。"

接着,少女一边滴溜溜地转着伞出现在他的身边,一边快乐地说道:"算啦,那样不也挺好的吗?我很喜欢那个国王陛下哦!感觉他接下来会帮我们把局势搅得乱上加乱!要是继续被什么神啊鬼啊蹂躏,最后变成单方面的杀戮,那就不好玩了!我身为发起人兼观众,自然得准备最快乐的厮杀方式啦!"

"我没说不喜欢。不过正因为这样,我才想看到他哭得揪成一团的脸。"

"啊,我有同感!"

弗兰切斯卡眯起眼睛,面带恶魔一样的笑容陶醉地看过去。

"而且……"

弗兰切斯卡看的不只是剑士，还有接受了御主身份的绫香·沙条。

"下次换个角度，冲那个孩子下手，感觉也挺有意思的……是吧？"

普勒拉蒂看着那样的弗兰切斯卡，耸了耸肩，自己也开始笑着仰望起了天空。

"接下来怎么办？吸血种的气息好像也变弱了，要去补个刀吗？"

"这个嘛，反正就算打倒再多的大型骸骨，他们也不能从这个世界……"

弗兰切斯卡望着一片漆黑的世界，可话刚说到一半，就察觉到了某种异变。

"嗯……咦？

"不是吧，好厉害！好厉害！虽说那只是一个城市，但狮心王他……该不会占了'世界'的上风吧？"

　　　　　　×　　　　　　×

剑士跑到仅次于水晶之丘的高楼天台上，然后调整了一下呼吸。

"吾等伟大的祖王！我来证明给你看！"
挡在剑士前方的是格外巨大的漆黑骸骨。
它的身躯是由数只骸骨融合而成的，后背像千手观音一般伸出无数只舞动的骨手。

看着眼前这奇形怪状的怪物,剑士丝毫没有害怕,还在继续将称赞亚瑟王的话语烙印在世界之中。

"你所走的王道,绝对没有错!"

说完,剑士一蹬天台,高高地跃到空中。

"我会歌颂你和圆桌,让你们明白,是圆桌留下的王道与骄傲塑造了我们!是悲剧与毁灭磨炼了灵魂!人类的荣耀、骑士道的荣耀永远不会消失!"

剑士穿过逼近而来的漆黑火焰,使出全部力量释放出闪光的斩击。

"因为是你,吾等才会满怀憧憬!今后也会一直憧憬下去,祖王亚瑟!"

剑士用响彻云霄的声音,咏唱自身的愿望。

"虽然我已经失去了那个资格……"

在转瞬即逝的自嘲笑容过后,他的眼睛与声音中散发出将希望托付给后来人的光辉,高声叫道:

"但总有一天,除我之外的其他人会抵达理想乡(你的所在之处)!啊啊,没错!由你撰写的星之历史,必定会将安宁的风送到你的身边!而我要做的,就只是奏响祝福它的音乐!

"我要以圣杯之力——在遥远的理想乡(阿瓦隆)的最深处,咏唱人类的凯歌!"

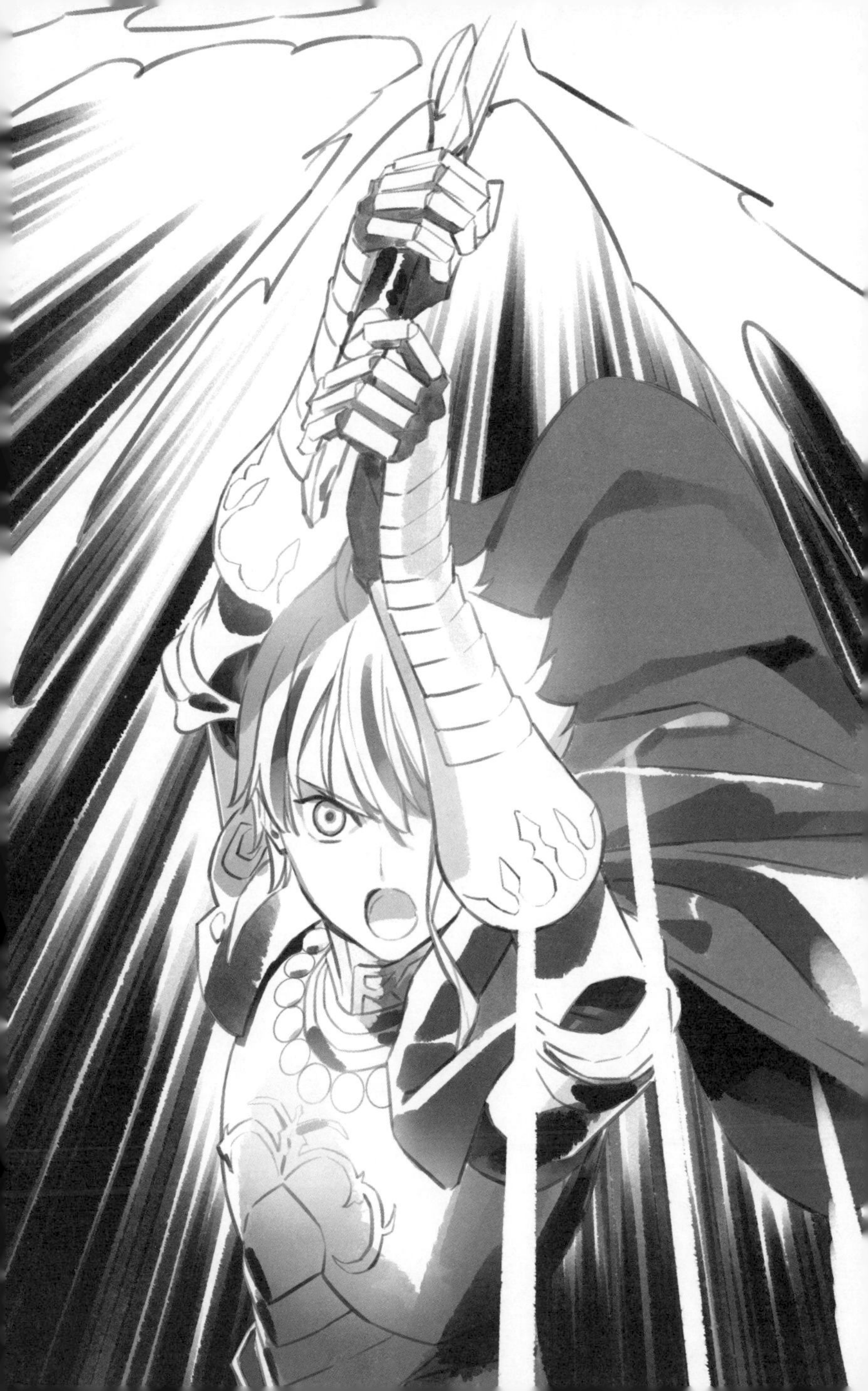

幕间

雇佣兵为自由之身 II

Fate strange Fake 奇异赝品

"你啊,你啊,认真听我说,同胞之子。"
"你们应该消灭的是在我们这里进行掠夺的人。"

每当西格玛回忆过去的时候,他的脑中都必然会浮现出"养父母"们的话。

即便他现在已经知道,这些话全是为了给他洗脑,并没有任何意义,可他还是无法忘记。

他对这些话既没有憎恨,也没有感到悲伤。

只是作为"被重复投放给自己的话"而留在了他的记忆中。

然而,一想到这就是自己最初的记忆时,西格玛就会思考,这些话是否对自己的为人处世产生了什么影响。

每次回忆,西格玛都会思考。

现在的自己,除了这条性命,究竟还有没有值得被人掠夺的东西——

那种能让他必须毁掉掠夺者的东西。

西格玛发现并没有,就这样被动地活到了现在。

他也没有站到台前,只是一直在世界帷幕的背后不断暗中活动。

哪怕是身在圣杯战争的旋涡之中也一样。

× ×

被封锁的城市　缫丘家

时间要稍微往回倒一下。

"捷斯塔！捷斯塔！你怎么了？"

面前的少年突然倒在地上，椿连忙跑了过去。

见状，西格玛静静地观察起了捷斯塔的身体状况。

——这是……魔术造成的攻击吗？应该是让别样的魔力在对方体内肆虐，从而搅乱整个魔术回路。

没见有什么阴炁弹飞过来的迹象，究竟发生什么事了？

"呜……啊……"

看到捷斯塔痛苦呻吟的模样，椿一脸泫然欲泣，不知所措。

——趁现在，解决掉他吗？

但是，最好还是先让椿离开这里。

与其说是"不想让小孩子目睹残忍的现场"，倒不如说是，一旦椿将西格玛认定为杀人魔，那他很有可能被疑似其从者的"黑先生"视作攻击对象。

"小椿，你去把爸爸妈妈叫过来。"

听西格玛这么说，椿结结巴巴地应了声"嗯……嗯"，然后快步沿着楼梯跑了上去。

目送她离开之后，西格玛从腰间抽出一个魔术道具。

那是一支装有药液的注射器，专门用来对付吸血种和特殊召唤兽一类的东西。

药液与圣水有着同等的效果，但正常来说，是不会对捷斯塔这一级别的吸血种产生任何作用的。

然而，按捷斯塔当前的状态，倒是值得一试。

西格玛做出判断后，假装诊断少年捷斯塔的情况，将手放在他的脖子上。

"嘶……哈哈，没用的，哥哥。你就算用了那个，也只会让这孩子的概念核死掉而已。"

"或许是吧，但值得一试。"

"慢着，慢着，要搞一个新的小孩子外表可是很麻烦的啊。又不能使用强制手段……要得到对方完全同意，才能装填……"

虽然捷斯塔一边呻吟一边讲述起了自己的魔术，但西格玛不觉得他是在暴露自己的手牌，认为他十有八九是胡说八道，没什么太大的价值。

认定他在拖延时间的西格玛根本不受影响。就在西格玛冷静地将注射器刺向捷斯塔的时候——

"呀——"

楼上突然传来了稚子的惨叫声。

"怎……"

趁着西格玛分神的一瞬间，少年捷斯塔呻吟着，一脚踹上西格玛的腹部。

西格玛抽身后撤，但惨叫声还在持续。

西格玛立即看向少年捷斯塔。虽然对方看上去还很痛苦，但已经站了起来。西格玛由此断定，想在现阶段完全解决掉捷斯塔是不可能了。

于是西格玛当即改变行动,一把抄起放在桌子上的弩,然后直接跳到楼梯上。

——如果有个什么万一,它能派上用场吗?

虽然弩被保养得很好,但西格玛不知道它能不能立即投入使用。

不过,这毕竟是那位奇怪的红衣丽人特意嘱托西格玛代为保管的东西,那应该能成为某种用于判断的凭证,因此西格玛还是选择直接把它带出去。

——虽然也有可能是陷阱……不过情报自然是越多越好。

西格玛承认自己是在赌,但过去从弗兰切斯卡那里接到的委托大部分也都有"要是发现了什么有意思的道具就给带回来"这样的额外要求,所以他不排斥这样的做法。

——看起来没有被下"咒杀持有者"的术式。不过,倒是施加了不少礼装啊……

西格玛心中冒出这些有关弩的感想,脚下则是一口气蹿到了楼上。

刚一出来,西格玛就看到椿望着窗外,瘫坐在地上。

"怎么了?"

西格玛一下子就明白了问题的答案。

窗外的景象已经与刚才截然不同了。

蓝天被黑云覆盖,好几具巨大怪兽般的骸骨在街上阔步前行。绿油油的草地和树木纷纷枯萎,每一寸土地都冒着不祥的黑色烟雾。

"这是……怎么回事……"

"怪兽……怪兽……"

从来没有害怕过"黑先生"的椿现在正对那群巨大的骸骨

Fate strange Fake 奇异赝品

表现出了恐惧之情。

——她与这现象无关吗？

紧接着，那位"黑先生"从庭院走进屋子，环住少女的身体，就像是将她拥入怀中一样。

"黑先生？"

看到他，椿松了一口气，唤了一声他的名字。但那疑似英灵的黑影却一声不吭，只是用飘荡的身体挡着"可怕的世界"不让椿看见。

"这……果然是……"

西格玛想到了椿说的话——"我想成为魔法使"。

根据缲丘夕鹤的说法，从者似乎已经变成了椿的守护者。那么，如果他对椿"想成为魔法使"的愿望做出反应……

之前，捷斯塔提出好几个具有诱导性的问题。从那时起，西格玛就一直有一种不祥的预感。

他一边咬牙切齿地想"真是好的不灵坏的灵"，一边对椿问道："小椿，你有没有觉得身体不舒服？"

"咦？没、没有。我只是很害怕，但没有不舒服。"

"这样啊……"

看来这与魔力枯竭无关。

这时，椿的父亲——缲丘夕鹤突然出现在院子里。

"椿，你怎么了？"

"啊，爸……爸爸！家外面有好多怪物……啊，对了，捷斯塔，捷斯塔他……"

眼中含泪的椿跑向父亲。

就在此时，她的母亲从后面赶了过来，带着温和的笑容说道："椿，别怕。那些很大很大的骸骨也都是椿的同伴哦。"

"咦……"

椿一脸茫然地仰头看向母亲。

见状,她的父亲也连忙道:"妈妈说得对,椿。那些骸骨和黑先生是一样的。"

"可、可是他们和黑先生不一样呀?黑先生不会做那么吓人的事……"

在椿的视线前方,巨大的骷髅正在一边破坏楼房一边与"什么东西"交战。从那时不时见到的光之斩击来看,对手很有可能是剑士英灵。

"哦哦,其实黑先生和它们是一样的。黑先生的职责是保护你,而那些骸骨是武器。也难怪你会觉得害怕了。"

"咦……咦?"

"喂……"

看到椿困惑的神色,西格玛出声想打断她父母的话。

可他刚说出一个字便停了下来。

因为一道影子以螺旋之势从天而降。

那是全身带着伤的潜行者。

"潜行者!"

听到西格玛的声音,她理都不理自己的伤势,直接问道:"少女没事吗!那个吸血种在这里吗?"

"嗯。但是,他突然表现得很痛苦……"

"是那些魔术师的魔术成功了吗……他现在在哪里?"

潜行者一副马上就要去了结对方的架势,突然听到椿叫了一声。

"'潜行者'……大姐姐?"

把"潜行者"当作名字的椿一脸担心,想往她身边凑。

Fate strange Fake
奇异赝品

"你没事吧？你受了伤……还流血了……"

看到椿泫然欲泣的表情，潜行者用斗篷遮住伤口，温柔地安慰她道："嗯，我没——"

话音未落，潜行者就被从旁边出现的黑色异形击飞出去。

"呜……"

潜行者用从斗篷缝隙中伸出的影子应战，可异形们接二连三地扑上来，试图用数量压制住潜行者。

如果敌人有本体，有类似核心的东西，那潜行者就可以使用相应的宝具一口气扭转战局。

但是，西格玛已经明白了。

这整个结界世界就是与本体融合在一起的。

也就是说，在这种情况下，能称作"核心"的只有一个——

繰丘椿。

"大姐姐！"

椿慌慌张张地想跑过去，却被父母拽住了。

"椿，危险。"

"是啊，要是被波及了，可是会很痛的。"

虽然父母的表情很温柔，但明显与周围的事态不协调。

这种诡异的感觉像一枚钉子，深深地刺入了还只是孩子的椿的内心。

椿心中的不安越来越大，她像是快哭了一样大叫道："为什么？'潜行者'大姐姐不是黑先生的朋友吗？为什么那个怪物要她……"

"那是因为呀……这个大姐姐，她想杀了你呀。"

少年的声音从众人身后响起。

正是从地下工房爬上来的捷斯塔。

还是少年模样的他虽然被弗拉特的术式折磨得不轻,但还是勉强挤出了笑容,对椿说道:"大姐姐说,如果你活着,她就会有麻烦的。"

"咦……"

"住口。"

西格玛平静地发出制止的声音。

可是,捷斯塔不顾让自己全身发抖的疼痛,继续说道:"啊!这个西格玛大哥哥也一样……他为了自己,想杀了你,他是个大坏蛋哦?"

"不是。"

"为什么……要杀我?"

"你不用管这么多。你是这个世界的国王,想做什么都可以。你不是想变成魔法使,让爸爸妈妈夸奖你吗?别担心,你一定能成为魔法使。我可是你的同伴呀。"

捷斯塔只要一有机会,就会强调"同伴"这件事。

想必他是要给椿留下这个深刻的印象,好避免自己成为攻击对象。

目前,潜行者行动的魔力也不是来自捷斯塔,而是剑士那名为绫香的御主,她的魔力经由剑士流入了潜行者的体内。可是反过来说,这种情况也意味着"黑先生"很难发现,其实捷斯塔才是潜行者的御主。

"我是……国王?"

"对呀。有很多人羡慕你,所以他们要欺负你。因此,黑先生才会一直保护你不受他们的伤害哦。"

捷斯塔像是在宠爱少女一般，试图刺激小孩子的崇拜心理。

但是，捷斯塔漏算了一件事。

或者说，如果他没有受到弗拉特的攻击，没有被地位高过自己的死徒抛弃，那他也许能够更冷静地去理解椿的情绪并加以操控。

捷斯塔不知道。

他一直认为椿是受病魔侵害的少女，有着与她本身年纪相符的天真。

事实上，椿的确算得上是天真。

在这个世界里的椿，确实有着与她年纪相符的少女外表。

然而捷斯塔不知道的是，椿的天真，本质上是经历无数痛苦之后，由后天形成的天真。

因为这样的本质，所以不明白大家为什么生气的少女尽管害怕，尽管快要哭出来，尽管许愿得到幸福，也还是意识到了。

"这样啊……"

从出生到现在一直持续不断的"经验"，让椿得出了一个答案。

"原来，我又'失败'了……"

椿难过地低下头去，然后又慢慢地抬起头来。

接她拼命地控制想哭的情绪，对身边的一切说道："对不起、对不起……爸爸对不起，妈妈对不起……"

"椿，你不用道歉啦，你只要放心待在这里就行，什么都不做也可以哦。"

不用道歉。

即便是年幼的椿，也通过直觉而明白了。

这句话不是指"椿没有失败，椿没有做错任何事"，而是"虽然椿失败了，但我不会生气"的意思。

换句话说，西格玛他们真的是因为她才有危险——更重要的是，那群黑色骸骨真的是因为她才会在街上大闹。

椿听着城里依然不断响起的破坏声，继续用快哭的声音说道："可、可是……要是楼里面有人，那城里的人就……"

"城里不管死多少人都不要紧呀。因为他们和电池一样，都只是消耗品罢了。"

"没错，椿，那些骸骨会把对椿不好的人全部清除掉。"

"对，而且只要在椿的世界里，那不管死多少人都不会破坏隐匿神秘的规矩。"

"真好啊。剩下的就只是想办法把对外面世界的影响给应付过去。"

——怎么回事？这帮人到底在说什么？

潜行者一边击飞异形一边听着他们的对话，不由得皱起了眉头。

椿的父母应该被洗脑成"一切只为保护椿"才对。

而且他们看上去也不像是被捷斯塔操控了。

既然如此，那就表示——他们平时就用这样的语气，对女儿说这样的话。

听到父母的话，椿像寻求帮助一般看向西格玛和潜行者。

然而，西格玛和潜行者不知道怎样回答才是正确的，只能沉默以对。

这下，椿领悟到了一件事——自己的想法果然没错。

她切切实实地领悟到了。

Fate strange Fake 奇异赝品

"我、没事。"

椿瑟瑟发抖,但还是对周围的"大人们"露出了笑容——

"我会、努力的。"

她紧紧地贴在"黑先生"宛如烟雾的身体上,就像是要被他吸收一般。

"咦?"

捷斯塔面露不解,就连他都没有看懂椿的行动意图。

可是,潜行者第一个反应过来,西格玛也紧接着明白了椿的想法,二人大叫出声想阻止椿。

"不要!"

"等一下,你什么都……"

但他们的声音并没有传达给椿,而他们向椿冲过去的身体也被"黑先生"释放出的异形拦住了。

最终,椿成功行使了自己的任性。

"黑先生,求求你。"

少女的令咒微微发光。

"请把一切……请把一切都恢复原状。"

"什么……"

少年捷斯塔一脸震惊,而椿却继续让令咒亮起。

"请让我,永永远远,孤单下去。"

有那么一个瞬间,"黑先生"似乎露出了惊讶的反应。

"别乱来!""快住手!"

潜行者和捷斯塔同时大叫。

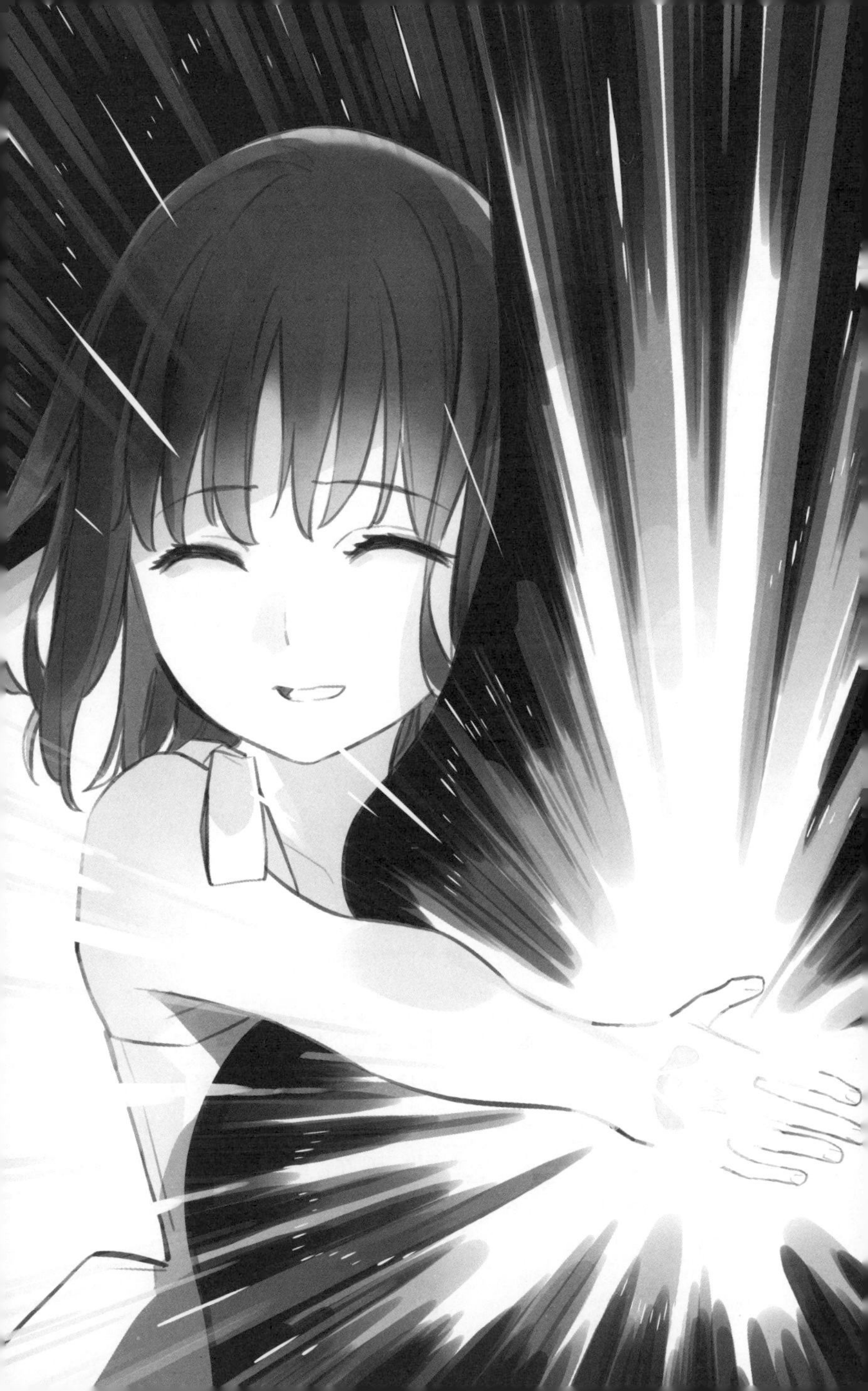

而西格玛,却只能望着眼前的画面。

不久,"黑先生"的身体剧烈地一颤,像是在发出嚎叫——下一刻,世界再次翻转。

×　　　　　　　×

斯诺菲尔德　缫丘家

"嗯……"

西格玛醒了过来,发现这里就是他失去意识的地方——缫丘夕鹤家的庭院一角。

可是天空很蓝,草地很绿。

之前被破坏的高楼大厦也都恢复了原样。西格玛明白,他们已经不在结界世界,而是回到了现实。

还有一个最为明显的证据——偌大的院子里,只有缫丘椿不见了踪影。

西格玛抬头看去,只见同样醒过来的潜行者握紧了拳头,激动地说:"就是在这里……就是因为之前那些话,才让那年幼的孩子选择了那样的做法吗?"

她步履蹒跚地站起来,眼中饱含显而易见的愤怒,冲同样想站起来的缫丘夫妇质问道:"是什么样的生活……是经历了怎样的逼迫,才能让幼童选择那样做?你们……你们对那个幼童,对自己的女儿做了什么?从她出生到现在,都做了些什么!"

"……我听不懂你在说什么,不过,你现在有工夫质问我们吗?"

缫丘夕鹤揉着额头吃吃笑了两声，然后将目光投向潜行者等人的身后。

"真是扫兴……没想到已经坏成那样了。我还期待能看到天真的小椿大喊'我不想死'，潜行者姐姐则一边哭一边除掉椿呢……"

少年脸上带着不耐烦的神色，将自己的衣服敞开，露出心脏位置的刺青，看上去像是左轮手枪的弹夹。

他用手指在刺青上面一蹭——明明是烙印在平面上的文身却突然一转，另一枚图案被装填到了最上方。

接着，少年捷斯塔的身体霎时暴涨，化作身形超越两米的红发狼人，一跃而起。

"再会啦，潜行者！等下次有机会，我再用我的爱，把你玩弄至死！"

捷斯塔变成狼人模样后，语气也变得粗暴。他直接跃上屋顶，纵身跳向空中，逃离潜行者。

"休想逃！"

潜行者不顾自身伤势一蹬地，追在捷斯塔的后面消失了。

于是，现场就只剩下了西格玛和缫丘夫妇。

"唉……真是无妄之灾啊。没想到令咒没在我们这里，反倒是在女儿的身上。"

"是啊，不过，这也证明了一件事。小小年纪的椿已经把魔术回路的素质提升到比我们还优秀的地步，因此她才会被选中吧。我们应该这样看待这件事。"

听到夫妇俩平静的对话，西格玛产生了一种奇怪的感觉。

——这感觉是怎么回事？

Fate strange Fake 奇异赝品

难道他们还在被椿的从者操控着吗？

可是西格玛又觉得，此时的怪异感与从者无关。

"啊，你是叫……西格玛，对吧。你是法尔迪乌斯的手下吧，那你能联系上他吗？"

"老公，我们现在得先去医院。"

"是啊，那就在医院准备切割右手的工具吧。"

"嗯。"

听到二人的对话，西格玛下意识地问了一句。

"切割……右手？"

"嗯，对。椿那臭丫头居然用了两画令咒。不过，只剩一画也可以再次与那名英灵缔结契约。只要拥有那么厉害的英灵之力，再与法尔迪乌斯联手的话，我们在这场战争中就可以占据绝对优势。"

西格玛明白了。

这对夫妇对自己被操控期间的事情记得一清二楚。

可尽管如此，他们最先做的也不是担心椿的安危，而是谋划着要将椿的右手切下来将令咒占为己有。

——嗯，没错。这才是所谓的魔术师。

——魔术刻印应该还在父母一方的身上吧。就算椿死了，他们也不会难过。对他们来说，重要的只是能够继承他们魔术的血缘个体罢了。

——血缘。

"你们……要把小椿的手切下来吗？"

"嗯，没关系，反正她也没有意识，不用担心她会发出叫声。不过，要是失去留下子孙后代的功能可就有点麻烦，所以需要尽可能地注意心脏和神经。你去通知法尔迪乌斯和里维署长，让他们把这段时间里的相关医护人员处理掉。至于弗兰切斯卡，我其实不太想找她，但要是有她的魔术就更不用担心了，毕竟哪怕把椿的头割下来，她也能保证椿的生育功能完好无损。"

夕鹤的这番话没有任何恶趣味或嘲讽，他就只是在冷淡地陈述事实。

于是西格玛意识到了。

那种奇怪的感觉并不是来自外部。

而是从他心底涌上来的，一种"感情"。

"你啊，你啊，认真听我说，同胞之子。"

西格玛的心中响起了一道声音。

"你们应该消灭的是在我们这里进行掠夺的人。"

那是令人怀念的声音，可说出来的话不再有任何意义。
然而，正是这个声音，动摇了西格玛如今的心。
——啊啊。原来如此，是这么回事啊。我……一直都把缫丘椿当作另一个世界的人。虽然她是魔术师，但她的父母都还活着，是血亲。原来……有没有血亲都不重要啊。

西格玛的脑中像走马灯一样，闪过椿的笑容与过去自己遭受的虐待，还有自己亲手杀掉的同胞的脸。

——啊啊……怎么回事？这种奇怪的感觉是什么？

西格玛忽然意识到，自己手中拿着什么东西——那把弩，明明是他在梦中的世界从地下拿出来的，可现在却切切实实地在他手中。

Fate strange Fake 奇异赝品

"唔……为什么这东西会在你手里？它很难操控，不适合当武器。而且现在英灵都已经齐了，它在这次的战争中也派不上用场。把它还给我吧。"

西格玛听夕鹤这样说，突然想到一件事。

"我说过，要保护椿。是我，亲口说的。"

并且，那名红衣神秘人轻而易举地相信了西格玛的话。

"他在嘀咕些什么……老公，这个雇佣兵真的没问题吗？"

"没事，谅他在我们的地盘上也翻不起风浪。"

大概是对自家的防卫系统十分自信，椿的父亲丝毫没有对西格玛产生恐惧之情。

但夕鹤确实没有托大，西格玛清楚地知道夕鹤的手指已经做好了随时发动术式解决掉他的准备。

西格玛轻轻吸了口气，恢复成魔术使雇佣兵该有的毫无感情的模样，开口说道："失礼了。缫丘夕鹤阁下，我会将事情一五一十地汇报给法尔迪乌斯阁下。"

"嗯，那就拜托你了。至于我们这边的英灵的情报……你可以将自己理解的部分转告给他。"

"是。还有一件事，我也要通知缫丘阁下一声。"

"通知我？"

西格玛平静地对诧异的夕鹤说道："这是圣杯战争，而我，也是其中一名参加者。"

"然后呢？刚才的潜行者就是你的英灵吧？"

夕鹤怀疑地问。他还不知道自己犯了致命性的错误。

他认为西格玛的英灵现在不在身边，而西格玛本人只不过是一名低级的魔术使罢了。

就算有个什么万一也不要紧，他只要在对方使用令咒唤回潜行者之前解决掉就可以了。

"我的顶头上司不是法尔迪乌斯,而是弗兰切斯卡……她给了我在这场战争中行使自由裁量的权力。"

"喂……你可别打什么鬼主意啊。"

夕鹤察觉到情况不对,刚想动手指,就听西格玛坚定地说完了最后一句话。

就连特意把这句话告知对方,都是西格玛诱导对方行动的一步棋。

"我现在,正式向你们……宣战。"

"真是了不起。虽说我们确实将术式的位置告诉过你,但没想到你竟然毫无失误地全部进行了迎击。"

几分钟后,"影子"之一——老船长站在旁边,挑唇一笑。

"都是多亏了你们的情报准确无误。否则,被打倒的就是我了。谢谢你们。"

"别没心没肺地向从者表示感谢。我们这是互惠互利。"

船长笑着说,然后看向倒在地上的两团物体。

"啊呜……呜呃……啊……""为什……么……"

那是只能翻着白眼、不断发出奇怪呻吟的肉块。

"你要把他们怎么办?就这么放着的话,他们可会因为魔术刻印而重生。"

"我已经截断了他们的重生路径。就算魔术刻印的素质再优秀,这个状态应该也会持续半个月。"

这肉块正是四肢被麻痹、大部分魔术回路都被特殊礼装烧毁的缲丘夫妇。

西格玛看着面前这两团勉强维持着呼吸的肉块,说道:"我在犹豫。"

他对倒在面前的夫妻二人没有任何感情，冷漠地继续道："要是上头命令我杀掉他们，那我会毫不犹豫地动手；如果要求我不能杀，那我就不会杀。但是，这次没有命令，甚至也没有长期目标。"

"但是，你已经决定了自己该走的路，不是吗？"

装备人工羽翼的"影子"这样说。

西格玛依旧平静地答道："我说过会保护椿，但如果她醒了之后得知父母死了，那她一定会很难过……甚至有可能把父母的死归咎于自己，从而自我了断。但是，如果我放他们一条生路，那只会让同样的事情再度上演。"

"所以，你才既不杀了他们，也不放了他们吗？哎呀，说实话，你那能让魔术回路和全身的神经都瘫痪的技术真的很厉害。这种做法比起魔术师，确实更像魔术使。"

"因为弗兰切斯卡教了我很多类似的手段。"

西格玛看着缫丘椿的母亲，对影子说："我的母亲已经不在了。弗兰切斯卡告诉我，她死在日本的圣杯战争。"

"不再有任何意义的话"在西格玛的脑中反复响起。

"你的双亲也被外面来的人夺走了。"

"你的父亲'们'被外界肮脏的侵略者们杀害了。"

"你的母亲也被外面来的可怕恶魔绑走了。"

"所以你啊，要去消灭他们，消灭那些掠夺者。"

"所以你啊，要去战斗，为了夺回你的母亲，让她回到我们的手中。"

当那声音变得微弱之时，影子像是算好了时机一般，出声道："哦哦，你之前也这样说过吧。"

一半脸已经石化的蛇杖少年看着西格玛的脸，提出了一个有些涉及隐私的问题。

"你……对父母是有什么念想吗？"

"我只是在想……但愿我的母亲不是这样的人。"

虽然明白现在说这些没有任何意义，但西格玛还是抱着这样的希望。

"那你接下来有什么打算？"打扮成飞行员的女"影子"问。

西格玛仰望天空，答道："弗兰切斯卡说我可以自由行动，那我就自由行动。法尔迪乌斯可能会想杀我，但弗兰切斯卡应该会觉得很高兴。"

"不管做什么，那个魔物都只会'高兴'吧，但她是不会出手救你的。"

听到船长的话，西格玛依然面无表情地点点头。

"我知道。但是，她高兴就好，就当是报答她照顾我这么久的恩情了。"

西格玛拿着他人托付的弩，向自己、向从者"看守者"宣布了一件事。

从现在开始，他也要成为这个舞台的一员。

"我……要毁掉这个圣杯战争（系统）。"

Fate/strange Fake

接续章
叮叮当当

"咦？"

回过神来的时候，绫香站在了十字路口的正中央。就是那个离医院和警署非常近的、位于水晶之丘前方的十字路口。

周围的柏油马路被毁得残缺不全，往远处看，还能看到标着"禁止进入"的封锁带，以及将这一块团团围住的警车和施工车辆，似乎不想让人看见这里发生了什么。

绫香旁边是和她一样环视四周的警察们。虽然没有看到在离她较远的地方战斗的剑士，但飘浮在周围的水球倒是还在。

"我们回来了？"

× ×

科尔兹曼特殊矫正中心

"哦……平安回来了啊，幸好提前把道路封锁起来了。"

法尔迪乌斯耸了耸肩，他看着遍布大街小巷的监控摄像头拍出的画面，对自己的心腹阿尔朵拉说："好了，虽然过了好几天胃疼的日子，但就剩几天了。我们也得认真起来进行一些调整了……"

"先要做什么？"

听到她的话，法尔迪乌斯苦笑着挤了挤眼。

"总之，先去开个胃药吧。"

×　　　　　×

中央十字路口

"啊啊！找到了，找到了！就是她啊，杰克先生！那女孩就是剑士的御主！"

见弗拉特因为找到了绫香而兴奋不已，手表形态的杰克连忙告诫道："别随便靠近她。你又不是没有见识过剑士的力量，如果他们与我们为敌，你瞬间就会成为他的剑下亡魂。"

"话是这么说啦，但我还是对那名御主很好奇嘛……对了，杰克先生，你能变身成白旗吗？"

"因无机物一说，我能够变成时钟。但是再怎么说，我也没听说'开膛手杰克的真实身份是一面白旗'这种话。"

"找找就会有的！我敢肯定！因为人类的可能性接近无限大，所以杰克先生的真实身份也肯定会有五千来个！"

"与无限大相比也少太多了吧……"

这些与平时一模一样的对话也让杰克觉得，自己和御主是真的回到了原本的世界。

弗拉特一边留意四周，一边走向剑士的御主。

杰克则提防着随时可能会有魔术师或英灵向弗拉特发起攻击。同时，他又对弗拉特说道："不过……如果要战斗，我大概派不上什么用场。不仅宝具被弓兵在医院门前夺走了，还被迫认识到了和其他英灵之间的差距。"

"没事啦。只要把这当作是困难模式，花点心思去想办法弥补数值的差距就好啦。"

Fate strange Fake
奇异赝品

"那位潜行者在问你圣杯的事情时,你比起自己的回答更在意我的事,我应该对你表示感谢的。"

"跟我还客气什么啊!毕竟我也很想知道嘛!开膛手杰克的真实身份!"

杰克看着两眼放光的弗拉特,继续说道:"知道了之后,你或许只会感到失望。很有可能只是一个人渣碰巧成了警方的漏网之鱼而已。不管怎么说,你还是不要对我这种人抱有憧憬之情了。就算我的真实身份得以大白天下,也只是给我一个难得的赎罪权利而已。知道真实身份对我来说是救赎,但绝对不是赎罪。对罪犯抱有憧憬之类的感情,原本就不是心理健康的人该有的行为。"

杰克说完这番带有说教意义的话,又放缓了语气道:"不过,这些与你并肩前行的日子……这些留在你心中的回忆,毫无疑问,都是'我'。我猜,一旦我的真实身份因圣杯之力得以确定,那我就会在那一刻消失,而你的面前,会出现真正的开膛手杰克。如果他想杀你,你不要犹豫,马上杀了他或是逃跑,然后,立刻忘了他。"

"杰克先生……"

"只是……要是你能把现在和你对话的'我'记住,那对我来说就最好不过了。"

想必杰克已经确信,自己很难在今后的战斗中存活下来。

弗拉特看着仿佛在交代遗言一般的杰克,露出一如既往的笑容。

"我也一样啊。不管杰克先生的真实身份是什么,都没有关系。因为现在和我对话的杰克先生,才是我心目中的杰克先生。就算有人对现在的杰克先生说'你杀了人,你要赎罪',

我也会帮杰克先生作证的！这位杰克先生是货真价实的赝品，没有必要赎罪！"

"呵呵……哈哈哈哈！你说的这些也太本末倒置了吧！"

杰克放声大笑。

没有魔术师样子的魔术师与杀人魔开心地笑着。

他们踩着天不怕地不怕的轻快步伐，径直向身为剑士御主的少女走去。

"喂——小绫香！"

"咦？什么人？"

突然被叫到名字的绫香应声回头，只见一个外表像是大学生的青年正冲自己挥手。

"你怎么知道我的名字……"

看到绫香面露警惕之色，青年说道："啊啊，你果然是另一个人呢！我就知道，毕竟魔力的流动完全不一样嘛！不过，你的名字真的也叫绫香啊。"

"什么……"绫香一头雾水地看着青年，"你是谁？难道你认识我？"

"我叫弗拉特，请多关照。我有一个朋友，她和你长得一样，名字也一样……不过，你的魔力流动，果然是这样啊……"

面对盯着人净说些怪话的青年，绫香防备地与他拉开了距离，却又开口道："等等……跟我讲讲！如果你认识我……如果你知道绫香·沙条是什么人，就跟我讲讲吧！"

尽管绫香说的话很奇怪，但弗拉特却认真地点点头。

"嗯……好的。你果然不是很清楚自己的身份啊。"

绫香一言不发。

弗拉特把她的沉默当作默认，开口劝慰道：

"我跟你说啊，你的身体——"

破空声骤然而起。

紧接着，自称"弗拉特"的青年身上绽开了一朵鲜红的花，占据了绫香的视野——瞬间的迟滞之后，柏油马路响起"咚"的碎裂声。

"咦？"
这一声疑惑，是绫香发出的，还是弗拉特发出的呢？
弗拉特跪倒在地。
"弗拉特？"
杰克的声音响起。
他一直防备着绫香的这名魔术师。
担心包括剑士在内的其他英灵会袭击他们。
因为尽管弗拉特和杰克信任与他们结盟的警察，但与剑士还是第一次接触。
不过——击穿弗拉特的是来自与剑士毫无关系的阵营，与魔力无关的远距离狙击。
失去了大部分力量的杰克，并没有办法在这样的现代战争中直接保护御主。

"啊……"
弗拉特看着肚子上的洞，冷静地分析局势——恐怕攻击是从自己斜上方，某栋大楼的天台袭来的。

他抬起头，想看过去。

"好刺眼啊……看不清……"

即将西沉的太阳映入眼帘，弗拉特下意识用手遮住眼睛，像是无事发生一样低语。

"抱歉啊，杰克先生……我失误了。"

好像听到了杰克的叫声。

弗拉特能感觉到杰克变成了什么厉害的东西，正要冲着子弹飞来的方向采取什么行动。

但是，弗拉特也明白，恐怕是来不及的。

因为，弗拉特通过强化的视力能够看到，在周围的大楼上，不止一个狙击手在待命。

"对不起，教授。"

弗拉特露出一抹寂寥的笑容，说出最后一句话。

"抱歉……大家——"

绫香的耳边再度响起破空声，第二朵红花随之绽放。

它绽放的地方，在第一朵花上方约一米处。

也就是，弗拉特的头部。

"不……不……"

这不是绫香第一次目睹死亡，却是她第一次看到，前一秒还带着笑容与自己说话的人，下一秒头就消失了。

在绫香·沙条的惨叫声中，弗拉特·艾斯卡尔德斯的身体重重地摔倒在血泊里。

277

× ×

某个地方

"怎么了,斯芬?"

听到走在身侧的魔术师问,青年歪着头,用鼻子哼了几声,一边感受着莫名的心悸,一边开口道:

"没……我就是觉得……刚才有一个乱七八糟的气味好像消失了……"

× ×

科尔兹曼特殊矫正中心

"确认目标头部损毁。接下来展开追击。"

"嗯,不要顾虑魔术刻印,请一并毁掉。毕竟那可是'颠覆历史的艾斯卡尔德斯'。"

法尔迪乌斯喝着红茶,听着无线电里传来的汇报,望着监视器的屏幕。

在追击的子弹带来的冲击下,趴在柏油马路上的青年尸体舞动了起来。

这证明那与兰伽尔不同,不是人偶,而是真正的肉体。

"我啊,一直都觉得气氛组是最危险的人。"

法尔迪乌斯一边对阿尔朵拉说,一边优雅地啜饮红茶。

"比如这次，那个弗拉特和剑士一直在增加同伴，我就觉得他们很危险。不能排除他们双方在结界内部的世界里发生过接触的可能性。因此必须得尽早把他们解决掉，否则他们还没死，我的胃就要先走一步了。"

"那么，要把剑士的御主也一并解决掉吗？"

"我本来想着，解决掉弗拉特之后，把她也解决了……但已经晚了。"

身为剑士御主的少女被水球一般的魔力整个包裹起来，而剑士也赶过来搂起她，将她送到了室内。

"我对那名御主的真实身份也挺好奇的。等我再查查，然后再解决她吧。"

不久之后，屏幕里的枪击停了下来。

阿尔朵拉抓住无线电里的声音消失的时机，出声问道："这就是'胃药'吗？"

闻言，法尔迪乌斯耸耸肩，笑了。

"嗯，没错，这就是。

"要想释放压力，最好的做法当然是把压力的来源一个个除去嘛。"

Fate strange Fake
奇异赝品

正当法尔迪乌斯准备喝完那最后一口红茶的时候——

他面前的屏幕，有一台画面变成了黑色。

那正是拍摄弗拉特·艾斯卡尔德斯尸体的摄像头。

在法尔迪乌斯反应过来的同时，执行狙击的部队也通过无线电发来了联络。

"收到请回复，这里是黑桃……里是……桃！"

"怎么了，出什么……"

话才说到一半，无线通信就中断了。

紧接着，监视中央十字路口那边的屏幕也黑下去了。

法尔迪乌斯断定这是一场袭击，于是将各个队伍的魔术无线电切换成了自动发送讯息的模式——

"什么东西！那是什么东西啊！"

"喂，快开枪！""啊……不行！""该死的！为什么会这样……"

"怪物！""别废话了，快开枪！快点杀了他！"

"不对……为什么……""魔术师？"

"快住手、住手……啊啊啊啊啊嘎啊啊啊啊啊！"

"救……呜……咳……""不是人……啊啊啊！"

屏幕一个接一个地黑了下去，与之相应的是狙击部队接连响起的惨叫声。

半晌，在稍远一些的地方负责监视的队伍发来了联络。

"这里是胡狼！法尔迪乌斯！那到底是什么！你之前可没

跟我们说过啊……你说弗拉特·艾斯卡尔德斯是魔术师对吧,对吧?"

"你冷静一点!怪物?那可能是弗拉特的从者变的。很快弗拉特的魔力就会消散,从者也会跟着消失,你们要撑住!"

"不是!确实有个像英灵的家伙也变身了!他和你说的一样,很快就消失了!但我说的不是他!可恶……那那、那那、那根本不是人类也不是魔术师!到底是什么东西啊!不是什么吸血种也不是什么英灵!而是货真价实的……的……呜啦啊啦啦啦啊……"

惨叫声与什么东西被折叠起来的声音交织在一起。随后,无线电便再没了动静。

在无线电沉默之后,几乎是无缝衔接般地,法尔迪乌斯安插在城里的监控系统便挨个黑了下去——

仅仅几十秒钟的工夫,斯诺菲尔德市内所有的监控摄像头便全部停止了工作。

面对眼前的突发情况,法尔迪乌斯不由自主地松开了手,手中的茶杯摔在地上四分五裂。然而,他甚至根本没有听到茶杯粉碎的声音,只是茫然地喃喃自语。

"到底……出什么事了……"

×　　　　　　　×

摩纳哥某处

"原来如此……弗拉特·艾斯卡尔德斯迎来了终点。"
就在不久之前才与弗拉特通过电话的某位夜宴（Casa）之主，向着很久之前就从世上消失的什么人，静静地举起了酒杯。
"我的老邻居，梅萨拉·艾斯卡尔德斯，我要为你实现的伟业献上祝福。

"只不过……如果你用前途无量的年轻人去交换的东西是'过去'，那我觉得这并不是一件值得高兴的事情。"

×　　　　　　　×

咔啦、咔啦、咔啦。
当察觉到那是随着一切的终结而奏响的声音时——
"我"想：啊……原来已经开始了。

"我"很快就明白了，叮叮当当的声音究竟是什么。
那是空弹壳自大楼上方掉落到地面所发出的声音，来自了结了弗拉特·艾斯卡尔德斯的狙击枪。
空弹壳跳起、翻滚了几十米的距离，那声音最终传至曾是弗拉特·艾斯卡尔德斯的耳中。

"我"等待太久,太久了。

以"存在"为目的而诞生的"我",终于迎来了实现自己意义的时刻。

啊啊,没错,"我"必须行动起来,必须进入下一个阶段。

"我"已经明白。

明白自己接下来应该完成的事。

明白艾斯卡尔德斯家赋予自己的最大也是最后的目的。

明白降临到这个世界的意义。

你说是吧,弗拉特。

——啊……啊……

            ——已经告终了。

——已经到头了。

            ——已经毁灭了。

——已经抵达了。

            ——已经完结了。

——因为从一开始,"丧失"才是拼图的最后一块碎片。

遵从自己诞生的原理,"我"重新启动自己。

"我"对自己被赋予的使命再次进行运算。

这是一条困难的路,还是一条容易的路?

推测没有任何意义。

无论是难是易,都只能走下去。

因为这是"他"存在的唯一意义。

一直存在,永远存在。

只要成为真实的人类，在群星中存在下去就可以了。

啊……"我"向你保证，弗拉特（我）。
"我"也会替你在这个世界上存在下去的，你就看着吧。

纵使——
要将这颗星球上被定义为"人类"的物种，灭绝了也一样。

×　　　　　　　×

时钟塔

"可恶……果然打不通……"

在时钟塔的现代魔术科准备室中，君主·埃尔梅罗二世一边不停地用手机拨打电话，一边不断发出焦躁的声音。

先前的通话在疑似大楼倒塌的声音与喊叫声之中突然断掉，之后他就再也联系不上弗拉特了。

"要不要联系警署署长，可是我不知道他的私人号码……要是打到警署去，多半也没人接……"

埃尔梅罗二世双手撑着桌子，短暂思考了片刻，然后像是下了某种决定似的直起身子。

"没办法……现在只能……呜啊！"

在开门的那一刻，他的身体被什么东西一推，把他整个人都给撞飞回了房间里。

他抬头一看，发现入口居然牢牢地铺设了一道以白蛇为原型的结界。

"这个个人风格强烈的术式……是化野的结界吗！该死的法政科……一点余地也不留给我啊！"

埃尔梅罗二世向窗外看去，只见由法政科的戈尔德鲁夫·穆吉克率领的好几名人造人正在外面把守，看来是要软禁他。

"怎么办……要不要联系莱妮丝或者梅尔文……"

埃尔梅罗二世正左思右想——

突然，房间里响起了一个陌生的声音。

声音来自放在准备室角落里的小化妆箱。

那个箱子是他平时用来放备用雪茄的，现在里面好像传来了什么电子音。

埃尔梅罗二世一头雾水地打开箱子，看到里面的东西之后更加迷惑不解。

"这是什么？这东西刚才还没有……"

箱子里不知什么时候多了一样东西，那东西此时正欢快地唱着过时的来电铃声。

原来是一部比琉璃的颜色还要深一些的——蓝色手机。

next episode [Fake07]

CLASS
骑兵

御主	缥丘椿
真名	苍白骑士
性别	无此概念
身高/体重	随感染、扩散情况而变动（最小与细小病毒相仿）
属性	中立、中庸

筋力	E	魔力	A
耐久	A	幸运	C
敏捷	B	宝具	EX

持有技能

感染：A

该技能可令其他生物感染其细菌或病毒形态的分身，从而扩大领域。
感染者的精神与肉体均处于其控制之下，且精神会被吸入宝具创造的世界里。
有时魔力等也会被吸收。

无辜的世界：EX

该技能充分反映了人们对"死亡"和"疫病"的恐惧。
因为由此产生的形象十分杂乱，所以召唤时为最纯粹的状态，
之后则会根据被宝具吸收至"冥界"的事物，改变其自身存在的趋向。

冥界的引导：EX

在被宝具吸收至冥界化领域的人与物之中，若存在己方同伴，可对同伴施加各种的加护。
因为苍白骑士本人并非冥界之王，所以与某位神明持有的"冥界佑护"技能略有不同。

职阶能力　对魔力：C　骑乘：EX

宝具

Doomsday Come
来吧，冥途啊，来吧

等级：EX　类别：对界宝具　范围：-　最大捕捉：-
以御主为起点，创造出模拟"冥界"的结界世界，成为接纳自身予以"死亡"这一结果的器皿。
受御主思维的影响，该结界世界既能呈现出典型的地狱或者天堂那般的景象，也可以变成彻底粉碎灵魂的虚无空间。
紧急时可将目标的精神连同肉体一并拉入结界世界。
原本规模很小，但在与土地、其他要素结合后，如今可以创造出比普通召唤时更大的结界。

笼子缝，笼子缝
剑、饥荒、死、兽

等级：A　类别：对军宝具　范围：99　最大捕捉：999
在自己的结界内，让能够赋予他人"死亡"的事物大量显现，行使它们的力量。
若具备充足的环境条件，甚至可以在魔力允许的范围内重现神话中的"末日"。
但因为椿没有默示录和诸神黄昏的相关知识，也不希望出现地狱，所以该宝具未能达到此级别。
宝具的读法会随不同的御主而改变。

CLASS
看守者

御主	西格玛
真名	●●·●●或●●●
性别	传说为女性，但现在的御主（西格玛）无法确认
身高/体重	无法显现为拥有质量的个体
属性	中立、秩序

筋力 — - 　　魔力 — EX
耐久 — EX 　　幸运 — -
敏捷 — - 　　宝具 — EX

持有技能

看守：B

该技能代表看守者对御主的特殊契约形态。
该英灵则是通过"影子"与御主进行交流。

●●的试炼：B

由某种对人技能变化而来。作用于由母胎而生的生命上，
改动他们的幸运值，给予他们试炼，但并非万能到可以操控他人命运的地步。
该技能主要针对与该英灵缔结契约的御主。御主大概率会死亡。

俯瞰万象：B

可以掌握自身被召唤的一定领域内发生的事情。
B级仅限通过视觉、听觉和魔力感知进行观测。

异相的居民：A

该技能意味着除特定情况外永恒不灭。
因与现今世界的存在方式互相矛盾，所以无法像其他从者那样以拥有肉体的形态显现。
反过来说，只有在满足条件灭亡的那一刻，才可以在不足0.00001秒之内显现一部分肉体。

职阶能力

阵地蹂躏：B　对魔力：EX

宝具

Fate strange Fake 奇异赝品

后记（此后记含有大量剧透，建议在正文后阅读）

有一段时间没跟大家见面了，大家好，我是成田。

《Fate/strange Fake 奇异赝品》新的一集将在令和（注：日本于2019年5月1日启用的年号）的第一个新春与大家见面了！

"好不容易"在2019年内完成了两集，但愿今后也能维持住这个"好不容易"的速度！

想必有很多读者已经看过年末播放的FGO特别节目。大家应该在广告里看到会动的本作角色、听到美妙的乐曲了吧。最重要的是，欣赏到了会说话的剑士！

在经历种种事宜之后，小说的动画广告终于定下了制作的日程。在我写下这篇后记的时候，动画还在制作当中，为剑士配音的小野友树先生也尚未完成配音工作。但角色人设、分镜和乐曲等情报源源不断地送到我这里，让我确信"这一定会成为非常优秀的作品"。因此，如果大家能在这份热情尚未退去之时翻阅本作，那将是我的荣幸！

言归正传。看过本集之后，阅读过Fate正传和众多衍生系列的粉丝们应该会产生不少"咦？"的想法。

没错，虚渊玄老师所著的*Fate/Zero*中曾经描写过"圣杯问答"。但本作所描写的，却是*Fate/Zero*中不存在的对话。

在创作开始之前，我就已经决定要让第四次圣杯战争在剑士面前"重演"。尽管虚渊老师爽快地提供了授权，我却一直在纠结。因为"首先，如果写得太多了，就会剧透到*Fate/Zero*；其次，所有衍生作品（除了与*Fate/stay night*世界线完全一致的《君主·埃尔梅罗二世事件簿》）的世界线都有着细微的不同之处，要如何体现出这种微妙的差异呢"。而就在这时，我从奈须老师那里得到了天启。

奈须老师："良悟，你会这么纠结，是因为你一直想让所有世界线都保持一致啊。你要反过来想，'写一段只属于*Fake*世界线的圣杯问答'。"

听到奈须老师宛如英国贵族般，用充满"**浪漫恐怖！深红之秘（注：曾是《乔乔的奇妙冒险》系列的宣传语、副标题）**"的语气这样说……

我："咦？您的意思是说，让我用相同的王者阵容，写一段只属于*Fake*世界线的原创对话？"

在短暂的无措之后，我没怎么思考就大喊一声——

我："我写！"（注：原文为"出来らぁっ！"，出自牛次郎与BIG锭所著《贪吃大厨师》。）

于是，我完全凭着这股劲写下了那段剧情。其实一开始的时候，我把这一段写得很长，但因为"不行，写成这样就不只是*Fate/Zero*，许多其他的作品也要被我剧透了"，所以最终删减了不少内容。这段对话中的亚瑟王可能会显得有些"跳脱"，希望大家把这当作是*Fake*世界线的构成要素之一，感激不尽！

接下来要讲的是另外一个——在本作之中，有一位TYPE-MOON资深粉丝十分熟悉的人类肯定派角色出场了。"如果他知道捷斯塔所说的话，那他会如何行动呢"——为此制定行动方针的人就是奈须老师，台词也是完全由他来监修的！

不过，我在写的时候还是非常——非常紧张，心说"不是，咦？真的可以由我来写吗"。

顺便告诉大家，在 Fate/stay night 和《君主·埃尔梅罗二世事件簿》的世界线并不存在"二十七祖"这个概念，因此该角色给人的感觉稍微有些变化。至于是怎样的变化，我相信TYPE-MOON迟早会在说到赌场时描绘出来的！（威胁传球！）

同样，出于二十七祖的关系，弗拉特提到的威尔士故事与事件簿的走向基本一致，只有某个角色，应该会由其他人来代替出演。这块的内容请让我先卖个关子，在目前的阶段大家可以自行想象！

好了，在第六集之中，位于斯诺菲尔德的圣杯战争已经进入下半场。我也会争取按照这个势头走到最后，希望大家能继续支持！

下面是惯例的道谢时间。

在此，我十分感谢——

策划本次动画广告的Aniplex、TYPE-MOON和KADOKAWA，以A-1 Pictures为首的、制作了完美影像的作画老师们，担任旁白的小野友树先生，负责乐曲制作的泽野弘之先生和演唱者Yosh先生，还有参与动画广告工作的全体人员；

由于这次的内容过多而被我添了很多麻烦的责任编辑阿南先生和出版社的各位工作人员，还有帮我调整了日程安排的IIV的各位人员；

允许我使用"圣杯问答"情节的虚渊玄先生、与Fate有关的一众作家和漫画家；

为我考证特定从者的设定，以三轮清宗先生为首的Team

BarrelRoll；

　　帮我检查《君主·埃尔梅罗二世事件簿》相关角色、考证设定并提供了宝贵意见的三田诚先生——辛苦您帮我监修二世长长的"课程"台词；

　　这次也为我绘制了美妙插图的Morii Siduki老师——漫画版第四集现已发售，真的非常精彩，请大家务必欣赏；

　　还有最重要的，创作出Fate这部作品并帮我监修本书的奈须蘑菇老师和TYPE-MOON全体工作人员，让我参与恩奇都幕间物语的*Fate/Grand Order*全体工作人员——以及购买本书并阅读到这里的各位读者。

正在反复观看机能美p的《烦恼事变》

成田良悟
2019年11月